명탐정의 아들

명탐정의 아들

비룡소

그래서 선생님을 찾아온 거예요.
당신은 이유를 알 수 없는 일들에 관해서 캐내기를 좋아하시잖아요.
누구도 알지 못하는 이유들을 말이죠.

― 애거서 크리스티, 『코끼리는 기억한다』 중에서

차 례

1 고양이의 밤 • 009
2 첫 번째 의뢰인 • 053
3 한밤의 전화 • 085
4 하드보일드 세계 • 143
5 미로 • 187
6 마지막 퍼즐 • 217
7 명탐정의 아들 • 251

작가의 말 • 284

1
고양이의 밤

아, 나 왜 이렇게 뛰어야 하냐고.

숨이 턱까지 차올랐다. 길가 담장 아래 쌓였던 눈이 녹아 질척였다. 운동화는 이미 젖을 대로 젖었다. 등에는 땀줄기가 흘렀다. 점퍼를 벗어 던지고 싶다. 하지만 그럴 틈이 없다. 벌써 한 시간째다. 도주한 놈이 코앞에 있다. 점점 더 거리를 좁혀 간다. 막다른 골목이다. 이제 놈은 더 도망갈 데가 없다. 날쌔게 덮쳐 놈의 목을 단숨에 움켜쥐는 거다. 그런데,

놈이 사라졌다. 감쪽같이.

역시 신출귀몰한 놈이다. 일주일 동안 뒤쫓았지만 그림자조차 구경하기 힘들었다. 놈이 연기처럼 사라진 담장만 멍하니 올려다봤다. 그때. 헉. 거센 충격이 등을 강타했다. 획 몸을 돌리며

본능적으로 가드를 올렸다. 심장이 입 밖으로 튀어나올 것 같은 얼굴이 등 뒤에 있었다. 허리를 반으로 접고 숨을 훅훅 몰아쉬던 그가 가까스로 평정을 되찾았다. 나는 눈짓으로 사인을 보냈다. 그가 의미심장한 얼굴로 고개를 끄덕였다. 최후의 수단이다. 그는 깃을 잔뜩 올려 세운 레인코트의 앞섶을 젖혀 그것을 조심스레 꺼냈다. 이 방법뿐이다. 최대한 신중하게, 하지만 결정적인 순간에는 전광석화처럼. 한 치의 실수도 용납되지 않는다.

"나타났다!"

"지금이다!"

숨어 있던 곳에서 잽싸게 튀어 나가 놈을 덮쳤다. 아, 이 순간이다. 피가 끓는다. 장장 일주일 동안의 추적과 잠복 끝의 쾌거! 드디어 놈을 잡았다.

"야옹―"

참치 캔을 먹느라 방심했던 놈은 그물채 안에서 온몸을 뒤틀었다. 하지만 이걸로 게임 끝.

에스프레소 마키아토란 이름의 검은 고양이는 무사히 주인의 품으로 돌아갔다. 순정만화에 나오는 단발머리 여주인공 같은 의뢰인은 에스프레소 마키아토를 껴안고 얼굴을 비벼 댔다. 아, 저거 더러울 텐데. 하지만 입 밖에 내어 말하지는 않는다. 역시 의뢰인에게는 소중한 존재다. 기꺼이 돈을 들여 찾을 만큼.

이로써 이달치 전기세는 해결됐다. 커다란 눈에 눈물이 그렁

그렁해서는 의뢰인이 입을 열었다.

"정말 감사해요."

아, 이 부분이 하이라이트다. 모든 노고는 한 방에 날아가고 뿌듯함이 온몸을 짜릿하게 적셔 온다.

"뭘요. 이 정도 일이야 식은 떡 먹기죠. 저는 명탐정이니까요."

옆에 선 레인코트가 냉큼 대답했다.

풋, 청순가련 의뢰인이 황급히 손으로 얼굴을 가렸지만 터져 나오는 웃음은 감추지 못했다.

제발 그 말만은 하지 말라고 백만 번은 말했건만. 나는 최대한 증오를 담아 눈알이 튀어나올 정도로 레인코트를 노려보았다. 레인코트는 아랑곳없이 뻔뻔스러운 얼굴로 흥흥, 미소를 날리고 있었다.

입에 담기 부끄러운 소리를 잘도 지껄이는 레인코트의 명함에는 정말 명탐정이라는 직함이 박혀 있다. 탐정도 아니고 '명탐정'이라는 세 글자가 고명달이라는 이름 앞에 15포인트, 명조체로 굵게 강조되어 있다. 젠장. 역시 입에 담기 부끄럽지만 저 사람은 우리 아빠다. 그러니까, 나는 명탐정의 아들이다.

*

 내가 중학생이 되자마자 엄마는 기다렸다는 듯 집을 나가 버렸다. 이런 문장을 소설에서 읽었을 때 '뻥치시네.'라고 생각했다. 하지만 정말 내게 그런 일이 닥치고 말았다.
 그날은 아주 인상적인 날이었다. 그 흔한 개근상장도 하나 없이 졸업장 한 장 달랑 받았던 초등학교 졸업식 따위가 인상 깊었을 리는 없다. 그보다는 본의 아니게 내가 학급의 시선을 한 몸에 받았던 것이 잊지 못할 날의 서막이었다. 꽃다발을 사 오기로 한 아빠가 빈손으로, 게다가 엄청 늦게 나타난 것이 화근이었다. 평소 '우아함의 화신'이라고 자처하던 엄마는 우아표 옷을 단숨에 갈가리 찢어 버리고 헐크처럼 화를 냈다. 엄마는 회사도 조퇴하고 달려온 터였다. 나중에 생각해 보니 엄마가 그렇게까지 화난 이유는 신신당부했건만 아빠가 양복은 고사하고 바람 빠진 파카를 입고 등장해서였던 것 같다. 한마디로 창피했던 거다. 부부간의 싸움이 얼마나 격렬했는지 선생님과 친구들, 부모님들이 석별의 정을 안타깝게 나누는 대신 얼이 빠져 구경만 하고 있었다. 결국 "꽃이 뭐 중요한가."란 나의 중재로 쏜살같이 학교를 빠져나와 중국집에 앉았다.
 "먹고 싶은 것 다 시켜."라는 엄마 말이 떨어지자마자 아빠는 "탕수육 하나에 짜장면 셋!"이라고 냅다 외쳐서 다시 분위기가 험악해졌지만 "메뉴가 뭐 중요한가."란 내 중재가 다시 사태를 진정시켰다. 김이 모락모락 나는 탕수육 하나를 날름 집어 먹었을 때였다.

"아들, 졸업 축하해. 이제 너도 다 컸으니 엄마 없이도 살 수 있지?"

목구멍을 부드럽게 넘어가던 고기가 딱 슬라이딩을 멈췄다. 졸업 축하, 성장 대견, 엄마 가출. 이게 웬 논리 불명의 삼단 논법이냐?

이게 엄마가 준비한 졸업 선물인가. 내 인생 통틀어 가장 서프라이즈한 선물이다. 아무리 아빠가 바람 빠진 파카를 입고 오는 중죄를 지었다지만 어째서 내가 엄마 없이 살아야 한단 말인가. 그리고 다 크다니. 이제 고작 예비 중학생일 뿐이다. 크려면 아직 앞날이 창창하게 남았다. 그리고 한마디 덧붙이자면 지금부터 나 아주 예민한 때라고.

일단 들어 보자. 나는 젓가락을 내려놓고 깍지 낀 손을 탁자 위에 살포시 올렸다. 경청 자세 완료. 엄마가 컵을 들어 물을 한 모금 마셨다. 엄마의 입술이 바르르 떨리는 것이 느껴졌다. 엄마의 시선이 내 얼굴에서 살짝 옆으로 옮겨 갔다.

엄마의 시선을 따라 고개를 돌리니 아빠가 고개를 푹 숙이고 있었다. 아빠는 짜장면 비비는 데만 온 정신이 팔렸다. 언제 감았는지 떡 진 뒤통수가 한 대 쥐어박고 싶은 충동을 마구 불러일으켰다. 역시 이런 얼굴이라면. 그래, 엄마에게 딴 남자가 생겼다고 해도 용서해 버릴 것 같다. 날씬한 뒷모습을 보고 "아가씨." 하며 따라오는 남자가 한 트럭이라는 엄마의 말에 코웃음 쳤지만 그래도 먹다 버린 피자 테두리같이 후줄근한 아빠에게는 과분하다. 그래, 처음부터 안 어울린다 싶었어. 내게 선택권이 있었다면 결사적으로 "이 결혼 반댈세." 했을 거다.

"엄마에게도 엄마의 인생이라는 게 있고······."

드디어 엄마가 입을 열었다. 엄마의 인생. 아무렴, 아빠의 뒤통수를 보며 나는 고개를 끄덕였다. 이제라도 제대로 된 남자 만나 여생이나마 행복하게 살 권리가 엄마에게는 있다.

"너도 다 컸으니······."

아니, 다시 말하지만 다 크긴 뭐가 다 컸단 말이냐. 아직 키가 170도 한참 안 되는데. 아무래도 아직은 엄마가 필요할 때가 아닌가. 머리로는 엄마가 이해되면서도 내 성장판은 엄마를 강렬히 요구하고 있었다.

비장함마저 띤 엄마의 목소리가 침착하게 이어졌다. 몇 번의 한숨이 피 토하듯 터져 나왔지만 웬일인지 엄마의 표정은 살짝 들떠 있었다. 그랬다. 역시 엄마는 딴 남자가 생겨 멋진 인생을 살러 나가는 건······ 아니고 해외로 빌령이 난 것이었다. 엄마는 해외 봉사 단체에 근무하고 있었다. 십오 년 넘게 한결같이 다니고 있는 직장이다.

"이렇게 갑자기?"

"끝까지 버텼는데 급작스럽게 결정이 나서."

그렇다. 너무나 급작스럽고 게다가 부자연스럽다. 마치 시청률 부진으로 갑자기 주인공을 해외 전근 보내고 서둘러 끝내는 드라마 같다.

"아무래도 한 번은 해외 근무를 해야 해서. 미루고 미뤘지만 더 이상 못 버티겠어. 잘리지 않으려면……."

숭고한 봉사 정신만큼 거룩한 부양의 의무라는 게 엄마에게 있었던 것이다.

"그럼, 그럼. 아무 걱정 마."

입가에 짜장면 소스를 잔뜩 묻힌 채 아빠는 신뢰성 제로의 얼굴로 말했다. 그럼, 그럼, 걱정은 당신 때문이야. 변변치 못하니까 엄마가 힘든 해외 근무까지 해야 하는 것 아니야.

엄마는 '중국집 선언' 일주일 후 아프리카로 떠났다. 큰 여행가방을 끌고 공항에서 손을 흔드는 엄마를 보니 눈물이 찔끔 나왔다.

"아, 저 가방 속으로 들어가고 싶어."

속으로 생각한 것이 귀에 들리다니. 깜짝 놀랐는데 곁에 선 아빠의 입에서 나온 소리였다. 기분 나쁘다. 어째서 똑같은 생각을 하고 있는 건지.

"쇼핑이라도 하고 갈까."

또 약속이라도 한 듯 합창으로 흘러나왔다. 이제는 기분 나쁘기보다는 오싹하다.

"아니지, 오늘은 중요한 일이 있다."

중요한 일이라니. 평소에 중요한 일은커녕 사소한 일도 하지 않는 주제에. 하지만 아빠는 그 말을 증명이라도 하듯 몸을 돌려 날래게 공항을 빠져나갔다.

그날 오후 우리는 이사를 했다.

그리고 아빠는 명탐정이 되었다.

이 말도 안 되는 일들을 아빠는 모두 하루에 저질렀다. 사실 그 당시에는 집 꼴에 놀란 나머지 이사 뒤에 또 다른 계략이 도사리고 있으리라고는 짐작하지 못했다.

집 안은 비밀을 감추듯 거미줄과 먼지가 가득했다. 2층에서 내려다본 손바닥만 한 마당은 마른 잡초와 쓰레기로 뒤덮여 있었다. 이삿짐센터 아저씨들도 집을 보고는 깜짝 놀라 대충 짐만 부려 놓고 꽁무니를 뺐다. 금방이라도 폭삭 내려앉을 것처럼 삭은 마루는 걸음을 옮기는 족족 비명을 질러 댔다. 공포 영화에 자주 나오는 세트 같은 집이었다. 그것이 공포의 서막이라는 것을 나는 확실히 직감했다.

"하하하…… 어떠냐?"

어떻긴 뭘? 이럴 때 조심해야 한다. 아빠가 저렇게 공허한 웃음을 날린 후에는 참으로 내실 있는 사고가 터지곤 했다.

"어, 어, 엄마도 알아?"

"모르지."

그렇지. 엄마가 알았으면 이런 사태가 벌어지도록 내버려 둘 리 없지. 어쩐지 요 며칠 아빠가 묘한 미소를 짓다가 갑자기 푸하핫, 웃음을 터뜨리며 방바닥을 두들기곤 하더라니. 엄마 떠나는 게 아무리 신나도 저렇게 대 놓고 좋아하나 싶었다. 그런데 이런 꿍꿍이가 있었던 거다.

"우리 집은?"

"전세금 뺐지."

"혹시 가게도?"

"가게는 어차피 월센데 뭐."

예상은 빗나가지 않았다.

"왜?"

"아무래도 비디오 대여점은 하향 사업 같은 생각이 들어서."

그걸 이제 알았냐? 일 년 전 비디오 도서 대여점을 낸다고 했을 때 분명 엄마와 내가 쌍수 들어 말리며 하던 소리였다. 케이블 채널에서 최신 영화를 빵빵하게 틀어 대는데 비디오 대여리니. 더군다나 도서 대여는 말 나했다. 요즘 누가 책 같은 걸 읽는단 말인가. 아빠의 사업 감각은 한 십만 광년 정도는 뒤처진다. 그 전에 헌책방을 낼 때도 그랬고, 그 전전에 프라모델 판매점은 좀 맘에 들었지만 아무튼, 엄마와 내가 "그건 안 돼, 그건 안 돼."

노래를 부른 게 몇 번이었느냐 말이다.

"이번엔 뭐야?"

"아하하……."

또 나왔다. 저 공허하기 짝이 없는 웃음.

"척 보면 모르겠냐? 뭔가 오서독스한 분위기?"

척 봐도 모르겠다. 아무리 봐도 모르겠다. '오서독스'란 말도 뭔지 모른다. 뭔가 오싹한 기분이 드는 단어다. 알고 싶지도 않다. 알고 싶은 거라곤 오늘 밤 이 집에서 잘 수 있는가 하는 거다. 그러기 위해서 할 일은 한 가지뿐이었다. 나는 이삿짐을 풀어 청소기를 찾아냈다.

*

크리스마스 푸딩의 모험.

이것은 카페의 이름이다. 우리가 이사 온 흉가, 아빠의 표현에 의하면 '오서독스'한 집의 아래층 이름이다. 며칠에 걸쳐 안팎을 신들린 듯 청소하다 문득 정신 차리고 보니 새로 이사한 집은 참으로 독특한 구조였다.

제법 너른네도 불구하고 딱 두 개뿐인 방은 2층에 몰려 있었다. 온통 휑한 마룻바닥인 아래층에는 한쪽 구석에 소리대 하나만 덜렁 놓여 있을 뿐이었다. 집의 기본 개념 따위 과감히 무시하는 박진감 넘치는 구조였다. 그 아래층에 아빠는 카페를 차리겠다고 했다. 커피믹스밖에 못 타면서 무슨 카페. 과연 아빠는 커피(물론 커피믹스로 탄), 백 퍼센트 오렌지주스(물론 슈퍼에서 파는 것), 우유(찬 맛과 따뜻한 맛, 두 종류)라는 단출한 메뉴를 부끄러운 줄도 모르고 메뉴판에 끼적거려 놓았다.

완전 어이 상실이었지만 뭐, 내 알 바 아니다. 참견해 봐야 나만 골치 아프다. 하지만 카페 이름만은 참을 수 없었다. 아빠의 작명 실력은 내 이름 지은 꼴만 봐도 알 만한 수준이다.

아, 늦었지만 내 이름은 고기왕이다. 이 이름 때문에 초등학교 내내 얼마나 괴로웠는지. 초딩들이란 몸속에 유치함을 팽팽하게 채우고 누가 건드려 주기만 기다리는 존재들이다. 내 이름은 그 유치함을 자극하기에 충분하고도 넘쳤다. 왕고기나 요괴왕 정도는 그나마 평범한 수준이었다. 돼지왕, 돼지황, 돼지똥, 똥돼지…… 쇠고기, 닭고기도 있는데 어째서 다 돼지인 거냐. 뼈와 가죽뿐인 조촐한 내 몸매에 그게 가당키나 하느냔 말이다. 어쨌든 아빠가 카페 이름이라고 내놓은 것은 초딩 못지않은 수준이었다.

엔드하우스, 13인의 만찬, 치고디 디코리, 비둘기 속의 고양이, 페딩턴발 4시 50분, 버트렘 호텔, 비뚤어진 집, 오리엔탈 특급, 당신은 정원을 어떻게 가꾸시나요?, 리카타 미스터리, 쥐덫……

이 밑도 끝도, 주제도, 일관성도 없는 이름들은 죄다 애거서 크리스티의 추리소설 제목이다. 아빠가 꼽은 최종 후보는 '엔드하우스', '비뚤어진 집', 그리고 '버트램 호텔'. 아, 아빠는 정녕코 호텔이라고 쓰인 집에서 중학생 아들이 가방 메고 학교 가는 꼴을 보고 싶은 걸까? 아, 이러면 나 정말 비뚤어질지도 몰라.

애거서 크리스티의 추리소설 제목을 향한 아빠의 집념은 도저히 꺾을 수가 없어서(이 사람은 한번 마음먹으면 불도저처럼 밀어붙이는 게 특기다.) 내가 최종 타협안으로 내놓은 이름은 명탐정 포와로가 등장하는 소설인 '크리스마스 푸딩의 모험'. 특별히 그 작품이 좋아서는 아니다. 다만 카페란 자고로 이렇게 말랑말랑한 이름이어야 하는 법이다.

횡뎅그렁한 카페에 탁자 대여섯 개를 들여놓고 짝이 맞지 않는 의자를 대충 놓는 것으로 인테리어는 끝. 거기다 온 벽면을 둘러 짜 넣은 책장에 헌책방과 도서 대여점을 말아먹은 끝에 훈장처럼 남은 추리소설과 만화책을 꽂는 것으로 마무리했다.

"빈티지지, 빈티지. 요즘 이런 게 유행이야."

아빠는 헤벌쭉 웃으며 말했지만 이건 빈티지가 아니라 그냥 빈(貧)한 거다.

이런 꼴로 손님을 기대하는 것 자체가 무리였다. 간판까지 버젓이 걸어 놓은 카페에는 일주일이 지나도록 개미 한 마리 얼씬하지 않았다. 잘못 지었다. 카페 이름은 애거서 크리스티의 최고

걸작『그리고 아무도 없었다』, 그게 딱이었다.

　기름값 아까워 난방도 하지 않은 카페에서 아빠와 나는 작은 난로 하나를 사이에 두고 앉아 만화책이나 읽으며 시간을 보냈다. 그러다 배가 고프면 라면을 끓여 먹고 가끔 짜장면을 시켜 먹고, 유통 기한이 다 된 우유를 마셨다. 간혹 창밖을 내다보기도 했지만 그건 손님을 기다렸다기보다는 손님이 올까 봐 겁나서였다. 학교도 안 가고, 학원도 안 가고, 엄마 잔소리도 없고, 배고프면 먹고, 졸리면 자고, 갈아입을 옷도 없고, 그래서 빤스도 안 갈아입었지만 이만하면 나쁘지 않다는 생각이 들었다. 사실 고백하자면 너무도 평화로워서 이곳이 무릉도원이 아닌가 하는 생각까지 살짝 들었다. 그렇게 천국의 맛에 점점 더 깊숙이 빠져들고 있을 때였다. 엄마에게서 메일이 왔다.

　"잘 지내니? 엄마는 말라위에 잘 도착했단다. 여기는 참 뜨거운 나라야."라고 시작하는 메일을 읽었을 때, 나는 얼굴이 화끈거려 견딜 수 없었다. 그 더운 나라까지 가서 열심히 일하는 엄마를 생각하니 새삼 아빠에 대한 증오심이 불타올랐다. 메일을 거듭 읽은 뒤 엄마에게 절대로 이실직고해서는 안 된다는 결정을 내렸다. 부부간에도 넌지시 말아야 할 선이 있는 법이다. 아빠가 용감무쌍하게도 그 선을 넘어서려는 장면을 수없이 목격해 왔고 그 결과가 어떤지 잘 알고 있었다. 이건 선을 넘어도 너무 한참 뛰어넘었다. 엄마가 알았다가는 나는 아빠 없는 하늘 아래

살게 될 게 뻔하다. 거기다 그 불똥이 나한테까지 튈지도 모를 일이었다. 이 사태를 엄마 모르게 감쪽같이 수습해야만 한다. 아빠가 카페를 성공시켜 떼돈을 버는 것은 아무리 생각해도 불가능하다. 그렇다면 이 사태를 처리할 사람은 역시 나밖에 없다. 아빠를 꼬드겨 빨리 카페 처분하고 최소한 사람 살 만한 집으로 이사하게 해야만 한다. 엄마가 돌아올 때까지는 어떻게든 원상복귀 시켜야 하는 것이다. 나는 엄마에게 답장을 쓰기 시작했다.

"엄마, 여기는 아직도 추워요. 꽃샘추위가 원래 더 매서운 법이잖아요. 오늘은 아빠가 김치찌개라는 것을 끓였어요. 집에는 김치도 없는데 어떻게 끓였는지 모르겠어요. 몇 번 토할 뻔했지만 그래도 죽지는 않았어요. 아빠도 노력하고 있으니 점점 나아지겠죠. 엄마도 더위와 모기, 초원을 가로질러 빛의 속도로 달리는 치타에 조심하고 밥 잘 챙겨 먹고 건강하세요. 이제 중학교 입학도 며칠 남지 않아서……."

그 순간이었다. 응? 뭐지? 이 기분은? 뭔가 찜찜한 기분이 등짝을 스멀스멀 기어오르기 시작했다. 며칠 동안 빤스를 안 갈아입어서 그런가? 겨우 안도의 한숨을 내쉬려는 순간, 화들짝 놀라고 말았다.

맙소사! 내일이 입학식이다!

밤새 박스를 다 뒤져 찾아낸 교복을 입고 나는 간신히 중학생이 되었다. 입학식을 마치고 오랜만의 외출, 아니 등교로 피곤한 몸을 이끌고 겨우 집, 아니 카페에 도착했다. 따뜻한 난로와 라면이 기다리는 스위트 홈을 꿈꾸었지만 내가 중학교 입학일과 함께 깜빡 잊었던 게 있었다. 바로 집에 아빠라는 사람이 있다는 사실이었다. 그건 언제 터질지 모를 시한폭탄을 두고 나온 격이었다. 카페는 내가 아침에 떠나왔던 그곳이 아니었다.

추리소설가 반 다인은 '추리소설의 20가지 법칙'에서 "추리소설에는 반드시 시체와 탐정이 등장해야 한다."고 말했다. 내가 이런 것을 알고 있는 이유는 우리 집에는 텔레비전이라는 게 한 번도 있었던 적이 없었고 대신 아빠의 전직과 미스터리물 마니아다운 취미 때문에 집 안에 널리고 널린 것이 추리소설과 탐정만화였기 때문이다. 젖병을 떼자마자 내 손에 쥐어진 것은 범죄와 폭력이 난무하는 미스터리물. 오늘날 나를 키운 8할은 명탐정들이라 해도 과언이 아니다. 반 다인이 꼽는 추리소설의 요소 외에 내가 강하게 꼽는 것이 두 가지 더 있다. 그것은 '트릭과 반전'이다.

'카페 크리스마스 푸딩의 모험'이라는 간판 옆에 떡하니 붙어 있는 새로운 간판.

'명탐정 고명달 사무소'.

반전이다. 진부하기 짝이 없는. 그리고 트릭이다. 눈을 가리니 아웅, 하는 소리가 귓가에 메아리쳤다. 이 사람, 처음부터 이럴 작정이었던 것이다.

그렇게 카페는 카페 겸 탐정 사무소가 되었다. 내가 중학교에 간 첫날의 일이었다.

그때부터 지금까지 약 일 년 반의 시간이 흘렀다. 엄마는 아직 돌아오지 않았고 아빠는 여전히 명탐정이다. 고로 나는 변함없이 명탐정의 아들이다.

*

"아, 더워! 야, 무슨 카페가 이렇게 덥냐? 이러니까 손님이 하나도 없지. 에어컨 좀 켜 봐!"

멍청이, 에어컨이 어디 있냐?

나는 대답하기도 귀찮아 파리 쫓듯 손을 홰홰 내저었다.

"야, 너만 선풍기 쐬냐? 이쪽으로 돌려 봐. 그리고 손님 왔으면 시원한 주스라도 한잔 대접해라."

아, 귀찮은 자식. 돈도 안 내는 주제에 손님은 무슨 손님. 안 주면 더 귀찮게 할까 봐 냉장고에서 백 퍼센트 오렌지주스를 꺼내 한 잔 따라 내밀었다. 녀석은 헤벌쭉해서 주스를 단숨에 비우고는 선풍기에 얼굴을 갖다 댔다. 바보 녀석. 선풍기를 고정시키면 되지, 선풍기 따라 고개를 회전하고 있냐.

바보 놈의 이름은 고민혁. 녀석의 초등학교 때 별명은 곰인형. 초딩들이 짓는 별명이란 원초적이기 그지없다. 그 외에도 곰팅

이, 곰새끼, 심지어 곰발바닥, 곰쓸개 같은 별명이 있었지만 중학교에 들어가더니 영어로 된 아주 글로벌한 별명이 붙었다. 몽키. 녀석의 생김새가 바나나를 길게 늘여 놓은 것 같아서인 것 같다. 어째서 바나나가 아니라 몽키냐고 묻는다면 모르겠다. 유치함의 끝을 모르는 중학생들의 연상 작용 따위 내가 알 게 뭐냐.

그러니까 몽키는 이른바 단짝 친구, 뭐 그런 거다.

내가 태어났을 즈음, 거의 같은 시기에 옆집 아줌마도 아기를 낳았는데 그게 몽키. 낳고 보니 몽키라니 아줌마 인생도 참 안쓰럽기 그지없다.

우리 집은 내가 태어난 후로 이 동네를 떠난 적이 없는데, 그건 몽키네도 마찬가지였다. 엄마들끼리 친하게 지내다 보니 몽키 녀석과는 기저귀도 공유하고, 유모차로 레이스도 펼치며 유치원 이 년에, 초등학교 육 년까지 줄창 붙어 다녔다. 성도 같은 '고 씨'라 같은 반이라도 되면 출석 번호 1, 2번, 키도 고만고만해서 키로 해도 녀석과 나는 1 다음에 2가 오는 불변의 법칙처럼 붙어 다닐 수밖에 없었다. 한마디로 어느 날 눈 뜨고 보니 운명처럼 몽키 같은 자식이 내 단짝 친구가 되어 있었다는 것이다. 그러니까 이건 내 의지와는 전혀 상관없는 일이다.

몽키라는 별명이 두 개체 간의 공통점에서 나온 것이라면, 원숭이는 아마도 지구상에서 가장 멍청한 동물일 것이다. 녀석을 보고 있으면 하루에도 "도대체 왜?"란 의문이 백만 번쯤 떠오를 정도다.

몽키는 눈치와 개념이란 걸 태어날 때부터 상실한 놈이다. 그 예라면 백만 스물두 개라도 단숨에 댈 수 있는데 그중에서도 가장 인상적인 사건은 5학년 때 벌어졌다. 타잔 친구처럼 천방지축으로 까불던 몽키가 6학년 짱에게 딱 걸려 화장실로 끌려간 것이다. 그때라도 제정신을 좀 차렸으면 좋았을 텐데 몽키는 "왜요, 형?" 하며 실실 웃어서 재수 없다고 원래 의도보다 열일곱 배는 더 두들겨 맞았다. 그때 너무 맞아서 상태가 좀 더 심각해진 게 아닌가 싶기도 하다. 그때 맞은 후유증으로 의심되는 또 다른 증상은 녀석의 거침없는 수면 증세다. 녀석은 '머리만 대면' 시도 때도 없이 잠을 잤다. 한번은 오후 수업 시간 내내 보이지 않아 웬일인가 싶었는데 집에 갈 때 보니 녀석이 옆 반에서 나왔다. 점심시간에 옆 반에 놀러 갔다가 그대로 퍼질러 잔 것이다. 몽키 한 마리쯤 과감하게 눈감아 준 옆 반 선생님도 참으로 대범하기 그지없다.

그런 녀석을 단짝이라고 참고 있는 것은 다 엄마 때문이다. 직장 다니는 엄마를 대신해서 몽키네 엄마가 나를 돌봐 준 은혜는 엄마를 봐서라도 모른 척할 수 없는 것이다. 하지만 몽키네 엄마가 아직도 나만 보면 "내가 너 젖 먹일 때가 엊그제 같은데."라고 할 때마다 정말 곤란하다. 철없던 시절 애기 같은 건 덮어 두는 게 예의 아니겠는가.

또 한 가지 구질구질한 이유를 들자면 완전범죄를 위해서다. 녀석이 제 엄마에게 우리 집 사정 같은 것을 나불댔다간 아프리카의 엄마 귀에 들어가는 건 시간문제다. 두 사람은 그 비싼 국제전화 요금이 무섭지도 않은지 종종 통화를 하는 눈치였다. 아줌마들의 진한 우정이라기보다는 감시가 목적이라는 의혹이 강하게 든다. 물론 감시의 대상은 내가 아니라 아빠 쪽이다. 어쨌든 우리 집 사정에 관해서는 죽을 때까지 비밀을 지키기로 몽키 녀석에게 다짐을 받아 냈다. 그런 거다. 몽키 녀석에게도 한 가지쯤 쓸모 있는 구석이 있다면 그건 지킬 건 지킨다는 거다. 물론 쓸데없는 소리를 나불댔다가는 바로 초딩 수준으로 강등되는 거라는 협박과 더불어 무한 공짜 음료수와 만화라는 당근도 살짝 이용했다.

인연의 끈이 이제 슬슬 끊길 때도 되었건만 몽키는 나와 또 같은 중학교에 배정되었다. 게다가 거푸 이 년 동안 같은 반에 출석 번호도 2번과 3번. 이름순이다. 키로 따지자면 몽키와 나 사이에 열댓 명은 세워야 할 거다. 고만고만하던 녀석이 어느새 나보다 머리 하나는 더 컸다. 이게 가장 안타까운 일이다.

"아저씨, 아니 선생님은 어디 나가셨냐?"

몽키가 아저씨, 아니 선생님이라고 부르는 건 우리 아빠다. 그 선생님이란 분은 커튼 뒤에서 낮잠 삼매경 중이시다. 눈짓으로 커튼을 가리키니 "추리 중?" 하며 몽키가 눈을 빛냈다.

몽키가 십오 년 동안 꼬박꼬박 아저씨라 부르던 우리 아빠를 갑자기 선생님이라 부르게 된 이유는 뻔하다. 몽키는 잠 많은 청소년답게 꿈도 많고 게다가 변화무쌍했다. 묻지 않아도 이번 꿈은 탐정, 아니 명탐정. 풋. 하루에도 몇 번씩 바뀌는 몽키의 꿈이 낮잠 자다 꾼 꿈에 의해 결정되는 건 아닌가 싶지만 이번에는 제법 오래간다. 벌써 석 달째다. 아빠가 의뢰인에게 사례금을 받는 장면을 목격했기 때문이라고 추측하는 것은 어렵지 않다.

"살인 사건은 얼마야?"

몽키 녀석은 이런 어이없는 소리도 나불거렸다.

살인 사건이 뭐, 편의점 삼각김밥 같은 거냐? '얼마예요' 하게? 그런데 정말 살인 사건은 얼마나 받아야 할까?

고양이 실종 사건이 건당 오만 원, 검은 고양이 실종 사건은 칠만 원(검은 고양이는 특히 찾기 어렵다.)이니까 살인 사건은 한 삼십만 원쯤 받아야 하나? 그건 아직 가격 책정을 하지 않아 잘 모르겠다. 이건 좀 곤란한데. 미리미리 준비해 둬야지, 갑자기 살인 사건이라도 맡게 되면 호떡 가격 정하듯 할 수는 없으니까. 아, 내가 지금 뭐래? '고양이 전문 탐정'에게 살인 사건 의뢰가 있을 리 없잖아?

그간 겨우 카페 월세 내고 전기 요금, 수도 요금 내고 가끔 짜장면이라도 시켜 먹을 수 있었던 건 '명탐정 고녕딜'이 동분서주했기 때문이다. 이건 진짜다. 정말 믿을 수 없을 만큼 카페 수

입은 제로였다. 한번은 할아버지 네 분이 들어오셨다가 효소차인지 뭔지를 시켰는데 메뉴는 커피와 백 퍼센트 오렌지주스, 우유뿐이라고 했더니 막 호통치며 나가 버리셨다.(효소는 곰팡이 사촌 아니야? 그런 걸 왜 돈 내고 마셔?) 예쁜 누나 둘이 들어온 적도 있었는데 푸딩을 찾다가 역시 메뉴판을 보고 황급히 돌아가서 안타깝기 그지없었다.

어이없게도 첫 고객은 금방이라도 세상 하직하고 싶은 얼굴로 카페에 들어와 명탐정인지 멍멍이인지를 찾던 아줌마였다. 그러니까 너무 정신이 없어서 지푸라기라도 잡는다는 게 엉뚱하게 우리 아빠 다리를 붙잡은 꼴이었다. 그런데 혈통서까지 갖춘 시가 백오십 만 원짜리 페르시안친칠라 고양이를 단돈 오만 원이란 저렴한 수임료로 이틀 만에 찾아 주고 나자 거짓말 같은 일이 생겼다. 우리에게 고양이들이 마구 몰려든 것이다. "우리 집 좀 찾아 주세요, 야옹―", 이렇게 고양이들이 제 발로 찾아왔으면 좋겠지만 우리가 상대하는 것은 "집 나간 우리 고양이 좀 찾아 주세요, 냐오―" 하고 울부짖는 사람들. 비탄에 빠진 사람들을 모른 척 두고 보는 것은 심히 괴로웠다. 그래서 우리는 이렇게 외칠 수밖에 없었다.

"착수금만 주시면 바로 출동합니다!"

아, 여기서 내가 자꾸 '우리'라고 하는 건 우리의 명탐정은 혼자서는 파리 한 마리도 제대로 못 잡는 터라 내가 나서지 않으면 안 되기 때문이다. 한 가지 짚고 넘어갈 것은 내가 고양이를 쫓는 것은 아빠를 돕기 위해서나, 혹은 탐정 놀이 따위가 좋아서가 절대 아니라는 것이다. 아빠 몰래 카페를 부동산에 내놨지만 카페는 전혀 나갈 조짐도 없고, 커피 한 잔 못 팔았지만 꼬박꼬박 월세는 내야 하고, 가끔 짜장면도 먹어야 하는 서글픈 현실이 내게 있었기 때문이다. 아이, 젠장.

*

의뢰인은 오후에 찾아왔다.

창밖으로 갑자기 먹구름이 몰려오며 사방이 어둑해지고 멀리서 짐승의 울음처럼 천둥소리가 들려오는 음산한 날씨의 기미는 조금도 없는 쾌청한 날이었다. 의뢰인이 찾아오리라는 전조는 어디에도 없었다.

나는 오늘 저녁 반찬은 뭘로 할까, 하고 상상의 나래를 펼치던 중이었다. 재빨리 냉장고 속 내용물을 머릿속으로 스캔했다. 싹 나기 시작한 감자를 해치워야 한다. 양파와 당근이 약간 있다. 이러면 둘 중 하나지. 카레나 닭볶음탕. 카레를 하려면 카레 가루를, 닭볶음탕이면 닭을 사 와야 하는데 둘 중 어느 거나 귀찮다. 그냥 감자만 볶아? 이런 주부다운 상상의 나래를 팔랑거리고 있는데 '딸랑' 카페 문이 열리는 소리가 들렸다.

오후의 햇살 속에 서 있는 긴 머리의 여자를 보고 나는 주부표 상상의 나래를 서둘러 착착 접었다.

"어서 옵쇼!"

몽키가 벌떡 일어나며 외쳤다. 뭐냐, 중국집도 아니고 '어서 옵쇼'라니.

여자는 약간 당황한 기색이었다. 카페에 들어오는 사람들의 표정은 둘 중 하나다. 당황하거나 정신 나가 있거나. 늘 있는 일이니 별로 새롭지도 않다. 눈짓으로 권한 자리에 여자가 조용히 앉았다. 나는 메뉴판을 건네며 여자를 훑어보았다. 레이더를 쫑긋 세워 여자에 관한 정보 탐색에 들어갔다. 이번엔 고양이냐, 강아지냐? 단정하게 빗어 넘긴 긴 머리에 흰 티셔츠와 청바지의 수수한 차림. 이십 대 초반을 넘지 않은 듯 화장기 없는 앳된 얼굴이다. 짧은 시간 안에 내가 여자의 외모로 알아낸 것은…… 예쁘다는 것. 그런데 어딘가 낯이 익었다. 분명 어디선가 본 얼굴인데. 어디서일까?

"카라멜 마키아토!"

"에스프레소 마키아토예요."

여자는 미소를 지으며 말했다.

그렇다. 여자는 몇 달 전 겨울, 고양이 찾기를 의뢰했었다. 그때보다 머리가 훨씬 길게 자라났고 어딘가 모르게 엄청 예뻐져서 바로 못 알아본 것이다.

에스프레소 마키아토란 검은 고양이. 코 주위만 하얗게 털이 있어서 이럴 때는 오만 원을 받아야 하나, 칠만 원을 받아야 하나 망설였지만 그달 전기 요금도 많이 나왔고 아무리 봐도 전체적으로 검은 고양이라 칠만 원을 받았던 기억이 난다.

사실 고양이는 수임료 오만 원이라는 가격이 아깝지 않을 정도로 찾기 힘들다. 그래서 강아지보다는 고양이 의뢰 건이 압도적으로 많은지도 모른다. 강아지들은 집을 나가도 얼마 지나지 않아 스스로 기어 들어오기도 하고 전단지를 붙여 놓으면 찾을 확률도 꽤 높은 편이다. 하지만 고양이는 일단 집 나가면 속수무책이다. 밤에 추적하는 것이 성공률이 높았는데 그건 고양이들이 의외로 겁이 많아 낮에는 숨어 있다가 밤이 되어야 돌아다니기 때문이다. 주인의 집에서 받아 온 고양이 배설물을 고양이가 숨어 있을 만한 곳 주위에 뿌려 놓고 유인하는 것이 정석이다. 물론 결정적인 순간에는 참치 캔이 한몫하지만.

검은 고양이만 유독 가격을 달리 책정하는 것은 그만큼 검은 고양이 찾기가 힘들기 때문이다. 검은 고양이는 밤이면 눈에 잘 띄지 않는 데다 주인들이 고양이 사진이라고 가져오는 것이 전혀 도움이 되지 않는다. 검은 고양이는 죄다 그놈이 그놈처럼 보이는 것이다. 그래도 에스프레소 마키아토는 일주일 추적 끝에 겨우 찾아서 지금 눈앞의 의뢰인에게 무사히 안겨 주었다.

"또 나간 거예요?"

의뢰인은 고개를 저었다. 이름이 뭐였더라? 의뢰인의 이름이 생각날 듯 말 듯했다.

"일단 메뉴를……."

"아, 주스 주세요."

의뢰인에게는 음료 가격을 따로 받지 않지만 그래도 손님이니 차 한잔 대접하는 건 기본이다. 누가 뭐래도 이건 서비스 직종이니까. 그리고 시간을 벌 필요가 있다. 나는 부리나케 커튼 뒤로 달려갔다.

병원 진료실처럼 커튼을 설치하자고 한 건 나의 강력한 주장이었다. 언제 파 놓았는지 '명탐정 고명달'이라는 명패까지 척하니 올려진 책상. 그렇지 않아도 파리 날리는 카페 중앙에 떡하니 자리 잡은 책상은 우중충 그 자체였다. 거기다 자기는 '안락의자형 탐정'이 되겠다나, 뭐라나 하며 등받이가 높은 회전의자에 앉아 있는 모양이 한마디로 꼴도 보기 싫었다. 인터넷으로 주문한 커튼이 도착하자 아빠는 싫다고, 싫다고 난리를 피웠지만 결국 현명한 선택임을 인정했다. 만화책을 읽거나 코털을 뽑거나 낮잠 자기에 커튼이 얼마나 유용한지 설삼했기 때문이다.

커튼을 열어젖히자 광활한 책상이 나타났다. 책상 위에는 명패, 볼펜 몇 자루와 수첩,(아빠가 애지중지하는 것으로 명탐정 어록이 적혀 있다.) 부채, 그리고 뒤통수가 있었다. 아빠 어깨를 세차게 흔들었다.

"일어나! 손님 왔어."

아빠는 머리를 들더니 멍한 눈으로 "내, 내일 오시라 그래."라고 주절거렸다.

"정신 차려. 이달 월세 아직이야. 빨리 옷 갈아입고 눈곱 떼고 침 닦아."

날씨가 더워지면서 노상 러닝셔츠 차림인 아빠는 허둥지둥 옷걸이에 걸려 있던 셔츠를 걸치고 단추를 채우기 시작했다. 그나마 다행인 것은 줄곧 입던 명탐정의 상징이라나, 뭐라나 하는 레인코트를 여름에는 입지 않는다는 거다. 이렇게 더우니 아무리 명탐정의 상징이라도 도리가 없었겠지만. 도대체 '탐정 유니폼은 레인코트'란 발상 자체가 진부하다. 파이프나 헌팅캡 같은 걸로 셜록 홈스 코스프레까지 하지 않은 게 그나마 다행이었다.

아빠가 단장하는 사이 의뢰인 기록 카드를 들춰 보았다. 에스프레소, 에스프레소……. 여기 있다.

에스프레소 마키아토, 코리안숏헤어(한마디로 똥고양이란 말이지), 특징은 여고생 의뢰인이 돈 냄.(이게 특징이냐?) 아무래도 앞으로 의뢰인 기록 카드는 내가 관리해야겠어. 의뢰인 이름은 오윤희, 성운고 3학년. 그래, 수재들이 모이는 것으로 유명한 성운고라고 해서 깜짝 놀랐었지. 의뢰를 맡았던 게 2월이니까……. 어쩐지 달라 보인다 했더니 대학생이 된 거구나. 성적의 노예로 살다 비로소 인간다운 삶을 누리게 되었으니 달라 보이는 게 당연하지.

아빠는 빗질을 몇 번 쓱쓱 했다. 덥수룩한 머리가 더 부풀어 올라 괴상해졌다. 본인은 지식인의 우수가 가득 찬 얼굴, 엄마는 말라비틀어진 오이장아찌라고 주장하는 얼굴이다. 아빠는 장아찌같이 찝찔한 웃음을 지어 보였다. 아, 내가 말을 말아야지. 그래도 하얀 셔츠로 갈아입고 넥타이를 매니 그런 대로 보통 아저씨 정도로는 보였다. 이틀 지났지만 다행히 셔츠는 빳빳하게 줄이 잘 서 있다. 내 다림질 솜씨는 이제 수준급이다. 스스로 감탄하다 이런 주부의 기쁨에 빠져서는 안 된다고 세차게 도리질했다.

커튼 밖을 내다보니 의뢰인 오윤희 씨 앞에 몽키 녀석이 앉아서 떠들고 있었다. 어어, 저 자식 또 무슨 바보 소리를 지껄이고 있는 거야. 나는 의뢰인을 냉큼 커튼 안으로 밀어 넣었다.

"어서 오십쇼."

아빠가 일어나며 인사했다. 어서 오십쇼, 라니. 명탐정의 대사로 진짜 안 어울리잖아.

*

상담이 시작되었다.

의뢰인 상담은 언제나 커튼 안에서 내가 지켜보는 가운데 진행된다. 아빠가 바보 같은 소리를 하지는 않나 감시하기 위해서

다. 안팎으로 바보들 감시에 정말 하루하루 늙는 것 같다.

"명탐정 고명달입니다. 고양입니까, 강아집니까?"

아무리 고양이나 강아지를 찾는 일이 주 업무라지만 명색이 탐정 사무소인데 다짜고짜 '고양이냐, 강아지냐'라니. 간접 화법이라고는 전혀 모른다, 이 사람.

"아빠, 전에 고양이 때문에 찾아오셨던 분이야. 오윤희 씨. 맞죠, 누나?"

'누나'라는 말 때문인지, 의뢰인은 미소를 지었다. 그럼 이제부터 누나인 거야.

"아, 그러셨던가요? 에스프레소 마키아토? 코에 흰 털 난 검은 고양이? 아하! 참 힘들었던 사건이죠."

아빠는 지난겨울의 추격전이 떠올랐는지 감개무량한 얼굴이 되었다.

"그럼, 또 나간 겁니까? 한번 나가면 버릇이 되는 모양입니다. 염려 마십시오. 이번에도 틀림없이 찾아 드릴 테니 맡겨만 주십시오."

윤희 누나는 잠시 주저하는 듯하더니 말했다.

"이번에는 고양이가 아니라…… 제 동생이에요."

"동생 …? 가출입니까?"

고양이도 강아지도 아닌, 난생처음 인간 실종 사건 의뢰를 맡다니. 와, 이거 좀 흥분된다. 그런데 이거 참, 난처한데. 아빠의 표정이 딱 그랬다.

"저, 그럼 일단 경찰에 신고를……. 유괴일지도 모르고. 어, 언제? 며, 몇 살이나? 동생이?"

아, 완전 당황했구나. 제 발로 찾아온 손님을 경찰서로 안내하다니. 그러고도 명탐정이냐.

"열다섯 살이에요. 중학교 2학년."

"아, 제 아들이랑 같군요. 친구다, 친구. 아하하. 아니, 참, 그럼, 이건 납치인데……."

"아니에요. 그런 건 아니고……."

의뢰인은 머뭇거렸다. 잠시 뜸을 들인 후 마침내 결심했다는 듯 입을 열었다.

"동생이 없어진 건 아니에요. 없어진 건 온리럭키예요."

침묵이 흘렀다. 정적을 깬 건 아빠였다.

"올……킬이요? 그게 뭡니까?"

"아, 열쇠예요."

열쇠. 아빠와 눈이 마주쳤다. 실망한 나와 달리 아빠는 안도한 기색이 역력했다. 아빠가 입을 열었다.

"저기, 그런 건 열쇠 아저씨한테 연락하면 바로 출장 서비스로 복사해 줄 텐데요. 한 만 원이면 되지 않나 싶은데요. 아니, 그때 만오천 원 했나? 우리가 그때 바가지 좀 썼어, 그치?"

아빠가 나를 향해 물었다.

"아, 아니에요. 그런 열쇠가."

윤희 누나는 가방에서 사진 한 장을 꺼내 건넸다. 아빠와 나는 머리를 맞댔다. 사진 속에 찍혀 있는 건 분명 열쇠였다. 하지만 아빠가 예비 키마저 홀랑 다 잃어버리고 학교까지 찾아와 수업 중인 나를 불러내서 달라고 주책 부리던 우리 집 열쇠와는 확연히 달라 보였다. 열쇠라기보다는…… 그렇다. 손바닥만 한 치마를 입고 한 바퀴 빙그르르 돌며 광선을 쏘아 대던 만화 속 소녀의 요술봉을 축소하고 납작하게 눌러 놓은 것 같았다. 게다가 투명한 유리 열쇠였다. 열쇠 구멍에 넣었다간 금방 바스러질 것 같았다. 반짝이는 열쇠는 벨벳 천으로 싸인 상자 안에 아늑하게 누워 있었다. 의도인지 실수인지 상자 옆에는 볼펜이 놓여 있었는데 견주어 보니 열쇠는 볼펜보다 약간 긴 것 같았다. 이 정도 크기라면 어디다 흘리기도 쉽지 않겠는데.

한참 사진을 살펴보던 아빠가 열쇠 머리 부분을 가리키며 물었다.

"이건 말입니까?"

"유니콘이에요. 환상의 동물이죠. 행운을 가져다준다는 전설이 있는 모양이에요."

아아, 유니콘. 어쩐지 말 대가리에 뿔이 달려 있다 싶었더니.

"음, 반짝반짝하는 게 예쁘군요. 설마 다이아는 아니죠?"

"크리스털이에요."

"아아."

"하지만 값을 따질 수 없는 물건이죠."

열쇠는 명품에는 전혀 문외한인 나도 이름은 들어 본 적 있는 T브랜드의 제품이었다. T브랜드 런칭 백 주년 기념으로 딱 열 개만 만들어 낸 행운의 열쇠로 '온리럭키(Only Luck Key)'라는 애칭으로 불린단다. '전 세계 열 명에게만 돌아가는 행운!'이라는 캐치프레이즈를 걸고 대대적으로 기념 행사를 펼쳤다는데 당최 처음 들어 본 소리였다. 백화점과 온라인을 통해 한 달간 누구나 응모할 수 있었고, 당첨된 열 사람에게 '온리럭키'를 증정하는 행사였단다. 한동안 텔레비전이며 잡지, 신문 등에 요란하게 광고했다고 한다. 뭐, 티비고 잡지고 본 적이 있어야 말이지.

"칠억 명 가까이 응모했대요."

칠억 명! 전 세계 인구의 십분의 일이 응모했다는 얘기다. 뭐, 아무리 T브랜드라고 해도 다이아도 아니고 크리스털 열쇠 하나에 칠억 명이나 달려들다니. 역시 공짜 밝히는 건 전 세계 공통인가 보다.

"T브랜드의 액세서리는 여자들에게 인기가 높죠. 예쁘기도 하지만 행운을 가져다준다는 것으로 유명해졌어요. 마케팅 수법이겠지만 그런 걸 믿고 싶은 게 사람들 심리니까요. T사의 반지로 프로포즈하면 성공률이 백 퍼센트라고 하는 소문도 있어서 커플들 사이에 인기래요. T브랜드의 대표 아이템인 열쇠 모양 펜던트는 수험 철이면 예약을 해도 구하기 힘들다고 해요. 저도 수능 시험 전에 부모님이 사 주셔서 하나 갖고 있어요. 그 덕분에 합격했다고 하긴 그렇지만 위안이 됐던 건 사실이에요. 하지만 역시 좀 부담스러운 가격이긴 해요. 작은 머리핀 하나도 십여 만 원이 훌쩍 넘으니까요."

알 수 없는 여학생들의 화려한 세계. 고작 머리핀 하나를 십만 원이나 주고 사다니 말이 되냐.

"'온리럭키'는 프렌시스 마리오 알프레드 3세라는 이탈리아의 크리스털 장인이 만들어서 예술적 가치도 높죠. 그보다는 전 세계 열 개밖에 없는 희귀품이니까요. 마니아라면 눈독 들일 만하죠. 하지만 돈 주고 살 수 있는 제품도 아니니 그만큼 값어치가 상당해요. 당장은 아니지만 앞으로 몇 년 지나면 천만 원쯤은 문제없을 거예요."

"천만 원!"

아빠와 나는 동시에 소리를 질렀다.

"하지만 저 같으면 팔지 않겠어요. 왜냐하면 오래 가지고 있을수록 가격이 오르거든요."

어, 보기보다 욕심이 많은 스타일이다. 윤희 누나가 빙그레 웃으며 덧붙였다.

"돈도 좋지만 행운의 열쇠잖아요. 이게 정말 행운을 불러온다면 아무리 돈을 많이 준대도 팔고 싶지 않을 것 같아요."

대범함에 나는 놀라고 말았다.

"사실 저도 응모했어요. 아마 우리나라 여자들은 죄다 응모하지 않았을까 싶어요. 저는 백화점에 갔다가 직원이 권하기에 재미로. 네, 역시 재미였죠. 응모할 때는 은근히 기대했지만 금방 잊어버렸어요. 복권 같은 거잖아요. 재미로 사기는 하지만 안 된다고 실망할 것도 없고. 누가 몇 십억짜리 복권에 당첨됐다고 하면 좋겠다, 잠깐 부러워하지만 나와는 아무 상관 없는 사람이니까 그런가 보다 하고 말죠. 그런데 말이에요."

윤희 누나가 가방에서 다시 사진 한 장을 꺼냈다.

"제 동생이에요. 칠천만분의 일의 확률이었던 행운의 열쇠를 거머쥔 아이."

아아, 진짜? 천만 원 상당의 열쇠를 차지하다니, 세상에. 부러우면 지는 거다, 라고 생각하면서도 나는 속으로 눈물을 철철 흘리고 있었다. 사진에는 두 손에 열쇠를 소중하게 들고 환하게 웃고 있는 소녀가 찍혀 있었다. 그러고 보니 윤희 누나랑 닮은 것 같았다.

"예쁘군요!"

속으로만 생각했는데 말하고 말았나 싶어 깜짝 놀랐는데 아빠였다. 아, 진짜 이럴 때마다 기분 오싹하다니까.

"넉 달 전쯤 행운의 열쇠 증정식 행사 때 찍은 거예요. 이탈리아에 있는 T브랜드 본사에서 부사장인가 하는 사람이 직접 왔어요. 뉴스에도 나오고 여기저기 잡지에도 실렸죠."

"대단하군요."

"어차피 홍보를 목적으로 진행한 행사니까 대대적으로 선전한 거죠."

"동생 분이 굉장히 기뻐하는 것 같은데요. 활짝 웃고 있군요."

"네, 그렇게 좋아하는 건 처음 봤어요. 사실 이런 기회는 아무에게나 오는 게 아니잖아요. 동생은 틈만 나면 열쇠를 들여다봤어요. 증정식 때 찍은 사진은 액자에 넣어서 열쇠와 함께 책상 위에 올려 두고 닳도록 쳐다봤죠."

당연하다. 나라도 일초에 한 번씩 쳐다보겠다. 천만 원이면 고양이가 이백 마리, 검은 고양이라면 백사십이 마리하고 오분의 사 마리? 아, 나 이런 계산 왜 하고 있는 거냐.

"그런데 이 행운의 열쇠가 사라진 거예요."

"그럼 도난 사건이군요!"

아빠가 대뜸 소리 질렀다. 윤희 누나가 흠칫 놀라더니 이내 침착한 표정으로 대답했다.

"글쎄요. 정말 도난 사건일까요?"

*

"열쇠가 없어진 걸 안 건 일주일 전쯤이에요. 말씀드린 대로 열쇠는 동생 방 책상 위에 놓여 있어서 언제 없어졌는지 확실치는 않아요. 뭐 찾을 게 있어서 동생 방에 갔죠. 동생은 학교 가고 없을 때였어요. 책상 위를 살펴보다가 어쩐지 이상한 기분이 드는 거예요. 늘 열쇠가 놓여 있던 자리가 비어 있었어요. 열쇠가 케이스째 사라져 버린 거죠."

"열쇠가 발이 달려 혼자 숨었을 리는 없고. 역시 그렇다면 발 달린 자의 소행……. 아! 열쇠를 노린 마니아의 소행 아닐까요? 아까 마니아라면 눈독을 들일 만하다고 하셨잖아요?"

"아니에요. 보증서를 안 가져갔거든요."

"보증서라면?"

"T브랜드의 모든 제품에는 보증서가 딸려 있죠. 행운의 열쇠에도 T사의 리미티드 컬렉션 '온리럭키'라는 걸 보증하는 증명서가 있어요. 보증서가 없으면 행운의 열쇠는 그냥 유리 조각일 뿐이죠. 마니아라면 그걸 잘 알고 있을 거예요. 보증서 없이 열쇠만 훔쳐 갈 리 없어요."

"보증서는 남겼다……?"

"네. 보증서는 동생 책상 서랍 안에 있었어요. 여기, 이게 보증서예요."

윤희 누나는 가방에서 푸른색의 작은 벨벳 주머니를 꺼냈다. 주머니 안에서 작게 접힌 종이가 나왔다. 펼쳐 보니 손바닥만 한 크기였다. 한참을 들여다보던 아빠가 고개를 절레절레 흔들었다. 그럴 줄 알았다. 보증서는 영어로 쓰여 있었다. 아빠가 보증서를 뒤집어 보았다.

"앗! 여기 숫자가 적혀 있군요."

0822. 줄을 바꿔 0●●1이란 숫자가 보증서 가운데 작게 쓰여 있었다.

"동생 글씨 같아요. 8자를 눈사람같이 쓰는 게 동생의 버릇이거든요."

"0과 1사이의 검은 동그라미는 숫자를 지운 흔적 같군."

아빠가 중얼거렸다. 나는 일단 의뢰인 기록 카드의 '특징란'에 숫자를 옮겨 적었다.

"0822. 이 숫자는 뭘까요? 전화번호……는 아닌 것 같고. 혹시 동생 생일이라든가?"

"아니에요. 동생 생일은 5월인걸요."

아빠가 숫자를 골똘히 쳐다보다 갑자기 환한 얼굴로 말했다.

"계좌 번호 같은 거 아닐까요? 아니면 인터넷 비밀번호?"

어느 중학생이 계좌 번호를 이런 데 적어 놓는대? 그리고 요즘 인터넷 비밀번호는 숫자와 영자를 섞어 써야 한다고. 머리를 긁적이던 아빠가 "모르는 문제는 패스!"라는 표정으로 가뿐하게 말했다.

"뭐, 별 뜻 없는 숫자일 수도 있죠. 그보다는 역시 이건 아무래도 도난 사건 쪽에 혐의를 두는 게……. 아, 그렇죠. 보증서는 못 찾고 황급히 달아났을 수도 있죠. 그래! 어쩌면 다시 올 수도 있겠군요. 보증서를 찾으러! 큰일입니다!"

아빠가 냅다 소리 지르더니 바로 정색한 얼굴로 말했다.

"아무래도 경찰에 신고하는 게 좋겠습니다. 이런 건 그쪽 분들이 전문이시고. 또 만에 하나 마니안지, 도둑놈인지가 다시 침입할 때를 대비해서 말이죠. 이거 굉장히 위험할 수도 있습니다. 가만, 112가 몇 번이지?"

아, 속 터져 죽을 것 같다. 경찰에게 떠넘기려는 것도 기가 막히지만 그보다 더 어이없는 건 아빠의 수사 방식이다. 고양이란 찾고 보면 항상 제 집 근방에서 발견됐다. 범인은 아니, 고양이는 멀리 가지 않는 법이다. 그간의 경험에도 불구하고 아빠는 기초적인 수사 원칙조차 깨치지 못했단 말인가. 하도 답답해서 그냥 내가 단도직입적으로 말했다.

"동생이 가져갔나 보죠 아니면 다른 데 두었거나."

내 말에 윤희 누나가 고개를 끄덕였다. 살짝 웃어 주기까지 했다. 반해 버릴 수밖에 없다.

"맞아. 동생이었어."

아아, 라는 탄식인지 안도인지 모를 소리가 아빠의 입에서 흘러 나왔다.

"동생이 그러는 거야. 자기한테는 필요 없어서 누구 줬다고. 그게 누구냐고 물었더니 '행운이 필요한 사람'이랬어. 농담하나 했는데 그런 분위기는 아니었어."

"처, 천만 원인데요? 그걸 그냥 줬단 말이에요?"

나는 흥분할 수밖에 없었다.

"이해가 안 돼."

윤희 누나의 말에 동감입니다, 라고 하려는데 윤희 누나가 먼저 입을 열었다.

"사실 행운의 열쇠는 가격을 매길 수 없는 물건이야. 게다가 보증서가 없다면 물질적인 가치는 제로지. 동생에게는 물질적 가치 이상의 의미가 있는 물건이었어. 전 세계 열 개밖에 안 되는 행운을 차지했다고 정말 기뻐했거든. 그렇게 소중히 여기던 걸 주다니. 난 이해가 안 돼. 그걸 누구에게 준 걸까?"

"저기, 직접 동생에게 물어보는 게……."

내 말에 윤희 누나가 고개를 끄덕였다.

"물어봤지. 그런데 자기 건데 무슨 상관이냐고 버럭 화를 내는 거야. 동생이 그러는 건 처음이라 얼마나 놀랐던지. 그때는 나도 맘 상해서 그냥 넘어갔는데 나중에 곰곰이 생각해 보니 그게 아니다 싶었어. 아무래도 동생이 협박 당해서 뺏긴 것 같아."

"협박!"

아빠와 나는 동시에 외쳤다. 윤희 누나는 가방에서 뭔가를 꺼냈다. 작게 여러 번 접은 종이였다.

"그날 동생 방 휴지통에서 발견한 거예요."

아빠가 메모를 폈다.

> 행운과 불운은 모두 예기치 않은 순간에 찾아온다.
> 눈먼 행운.
> 그 끝 역시 불운과 다르지 않다.

아빠는 메모를 뒤집어 보았다. 그것뿐이었다. 세 줄의 문장은 다이어리를 뜯은 듯한 종이에 쓰여 있었다.

"명언 같은 건가?"

아빠가 말했다. 명언치고는 오싹한 문장이었다. 나는 역시 의뢰인 기록 카드에 옮겨 적었다.

"협박 문구치고는 대단히 추상적이군요. 저라면 돈 액수를 밝히거나 죽여 버리겠다거나, 그런 식으로 정확하게 협박할 텐데……. 혹시 이 글씨가 동생의 필체는 아닌가요?"

"동생의 글씨는 제가 알아요. 동생이 쓴 게 아니에요. 확실해요."

글씨는 흔히 쓰는 검정 펜으로 쓰였다. 부러 90도 각을 살려 쓴 딱딱한 글씨. 그건 누구의 필체라고 하기도 애매했다. 오히려 필체를 숨기려고 쓴 글씨 같아 보였다.

"혹, 동생이 이런 다이어리를 쓰는 것을 본 적은 없습니까? 여기 구석에 귀여운 그림이 그려져 있군요. 돼지인가요? 아니, 곰인가?"

"다이어리까지 찾아보지는 않았어요. 하지만 이건 분명 동생 글씨가 아니에요. 제 생각에는요, 동생은 누군가에게 협박을 받고 행운의 열쇠를 뺏긴 것 같아요. 줄 마음이 있으면 보증서까지 줬겠죠. 뺏겼지만 그렇다고 말하지 못할 만한 사정이 있는 게 아닐까요? 저는 그게 걱정이 되는 거예요."

아빠가 멀뚱히 턱만 슬슬 문지르고 있자 답답하다는 듯 윤희 누나가 서둘러 말을 이었다.

"그럼, 이건 어떤가요? 최근 동생의 몸에 여기저기 상처가 났어요. 요전에는 얼굴에 작은 반창고를 붙이고 있길래 뭐냐고 물었더니 고양이가 할퀸 거라더군요. 그때는 무심히 넘겼는데 언젠가 보니 무릎이 퍼렇게 멍들어 있는 거예요. 두 무릎 다요. 넘어진 거라고 하는데 어쩐지 좀 이상했어요. 그건 분명 실수로 난 상처들이 아니었거든요."

"글쎄요. 보통 무릎을 때리지는 않죠."

아빠가 말했다. 윤희 누나가 입술을 달싹거리다 말고 대신 꼭 깨물었다.

"하지만 가능성은 있군요."

아빠의 말에 윤희 누나의 얼굴이 밝아졌다.

"네, 그렇죠?"

"하지만 이런 문제는 전문가들이……. 그러니까 거 뭐냐, 청소년 폭력 상담소라든가, 그런 데 계신 분들이 더 잘 알지 않을까요?"

윤희 누나의 표정이 다시 어두워졌다. 잠시 골똘히 생각하는 듯하더니 입을 열었다.

"그럼 행운의 열쇠는 찾아 주실 수 있는 거죠? 저는 행운의 열쇠가 지금 누구 손에 있는지 알고 싶어요. 아무래도 도난 사건은 아닌 것 같으니 경찰에 도움을 청할 수 없는 일 같아서요. 탐정님은 맡아 주실 수 있지 않을까요?"

윤희 누나가 간절한 눈으로 아빠를 쳐다봤다. 아빠는 윤희 누나의 시선을 피해 허공을 응시했다. 고민하는 눈초리다. 당연하다. 고양이 전문 탐정에게 '도난일지도, 아닐지도 모를' 애매한 사건 의뢰라니. 머리를 벅벅 긁는 것으로 보아 고민이 더욱 격렬해졌음이 분명하다.

"명탐정이시잖아요."

윤희 누나가 쐐기를 박았다. 명탐정, 그것은 아빠에게 마법사의 주문 같은 단어. 과연 아빠의 콧구멍이 벌렁거리기 시작했다.

"제대로 찾아오셨습니다. 아무래도 경찰은 상대해 주지 않겠지요. 바쁘신 분들이니까요. 하지만! 이런 사건은 역시 명탐정의 몫이죠. 아, 저희가 절대로 몹시 한가하거나 그런 건 아닙니다. 바쁜 시간을 쪼개서 수사를 한달까요."

몇 주 동안 고양이 찾는 의뢰 하나 없었는데도 그런 말이 나오냐? 아빠의 인생 신조는 "한 번뿐인 인생, 멋들어지게 산다!" 그것은 '정의 수호와 인류 평화'라는 얼토당토않은 명탐정의 신조와 함께 아빠를 움직이게 하는 터보 엔진이다. 뜻은 멋지고 아름다운데 목적지와는 완전히 반대 방향으로 전력 질주하고 있다. 거기다 "명탐정"이라는 소리까지 듣고 말았으니 이제 그 질주를 멈추는 것은 불가능하다. 아빠는 콧김을 슉슉 내뿜었다. 기쁨을 억누른 채 진지한 표정을 지으며 아빠가 말했다.

"좀 더 이야기를 들려주시겠습니까?"

아빠는 깍지 낀 손을 책상 위에 올려놓았다.

2
첫 번째 의뢰인

의뢰인 오윤희, 20세. 성운대 1학년 재학 중.

의뢰인이 상담해 온 동생은 오유리, 15세, 신비여중 2학년 재학 중.

오, 신비여중이라면 교장이 '오타쿠'인 학교. 파격적이기 그지없는 핑크 색 교복이 그 증거다. 특히 하복은 세일러복. 게다가 스커트는 엄청 짧다. 흐흥. 아무래도 교장실 장식장에는 트로피 대신 핑크 색 드레스를 입은 바비 인형들이 진열되어 있을 것 같다. 기회만 되면 한번 확인해 보러 가고 싶다.

신비여중 학생들이 핑크 색 스커트를 나풀거리며 지나가면 몽키 녀석을 비롯한 우리 학교 애들은 원숭이 떼처럼 괴성을 지르며 광분한다. 아드레날린과 페로몬, 호르몬 등등이 여드름과 함께 용광로처럼 분출하는 시기, 우리 학교 애들이 최고로 좋아하는 색은 단연 신비여중 핑크다. 미술 시간에 무심코 하늘에 칠하고 만 색이 신비여중 핑크. 매점에서 고르는 것도 신비여중 핑크 우유. 핑크 색만 보면 '파블로프의 개'처럼 침을 흘리고 눈이 게슴츠레해지고 마는 것이다.

신비여중과 내가 다니는 혜성중은 서로 엎어지면 코 닿을 곳에 있어 아침이면 요 앞 삼거리에서 핑크 소녀들과 생쥐 떼가 쫙 갈라지는 장관이 펼쳐진다. 참고로 말하자면 우리 학교 교복은 위아래 모두 회색이라 '찍찍이'라 불린다. 아무리 잘 봐 줘도 미키마우스보다는 시궁쥐에 가깝다.

그나저나 윤희 누나, 대단하다. 특목고인 성운고에 이어 성운대라니. 성운대는 우리 집과 지척에 있다. 우리 동네에 있다니까 집 앞 슈퍼 가듯 쉽게 들어갈 수 있다고 생각하면 곤란하다. 성운대는 우리나라에서 손꼽히는 최고 명문 사립대, 내게는 저 멀리 명왕성 옆에 붙은 위성 같은 느낌이다. 성운대 학생들은 눈썹 없고 머리 큰 초록 외계인인 줄 알았는데, 이렇게 예쁜 윤희 누나 같은 사람이 다녔던 거구나. 윤희 누나는 그러니까 말로만 듣던 이티, 아니 엘리트인 것이다.

"먼저 농생분에 대해서 좀 이야기해 주실 수 있을까요? 성격이라든가, 좋아하는 음식이라든가……."

좋아하는 음식이라니? 고양이도 아닌데 그런 건 왜 묻는 거냐?

"착해요. 막내라 어리광은 좀 부리는 편이지만 부모님 말씀도 잘 듣고. 저랑 나이 차가 좀 나다 보니 별로 다툰 적도 없어요. 한 번씩 툴툴거리기는 하지만 응석 수준이에요. 좋아하는 음식은 떡볶이랑 고구마피자, 슈크림, 딸기아이스크림……. 더 말해요?"

"슈크림이랑 딸기아이스크림……."

아빠가 따라 말하며 수첩에 받아 적었다.

"아닙니다. 됐습니다. 그럼, 주변 친구들에 대해서 이야기해 주시겠습니까? 유리 양과 어울리던 친한 친구들이라든가."

윤희 누나가 한참 골똘히 생각하더니 고개를 절레절레 흔들었다.

"친한 친구는……. 그게, 잘 생각이 안 나네요."

"혹시 친구가 없나요?"

"아니에요. 그럴 리 있나요. 당연히 친구는 있죠. 생일 파티도 했는걸요. 유리 생일날 외식하자고 했더니 친구들이랑 밥 먹겠다고 했거든요. 대신 엄마가 용돈을 두둑이 줬어요. 분명히 기억해요. 그날 새벽 늦게 들어와서 엄마한테 좀 혼났거든요."

"친구들과 늦게까지 놀았나 보군요."

"네, 그랬나 봐요. 아, 생각났어요. 지혜, 민지혜. 1학년 때 같은 반 친구예요."

나는 '민지혜'라는 이름을 기록했다.

"지혜 얘기는 꽤 했어요. 2학년 올라가면서 다른 반이 됐다고 유리가 꽤 안타까워했어요. 그러고 보니 유리가 요즘 지혜 이야기는 통 하지 않았네요. 애들은 반이 달라지면 금방 멀어지나 봐요."

"새로운 친구들을 사귀다 보면 소원해질 수도 있죠. 애들이 또 의외로 적응력이 굉장히 뛰어나지 않습니까?"

아빠가 말했다. 윤희 누나는 고개를 끄덕이더니 께름칙한 얼굴로 말했다.

"그런데…… 지혜 외에는 아무리 생각해도 떠오르는 이름이 없네요. 죄송해요. 사실 저도 올해 대학 들어가고부터는 유리랑 이야기할 기회가 거의 없어서."

아빠가 기다렸다는 듯이 방긋 웃었다.

"아항, 그렇죠. 대학교가 굉장히 바쁘잖아요. 술도 마셔야지, 엠티도 가야지, 동아리 가입도 해야지. 거 뭐냐, 저는 '고추모'란 동아리에 들었다가 푹 빠지는 바람에 1학년 때는 강의실이 어떻게 생겼는지도 모르고 살았습니다, 아하하. 참고로 고추모는 '고전 추리소설을 사랑하는 사람들의 모임'이었습니다. 참 왕성하게 술을 마셨죠."

아빠가 한쪽 손을 이마에 대더니 하늘에 걸린 영롱한 무지개를 보는 듯한 표정을 지었다. 지금 대학 시절의 낭만 따위에 흠뻑 빠져들 때가 아니라고. 다행히 윤희 누나는 아빠 말을 귀담아 듣는 것 같지 않았다. 혼자 생각에 잠겨 있는 듯하더니 결심한 듯 입을 열었다.

"실은 몇 달 전에 제가 동생을 야단친 적이 있었어요."

아빠가 다시 볼펜을 들고 계속 하라는 눈짓을 보냈다.

"동생이 귀를 뚫고 왔더라고요. 네, 귀고리를 달고 왔어요. 머리카락으로 감쪽같이 가리고 있어서 몰랐는데 자기 방에서 소독약 바르고 있는 걸 발견했죠. 빨갛게 부어서 진물이 줄줄 흐르고 있더군요. 학생이, 그것도 몰래 귀를 뚫다니 정말 어이가 없었어요. 요즘 애들은 부모님도, 선생님도 무섭지 않은 건가요?"

"흠. 중학생이 귀고리 하는 경우는 드문가요?"

"그럼요. 저는 상상도 못할 일이에요. 그런 건 질 나쁜 애들이나 하는 거라고요!"

윤희 누나의 목소리가 높아졌다. 자신도 눈치챘는지 황급히 덧붙였다.

"아, 아니, 우리 유리가 그렇다기보다……. 우리 유리가 그런 애가 아니거든요. 2학년 되더니 질 나쁜 애들을 사귀었나 봐요. 부모님 보시기 전에 팅징 귀고리 빼라고 하고는 친구 좀 가려 사귀라고 야단을 심하게 쳤죠. 유리가 제게 친구에 대해 한마디도 하지 않게 된 게 그때부터인 것 같아요. 같이 몰려다니는 애들 중 하나가 협박해서 열쇠를 가져간 거 아닐까요?"

"그런데 보통 그런 문제는 언니보다 엄마가 먼저 발견하고 혼내지 않나요?"

"제가 좀 유난스럽다고 생각하시죠?"

"아닙니다. 우애가 각별하신 것 같군요."

"네, 어릴 때부터 둘만 있어서 그래요. 부모님 두 분 다 일을 하셔서요."

윤희 누나 아버지는 누구나 다 아는 대기업 S전자에 다니시고 어머니는 학구열 높은 엄마들 사이에서 꽤 알아주는 유치원 원장님이라고 했다. 사는 곳을 슬쩍 물어보니 근방에서 높이로나 가격 면에서 가장 최고인 주상복합 건물이었다.

"언니니까 동생을 잘 돌봐야 한다는 말을 줄곧 들으며 자랐어요. 그러다 보니 언니라기보다는 엄마 같았다고나 할까요? 제가 책임지고 보살펴야 할 존재라고 생각하게 된 거죠. 좀 자라서 보니 다른 자매들은 그렇지 않다는 걸 알고 깜짝 놀랐어요."

"믿음직스러운 딸을 두셨으니 부모님이 그럴 만도 하셨겠죠. 제 아들은 아무 짝에도 쓸모……. 헉!"

아빠가 옆구리를 쓰다듬으며 나를 째려봤다. 나도 지지 않고 노려보았다. 아빠는 얼굴을 잔뜩 찡그린 채 물었다.

"귀고리 외에 혹시 다른 일은 없었습니까?"

"그러고 보니 유리가 외출하는 일이 줄어든 것 같아요. 아, 네. 귀고리 사건 다음인 것 같아요. 제가 너무 나무라서인지 최근에 외출하는 낌새가 없었어요. 늘 자기 방에만 틀어박혀서 노트북만 끼고 있었죠."

"유리 양이 게임을 좋아하나 보죠?"

"아니에요. 유리는 게임 안 해요. 무슨 재미로 하는지 모르겠다고 했거든요."

아빠는 심각한 얼굴로 또 뭔가 끼적거렸다. 슬쩍 보니 떡볶이 다음에 순대, 곱창이라 적고 막 닭볶음탕이라고 쓰고 있던 참이었다. 내가 닭볶음탕 부분을 손가락으로 조용히 짚어 주자 아빠가 화들짝 놀랐다. 흠흠, 헛기침을 한 후 아빠가 말했다.

"이런 말씀은 실례인지 모르겠지만 상당히 유복하신 편이겠군요."

"네. 그런 편이에요."

윤희 누나는 그런 건 왜 묻느냐는 표정이었다.

"그 나이 때 학생들이 갖고 싶은 건 뭐든 거의 가지고 있겠죠? 예를 들면 고가의 휴대폰이라든가 아이팟, 옷, 액세서리. 어이, 또 뭐 있냐?"

아빠가 나를 향해 물었다.

"게임기."

'회사 다니는 아빠'는 속으로만 말했다.

"네, 그런 것들. 동생이 가지고 싶다고 하면 대부분 가질 수 있죠?"

"네, 그런 편이죠."

윤희 누나가 어리둥절한 표정으로 고개를 끄덕였다.

"원래 굉장히 얻기 힘든 물건을 손에 쥐었을 때 그 물건을 소중히 여기게 되는 게 아닐까요? 유리 양의 경우는 말이죠, 굉장히 손쉽게 가졌다는 거죠. 정말 동생에게 행운의 열쇠가 그렇게 소중한 것이었을까요? 사실 인형이 열 개쯤 있으면 한 개쯤 없어진다고 해도 상관없지 않을까요? 그러니까 실은 별로 중요한 물건이 아니었기 때문에 누군가에게 줘 버렸을 수도 있죠."

윤희 누나가 아빠를 잠시 쳐다보더니 말했다.

"탐정님은 잘 모르시는군요. 여자애들은 인형이 열 개라고 해도 그 열 개가 다 소중해요. 만약 다른 사람에게 줬다고 한다면 그건 더 이상 소중하지 않은 인형이기 때문이죠. 행운의 열쇠는 유리한테 소중한 거였어요. 누구한테 함부로 줄 만한 게 아니라고요."

아빠는 고개를 끄덕였다.

"네, 하지만 말입니다. 아이들은 말이죠, 그런 시기가 있죠. 자기한테 소중한 것도 아낌없이 주고 싶어지는 때가 있어요. 동생분만 한 나이대에 그 대상은 대개 친구예요. 친구라면 물불 안 가리는 때죠. 순수한 시기랄까. 아, 참 그럴 때가 좋은 건데. 그러니까 말이죠, 진한 친구에게 정말 주고 싶어서 줬다고 생각하시지는 않나요?"

"그럼, 궁금하군요. 그런 친구가 누구인지. 그런 친구가 있다는 건 좋은 일인데 왜 비밀로 하는 걸까요?"

"아이들은 비밀 같은 걸 좋아하니까요. 제 아들놈도 침대 밑에 뭘 숨겨 놓고 있을지 모른단 말이죠. 거, 왜 비닐에 싸인 잡지 같은 거라든지. 그 나이엔 성적인 호기심도 왕성하고 그렇지 않습니까? 자연스러운 거지요. 그래서 저는 절대 들춰내지 않거든요. 저는 아들의 사생활도 존중해 줘야 한다고 생각하……."

"아빠!"

나도 모르게 꽥 소리를 질렀다. 도저히 못 참겠다.

"아이, 뭘 그래. 너만 한 때는 다 그런 거야. 자연스러운 현상에 절대 부끄러워할 필요 없어. 으흐흐."

으흐흐, 라니. 당신이 생각하는 잡지 따위 절대 없다고. 도대체 아들을 뭘로 생각하는 거냐? 나는 두 주먹을 불끈 쥐고 부르르 떨었다. 힐긋 보니 윤희 누나가 손으로 입을 가린 채 고개 숙여 웃고 있었다. 아, 진짜!

윤희 누나가 미소를 거두며 말했다.

"마찬가지예요. 저두 동생이 결정한 일이라면 존중해 주고 싶어요. 고가의 물건이라고 하지만 그건 어디까지나 유리 거예요. 유리가 제 의지로 준 거라면 상관없어요. 하지만 그런 협박 쪽지까지 발견하고 보니 미심쩍다는 얘기죠."

아빠가 고개를 끄덕이더니 말했다.

"이야기를 정리해 보죠. 결국 의뢰하신 건은 열쇠 실종 사건,

저희는 행운의 열쇠를 찾아 드리면 되는 거죠?"

"빼앗겼다면요. 뺏긴 게 아니라면 알고 싶어요. 그게 누구인지. 소중한 걸 아낌없이 줄 수 있는 친구가 누구인지 궁금하군요. 제발 그랬으면 좋겠네요. 빼앗겼다는 것보다는 줬다는 쪽이 기분은 나으니까요. 유리가 준 거라면 돌려받을 생각은 없어요. 그리고 이 쪽지는 도대체 누가 쓴 건지도 알고 싶군요. 조사하시다 보면 동생의 학교생활에 대해서는 자연스럽게 알게 되겠죠? 조사해 주세요. 부탁드립니다."

역시 엘리트. 똑 부러진다.

*

"야, 뭐냐, 뭐야? 살인 사건?"

커튼에 딱 달라붙어서 다 들었을 게 분명한데도 몽키 녀석은 연기하기 시작했다.

"의뢰인 상담은 비밀이야."

아빠는 꼭 중요한 때면 커튼 밖으로 나가 있으라고 했다. 그 중요한 때란 주로 의뢰인에게 수임료 얘기를 할 때다. 어른들 돈 얘기 할 때는 빠지는 게 모양이 좋다는 의견에 나도 동감이다. 그런데 이런 건 도대체 얼마를 받을 속셈이야? 아, 미리미리 수임료를 책정했어야 하는데. 너무 고양이 단일 종목에만 치중

하다 보니 다른 데 신경 쓸 틈이 없었지 뭐야.

"성운대생인데 얼굴까지 예쁘다니, 완전 내 타입이다. 언니 닮았으면 동생도 완전 예쁘겠지?"

몽키 녀석, 역시 다 들었던 거다. 나는 엉덩이를 걷어차서 녀석을 내쫓아 버렸다.

잠시 후 의뢰인 윤희 누나가 커튼 뒤에서 나왔다. 나는 배웅하러 따라나서다 문득 궁금해서 물었다.

"아 참, 에스프레소 마키아토는 잘 있어요?"

윤희 누나 얼굴이 갑자기 어두워지더니 금세 울 것 같은 표정이 되었다.

"죽었어. 얼마 전에."

"죽었어요?"

"갑자기 죽어 버렸어. 어디 아픈 기색도 없었는데 며칠 전 아침에 보니까 빳빳하게 굳어서……."

윤희 누나의 눈에 눈물이 그렁그렁 차올랐다. 곤란하다. 내가 세상에서 제일 무서운 건 엄마, 그보다 더 무서운 게 엄마의 눈물이다. 여자의 눈물엔 속수무책이다. 눈물이 본격적으로 흘러내리기 전에 서둘러 윤희 누나를 보냈다.

의뢰인이 돌아가자마자 러닝셔츠 차림으로 변한 아빠는 저녁밥 내놓으라며 성화였다. 서둘러 채 썬 감자를 볶아서 상을 차렸다. 감자를 넣은 된장국과 감자볶음이 당당하게 상 위에 올랐다. 다른 건 아무것도 없다. 김치 따위 급식 시간에는 꼴도 보기 싫은데 이상하게 집에만 오면 먹고 싶다. 몽키 녀석한테 집에서 좀 슬쩍해 오라고 시켜야겠다. 문득, 자기 집 냉장고에서 김치를 훔치는 중학생이 얼마나 될까 궁금했다. 그리고 교사자가 단짝 친구인 나라는 현실에 살짝 우울해졌다. 아무래도 나, 사춘기보다 주부 우울증이 먼저 온 것만 같다.

"된장찌개에 당근이라니 독창적인걸."

"시끄러워. 된장국이야."

"된장찌개와 된장국의 차이가 뭐냐?"

"두부 들어간 건 된장찌개, 안 들어간 건 된장국."

"흐응—"

반찬 투정 하는 주제에 밥을 한 그릇 뚝딱 비운다.

"얼마 받기로 했어?"

"응?"

"물건 찾아 주면 십 퍼센트 주는 거 아냐? 천만 원의 십 퍼센트면 오호, 백만 원."

"하지만 그 열쇠는 공짜로 받은 건데 그렇게까지 줄까? 몇 년 지나야 천만 원쯤 된다고 하니까 백만 원까지는 좀……. 한 오십만 원?"

이렇게 경제관념이 희박하니까 요 모양 요 꼴인 거잖아.

아빠가 계속해서 말했다.

"그런데 만일 오유리가 빼앗긴 게 아니라 친구한테 준 거라면? 그렇다면 오윤희 씨는 딱히 찾을 생각은 없다잖아."

"순진하긴. 그 말이 그 말이지. 둘러말했지만 요는 열쇠 찾고 싶다는 거잖아. 동생이 걱정된다거나 그런 말은 그냥 데코레이션이라고. 줬든 빼앗겼든 열쇠만 찾아오면 돼. 윤희 누나 말대로 오유리가 만일 준 거라고 해도 보증서는 갖고 있었던 걸 보면 진짜 주고 싶었던 게 아니야. 미치지 않았다면 천만 원을 막 줘? 아빠는 진짜 몰라. 아까 뭐 '친구에게는 소중한 것도 아낌없이 주고 싶을 때가 있다'고? 나 너무 웃겨서 뿜을 뻔했어."

"그럼 협박 쪽지는?"

"협박은 무슨. 오빠야, 오바. 그냥 오유리가 낙서한 거지, 뭐. 그런 거 받고 집에까지 가져오겠어? 그냥 다이어리에 낙서했다가 자기가 생각해도 유치하니까 버린 거지, 뭐. 눈먼 행운이 뭐야? 완전 닭살 돋았어. 딱 보니까 걔 사춘기네. 질풍노도의 시기잖아. 바람도 센데 배까지 탔으니 멀미도 나고 제정신이 아닌 거지. 그러니까 천만 원짜리 열쇠도 빼앗겼는지 줘 버리고. 쯧."

"흐응, 그런가? 사춘기면 막 그러냐?"

아. 어이없다. 내가 너무 건전하게 사춘기를 보내고 있으니 사춘기 아들을 앞에 두고도 저 따위 소리지.

사실 이해 불능인 것이 딱히 사춘기 애들뿐인가. 그렇게 치면 유치원생이나 초딩들이야말로 못 말리는 꼴통들이다. 다만 사탕 하나로 구워삶을 수 있는 어린애들과는 달리 사춘기 애들은 통제가 좀 어려울 뿐이다. 왜냐하면 사춘기 애들이 원하는 건 사탕이 아니라 엠피쓰리, 로고 달린 옷, 최신 휴대폰 등 고가의 물품이므로 으레 부모들이 잘 사 주지 않기 때문이다. 그러다 보면 부모 자식 간 갈등의 골은 깊어지고 부모는 '저건 자식이 아니라 원수'라고 가슴을 치게 된다. 종내에는 이렇게 내 맘대로 안 되니 이것은 내가 낳은 자식이 아니라 괴물, 아니면 어렸을 때 신생아실에서 애가 바뀐 것이 아닌가 싶어질 때 누군가 얘기하는 거다.

"사춘기라 그래요. 그만한 때는 다 그러니까 염려 붙들어 매세요!"

깔끔하다. 사춘기 자녀 따위 이해하기 위해 노력할 필요 없다. 사춘기란 자연스러운 증상일 뿐이니까 그냥 그 시기가 지나가기만 기다리면 된다. '사춘기'란 어른들의 편의를 위해 만든 단어가 아닌가 싶다. 무슨 세대니, 무슨 무슨 족이니, 어른들은 뭐든 이름 만들어 붙이는 데 환장한 사람들 아닌가.

"아무튼 팩트에 집중해야 한다고. 이성적으로 잘 생각해 봐. 사춘기와 열쇠 중에 어떤 게 사건이 되겠어? 사건인지 아닌지 판단하는 것도 탐정의 자질이야. 오유니 뒷조사는 잊어. 뒷조사라니, 그게 바람 난 남편 뒤쫓는 거랑 뭐가 달라?"

"으응? 너 그런 건 어떻게 아냐?"

"몽키네 엄마가 참 좋아해, 그런 드라마. 재밌더라고."

"응, 티비 가끔 보면 참 재밌지. 빠져들게 되더라."

"그러니까 우린 그런 거 하지 말자고. 그건 흥신소에서나 하는 일이지. 특수 렌즈 달린 카메라 들고. 우린 카메라도 없잖아. 어, 감자볶음 다 먹지 마. 아, 진짜! 좀 남기라니까!"

아빠의 입으로 젓가락이 들어가기 일보 직전, 감자를 가까스로 구출해 냈다.

"아, 치사하게."

"누가 더 치사한데? 나는 성장기라고! 나 진짜 빈혈 오는 것 같아! 빨리 열쇠 찾고 돈 받아서 육식 좀 했으면 좋겠어."

피가 뚝뚝 떨어지는 스테이크까지는 바라지도 않는다. 삼겹살이라도 포식했으면 좋겠다.

"밥 한 그릇 더!"

아빠가 밥그릇을 내게 내밀었다. 나는 밥통을 가리키며 눈을 부라렸다. 아빠가 "어른 공경, 동방예의지국, 세상 말세." 어쩌고 하더니 밥을 푸며 물었다.

"그런데 말이야, 요새 애들은 서 뭐냐, 왕따 같은 것도 있고 그렇다면서? 너는 왕따 같은 거 안 당해 봤냐?"

"갑자기 왕따는 왜? 왕따는 아무나 당하는 줄 알아?"

"어떤 애가 왕따 당하는데?"

"몰라. 왕따에 표시 있나? 그래도 뭐, 공부 못하거나 좀 지저

분하거나, 아무튼 좀 억울하게 생긴 애들 있잖아. 만만한 애들이 왕따 당하기 쉽지."

"흠…… 너희 반에도 왕따 있어?"

"뭐, 셔틀은 있는 것 같지만. 몰라."

"셔틀?"

"빵셔틀, 휴대폰 셔틀, 엠피쓰리 셔틀, 용돈 셔틀, 뭐 각종 심부름 대행해 주는 거지."

"빵 정도는 그냥 자기가 사다 먹으면 되지 않나? 넌 그런 거 하지 마."

요즘 같으면 왕따고, 빵셔틀이고 시간이 없어서 못한다. 요리와 세탁, 청소 등 가사 전담에 카페 경영, 명탐정 비서, 고양이 추적까지 몸이 열두 개라도 모자랄 지경이다. 사실 요즘은 몽키 녀석과 쌍벽을 이룰 정도로 취침 모드라 학교 수업은 뒷전이다. 나날이 성적은 떨어지고, 낼모레가 기말고사인데 감자나 볶고 있어야 하고. 살짝 울고 싶을 정도다. 아, 고작 중학생인데 어찌하여 이렇게 많은 짐을 떠안고 살아야 하는 건지.

"요즘 애들 왜 그렇게 무서워졌냐? 같이 놀면 친구지, 무슨 빵셔틀을 시키고 그러냐?"

"꼰대 같은 소리 하시 마. 요즘 애들이 놀 시간이 어디 있어? 그리고 누가 빵셔틀이랑 친구를 해? 그선 계급이야, 계급."

"학교가 군대냐? 계급 찾게."

"아무튼 학교생활이 아빠가 생각하는 것처럼 간단한 게 아니야. '사이좋게 잘 놀아라.' 한다고 '아, 네.' 하는 게 아니란 말이야."

아빠는 의자 끝에 걸터앉아 한 손으로 아래턱을 슬슬 쓰다듬었다. 분명 한 그릇 더 먹을까, 말까 고민하는 중일 거다. 성장기도 아니고 밥을 세 그릇씩이나 먹다니, 쯧. 비쩍 마른 몸에 요즘 들어 부쩍 배만 튀어나오는 걸 보면 "원래 정체가 개구리?" 하고 묻고 싶을 정도다.

"거, 있잖아."

"뭐?"

"생각 날 듯 말 듯. 그게 뭐지? 셜록 홈스 시리즈 중에 쌍둥이 동생이 목숨의 위협을 느낀다며 거 뭐냐, 인형 잔뜩 그려진 협박 편지 들고 찾아오는 거? 아무리 생각해도 기억이 안 나네."

기억력 하곤. 엉망진창이다.

"목숨의 위협 때문에 쌍둥이 동생이 찾아오는 건 「얼룩무늬 끈」이고, 암호 편지는 「춤추는 인형의 비밀」이지. 완전히 다른 이야기라고."

"어, 그랬나?"

그랬나, 라니. 그것도 그렇게 처음 듣는 것 같은 얼굴로. 아빠가 추구하는 '안락의자형 탐정'의 모델이 셜록 홈스라며, 그동안 소설책이 의자 카탈로그인 줄 알고 읽은 거냐.

"빨리 열쇠 찾았으면 좋겠어. 월세 낼 때 다 됐는데. 뭐부터 시작할 거야?"

아빠는 된장국을 후루룩 마시더니 대답했다.

"그럼 네가 오유리 주변 수사 좀 해. 신비여중 다니는 네 여자 친구한테 좀 물어봐."

아니, 오유리 뒷조사가 포인트가 아니라고 그렇게 말했건만. 그리고 신비여중에 내 여자 친구가 언제부터 생긴 거냐? 그렇게 마음대로 단정 짓지 말라고.

"미루지 말고 당장 내일부터 조사해 봐."

"어째서 내가?"

"어째서라니. 이런 일이야말로 명탐정의 조수가 나서는 거지."

명탐정의 조수라니. 그게 나는 아니지. 나는 명탐정의 아들일 뿐. 명탐정의 조수에 딱 맞는 건 그놈뿐이다.

*

예상대로 몽키 녀석은 기뻐서 날뛰었다.

"명탐정 조수란 말이시? 역시 신생님이 사림 보는 눈이 있구니. 아들도 안 시켜 주는 탐정 조수를 나한테 시킨단 말이지? 우히히히."

그래, 내가 역시 원숭이 보는 눈은 좀 있지. 네가 이렇게 나올 줄 알았다.

몽키 녀석이 갑자기 옥상 위를 맹렬한 속도로 돌기 시작했다. 얼굴은 잔뜩 가슴 벅찬 표정이다. 달리며 키스 세리머니 같은 걸 야단스럽게 펼치더니 돌연 내 앞에 멈춰 섰다. 몽키가 내 얼굴을 향해 손가락을 불쑥 내밀었다. 눈이라도 팔 듯한 기세라 나도 모르게 흠칫 뒷걸음쳤다.

"범인은 이 안에 있다!"

그러더니 "우히히히." 하며 또 옥상을 한 바퀴 돌았다.

아, 눈물 나. 어떻게 다들 이 모양이냐.

"야, 난 그게 제일 좋더라. 「소년탐정 김전일」 시리즈 중에 그 얘기 있잖아. 학교의 '7대 불가사리'를 알면 죽음을 당하게 된다. 그게 최고 재밌었어."

불가사의겠지. 상대할 힘도 없어 잠자코 들어 주는데 거기에 힘입어 몽키 녀석은 끝도 없이 주절댔다.

"그래도 역시 탐정은 코난이지. 넘치는 지성과 교양! 뛰어난 관찰력과 추리력! 흔들리시 않는 냉철함! 게다가 축구도 잘하지, 바이올린도 잘 켜지, 진짜 최고지 않냐?"

"코난은 원래 작가지."

"뭐? 웃기시네. 코난이 탐정이지 무슨 작가야? 너, 진짜 무식하다."

태어나서 교과서 외에는 책이라는 걸 읽어 본 적 없는(교과서도 읽어 봤나 의심스럽지만) 몽키가 탐정에 대해 주워들은 건 순전히 만화책뿐이다. 저건 분명 일본 만화 「명탐정 코난」 이야기. 내가 코난 도일이 「셜록 홈스」를 쓴 작가라고 했더니 몽키 녀석은 멍한 얼굴로 "탐정이 만화도 그렸다고?"라고 말했다. 아, 내가 말을 말아야지.

"아 참, 그런데 얼마야?"

또 얼마라니? 넌 내가 편의점 알바생으로 보이냐?

"명탐정님 조수니까 월급도 많겠지? 아니, 월급 아니라 시급으로 받나? 시급 삼천 원 이하로는 안 돼."

인턴 기간에는 월급이 없다고 했더니 몽키는 급격히 실망한 눈치였다. 그래서 "활동비 정도는 지급될 거야."라고 마지못해 말했더니 바로 희희낙락이다. 감정 기복이 저토록 심하다니, 어디 병 있나 싶다.

기다렸다는 듯이 점심시간 끝나는 종이 울렸다. 몽키와 함께 옥상 계단을 다다다 뛰어 내려갔다. 어쨌든 오늘부터 명탐정 조수 몽키, 행동 개시다.

행동 개시 장소는 방과 후 학원이 밀집한 거리 가운데에 있는 롯데리아.

"너 학원도 다녔냐?"

"어, 그래야 엄마가 안심하니까. 효도 차원으로 가끔 다녀."

밀크셰이크를 쪽쪽 빨며 몽키와 나는 계속 출입문을 힐끗거렸다.

"이름이 연초롱이라고? 너랑 친해?"

"친하다기보다 그냥 아는 여자애지."

몽키는 짐짓 뻐기며 말했다. 그래, 너 같은 녀석과 친하기는 좀 어렵지. 그나마 몽키가 학원이라도 다녀서 신비여중 학생을 불러낼 수 있다는 게 얼마나 다행인지.

"어, 온다, 온다."

몽키의 다급한 목소리에 나는 후다닥 일어나 구석 자리로 옮겼다.

몽키는 일어나서 두 팔을 번쩍 들고 마구 흔들어 대기 시작했다. 막 들어오던 여자애 하나가 새침한 얼굴로 몽키 앞에 앉았다. 교복이 아니라 티셔츠에 청바지 차림이었다. 신비여중 학생은 맞겠지?

곧 몽키 녀석은 햄버거와 감자튀김, 음료수에 팥빙수, 와플까지 잔뜩 쌓은 쟁반을 들고 싱글벙글 웃으며 여자애 앞에 앉았다. 활동비라고 돈 좀 줬더니 원없이 쓰는구나.

여자애는 얼굴이 동글동글한 게 귀엽다고 할 수 있을 정도였다. 몽키와 여자애는 쉴 새 없이 웃으며 떠들어 댔다. 도대체 여자애랑은 무슨 이야기를 나누는 걸까? 초등학교를 졸업하고는 여자애랑 거의 이야기를 나눠 본 적이 없어서 모르겠다.

요즘 만나는 여자들과는 주로 이런 이야기를 나눴지. 고양이입니까? 검은색, 하얀색, 혹은 줄무늬? 좋아하는 사료는? 혹시 똥은 남아 있습니까? 이런 철저하게 사무적인 이야기. 초등학교 때 내게 호감을 보였던 여자애들도 몇은 있었던 것 같은데. 그 애들 중에 신비여중에 간 애가 있었던가? 아, 말려들고 있다. 이건 분명 아빠 일인데 왜 내가 이 시간에 롯데리아에 혼자 앉아 남들 먹는 거나 구경하고 있어야 하냐고? 슬슬 기말고사 준비도 해야 하는데……. 어어? 간다.

유리문 밖으로 몽키가 여자애에게 다정하게 빠이빠이를 하고 있는 모습이 보였다. 시계를 보니 벌써 한 시간이 훌쩍 지났다. 밖으로 나가 몽키의 등을 툭 쳤다. 허공을 향해 맹렬히 손 흔들고 있던 몽키가 고개를 돌렸다. 환하게 웃는 얼굴이었다.

"야, 잘 했냐? 뭐래? 오유리 안대?"

"어, 안대. 같은 반이래. 2학년 5반."

"어 그래? 잘됐네. 뭐래?"

"완전 재수 없대. 오유리 같은 애 이야기는 입에 담기도 싫대."

어이 상실이다.

"그럼, 너 한 시간 동안이나 무슨 이야기 했냐?"

"어, 2PM 좋아한대."

"누가? 오유리가?"

"아니, 연초롱이."

젠장. 내 이럴 줄 알았어.

"걱정 마. 내일 또 만나기로 약속했으니까. 내일은 피자 먹고 싶을 것 같대."

몽키, 이 자식!

*

햄버거, 피자, 치킨, 삼종 세트만 먹고 연초롱은 입을 싹 씻었다.

"기말고사 끝나고 만나재."

몽키 녀석이 어쩐지 눈가가 촉촉해져서 말했다.

연초롱을 만난 뒤부터 몽키는 가끔 하늘을 올려다보다 한숨을 푹 쉬고 "닉쿤이 9등신이래."라는 둥 등신 같은 소리를 주절대곤 했다. 아, 이런 자식에게 내가 활동비까지 줬다니. 뭘 기대해. 일주일치 식비만 몽키와 초록인지 초롱인지 하는 애 뱃속으로 홀랑 들어간 거지.

"그런데 말이다. 탐정 곁에는 항상 완전 예쁜 여자 친구가 있잖냐. 김전일도 그렇고 명탐정 코난이나 고교생 탐정 Q도 그렇고."

또 뭐래, 이 자식. 그래서 네가 말하고자 하는 요점이 뭔데?

몽키는 한없이 촉촉한 눈으로 하늘을 바라봤다.

"초롱이가 딱인데."

이게 뭔가. 일하라고 내보냈더니 헛바람만 들었구나. 날마다 포식하며 하하, 호호 하더니 그새 정이 영글었구나. 그 애가 사흘 만에 사랑에 빠질 정도로 매력적이었나? 아무리 기억해 보려고 해도 떠오르는 건 단지 나무랄 데 없는 동그라미뿐인데. 그리고 또 하나 기억나는 건 쉴 새 없이 떠들며 치킨을 뜯던 입. 자그마한 여자애가 너무 잘 먹어서 깜짝 놀라고 말았지.

"야, 그건 너 같은 애들 낚으려고 만화가가 미소녀를 등장시킨 거지. 원래 정통 탐정 소설 속 명탐정들은 독자적으로 행동해. 혹 조수가 있더라도 다 남자야. 명탐정 대부분은 수도승 같은 생활을 했단 말이지."

물론 개중에는 여자들에게 꽤 인기 있는 쾌남형 탐정도 드물게 있으나 쓸데없이 녀석의 판타지만 키워 줄까 봐 말하지 않기로 했다. 몽키는 얼빠진 얼굴로 뭐라 중얼거렸는데 아마도 "뻥치시네." 그런 말인 것 같았다.

"그, 그런데 탐정 조수는 무슨 일을 하는데?"

활동비는 재빠르게 홀랑 쓰고 이제 와 그런 걸 묻냐?

"그긴 말이다. 눈에 뻔히 보이는 단서들을 줄줄이 지나치며 '나는 안 보여, 안 보여.' 하면서 독자들한테 '이놈보다는 내가 똑똑하군.'이라는 생각이 들게 하는 게 임무지."

"뭐?"

몽키의 얼굴이 험악해졌다.

아차차.

"너, 어차피 탐정 조수가 꿈이 아니잖아. 네 꿈은 명탐정 아니었나?"

몽키가 헤벌쭉 웃었다. 역시 단순한 놈이다.

녀석은 시험 기간이 돌아오니 한층 더 바보가 되는 것 같았다. 그나저나 수사는 전혀 진척이 되지 않고 있으니 어쩐다? 행운의 열쇠는 고사하고, 열쇠 비슷한 것에도 다가가지 못했다. 아, 곤란하다. 자고로 초동수사가 중요한 법이다. 고양이는 집 나간 지 사흘이 지나면 찾는 것을 거의 포기해야 한다. 쿨하기 그지없는 이 동물은 며칠만 지나면 집이나 주인 따위 까맣게 잊고 저 갈 데로 훌쩍 떠나고 만다. 그러니까 단서가 사라지기 전에 수사에 착수하는 것이 중요하다는 말씀. 민완함은 명탐정의 첫 번째 조건이다. 고양이 사건이나 인간 사건이나 마찬가지⋯⋯ 일 거다, 아마. 인간 사건은 처음이라 잘 모르겠지만 말이다. 그런데 명탐정이라는 인간이나, 명탐정의 조수나 다 저런 꼴이니 내 속만 탄다. 하지만 내가 왜?

내 발등에 기말고사란 불이 떨어졌단 말이다. 그사이에 행운의 열쇠가 고양이처럼 발 달려 도망갈 것도 아니고 질풍노도란 자연의 순리를 겪고 있는 오유리한테 갑자기 무슨 일이 생길 리도 없다. 실은 아무 일도 안 일어날까 봐 걱정이다. 이번 달 월세 및 각종 공과금 걱정 때문에 다크서클이 발등까지 내려올 정도다. 오유리한테 가서 "저기, 이왕 사춘기 온 김에 가출이라도 하지 않을래?" 하고 귀띔이라도 해 주고 싶은 심정이다. 그럼 깔끔하게 처리할 텐데. 아무래도 우리는 집 나간 동물 찾는 데 전문이니까. 그래, 결심했다. 일단 시험이 먼저다.

홀가분한 마음으로 집에 돌아와 책을 폈다. 그러고 보니 사람 하나 얼씬 않는 카페야말로 공부하기에는 최적의 장소다. 영어와 수학 시험을 같은 날에 보다니 이건 웬 천재의 생각인가. 기말고사 마지막 날인 내일은 공부할 게 사회 한 과목뿐이라 아주 가뿐했다. 사회 교과서를 슬슬 구경하기 시작했다. 평범하게 보이는 사건일수록 함정이 있는 법. 그것은 시험 문제에도 적용되는 수사의 원리다. 눈에 잘 띄는 단서일수록 놓치기 쉽다. 큰 제목 위주로 공부하기 시작했다.

내 앞에 사회 시험지가 놓여 있다. 이럴 수가. 예상 적중. 평범하고 놓치기 쉬운 것들을 묻는 문제로 채워진 시험지. 하지만 마지막 문제에서 막히고 말았다. 전혀 본 적 없는 내용이다. 시간이 다 되어 간다. 반 아이들은 이미 시험지를 제출하고 나가 버렸다. 남아 있는 건 나 혼자뿐이다. 선혀 모르셌나. 사인펜을 쥔 손에 땀이 차오른다. 이마에도 땀이 송골송골 솟아오르기 시작한다. 마지막 문제를 노려보는데 문득 이상한 느낌이 들어 주위를 둘러본다. 주위가 온통 까맣다. 오직 내 자리만 동그마니 남겨 놓고 주위는 사라져 버린 듯, 암흑으로 덮여 있다. 목소리가 들려왔다. "애써 봤자야." 낯익은 목소리다. 분명 알고 있는 목소리다. 아, 잠깐만. 기억날 것 같아. 분명 아는데. 분명. 목소리가 다시 말한다.

"포기해."

그리고 지진이 시작되었다.

"야, 자냐? 자?"

아빠였다. 아빠가 내 어깨를 사정없이 흔들고 있었다. 깜빡 잠든 모양이다. 힐끗 벽에 걸린 시계를 쳐다봤다. 벌써 자정이 다 된 시각.

"여! 밥은?"

"먹었어. 걱정 마."

"아니, 나 밥 안 먹었다고. 남은 것 없냐?"

이 시간까지 뭘 하다가, 하고 주부 같은 불평을 하면서도 어느새 밥을 차리고 있는 나.

참치 캔 하나를 따서 테이블 위에 놓으니 아빠가 "반찬이, 고양이 반찬……." 하며 구시렁거렸다. 찌릿, 쏘아보니 묵묵히 밥을 먹기 시작했다. 요즘은 기말고사 기간이라 따로 반찬 만들 시간이 없단 말이다. 잊어버렸는지 몰라도 나, 엄연히 본업이 학생이라고. 다시 교과서를 들었지만 불붙었던 학구열은 이미 싸늘하게 식었다. 다 아빠 때문이다. 너무 절묘한 타이밍이라 무릎을 탁 칠 수밖에 없다. 아들 공부 방해하기 위해 세상에 태어난 사람 같다. 그나저나 찜찜하다. 오랜만이다. 한동안 꾸지 않던 꿈인데. 역시 시험이란 스트레스가 불러온 것인가.

"아니! 이럴 수가……."

신문을 보던 아빠가 혀를 쯧쯧 찼다. 엄마가 봤으면 밥 먹으면서 딴짓한다고 된통 혼났겠지만 나는 고작 아들일 뿐이니까 패스. 아빠는 신문이라고는 스포츠 신문밖에 보지 않는다. 그나마 주력하는 것은 만화와 운세. '와우, 오늘 당신의 운세 완전 꽝이에요!'라고 한 치도 어긋남 없는 운명을 예고했나 보지. 힐끗 보니 웬일인지 사회면이다.

"이혼이라니! 잘 살고 있는 줄 알았는데. 역시 연예인들은……."

사회면이 아니라 연예면이었구나. 그럼 그렇지.

가끔 그런 생각이 든다. 실은 엄마는 아프리카에 간 게 아니라 아빠가 싫어서 집을 나간 게 아닐까. 아들이 상처 입을까 봐 차마 이혼했다는 사실을 밝힐 수 없어서 해외 근무라는 멋진 핑계를 대고 떠난 것이다. 서울 어딘가에서 엄마를 우연히 만난다 해도 놀랍지 않을 것 같다. 엄마가 보낸 코끼리 떼와 사자 무리가 초원 위를 사이좋게 뛰노는 사진엽서가 오히려 더 비현실적으로 보인다. 마을 주민들과 함께 찍은 사진을 보내 온 적도 있는데 온통 까만 얼굴 속에 엄마 얼굴만 동동 뜬 게 꼭 합성한 것처럼 보였다.

"아니! 이럴 수가······."

삼 초 만에 같은 대사라니. 이번엔 또 뭐냐?

"이, 이거 좋다. 이거 사자, 우리."

아빠가 펼쳐 보인 신문 면에는 업소용 팥빙수 기계 세일 광고가 대문짝만 하게 실려 있었다.

"여름엔 역시 팥빙수지. 우리 카페, 여름 특별 메뉴 같은 것 좀 준비해야지 않겠냐?"

팥빙수가 먹고 싶구나, 이 사람. 지난겨울에는 특별 메뉴로 핫초코를 야심차게 준비했지만 결국 코코아 한 통을 다 먹은 건 당신 아니냐.

"팥빙수 기계 살 돈 있으면 좀 내놔 봐. 이달 월세 낼 돈도 없는데."

"야, 넌 왜 그렇게 소극적이냐? 원래 사업은 공격적으로 하는 거야. 이럴 때일수록 투자해서 위기를 극복해야지. 최선의 방어는 공격이린 말 몰라?"

"몰라. 오늘 어디 갔다 왔어?"

"어, 저기······ 어디 좀 갔다 왔지."

"고양이 잡으러 간 거야? 돈 받고 빼돌린 건 아니지?"

몸을 날려 버둥거리는 아빠의 엉덩이에서 지갑을 빼냈다. 어?

칠만 이천삼백 원? 이렇게 많은 돈이 어디서 났지? 애매하다. 이 돈이면 검은 고양이가 한 마리. 하지만 역시 그냥 고양이 두 마리 찾고 십만 원 받아 이만 칠천칠백 원을 홀랑 썼다는 쪽에 심증을 굳혔다.

그때 가게에 요란하게 전화벨 소리가 울렸다.

"네, 크리스마스푸딩……"

나는 수화기를 들고 잠시 망설였다. 이런 시간이라면 역시…….

"네, 명탐정 고명달 사무소입니다."

"죽었대."

장난 전화다.

수화기 너머 목소리가 몽키 녀석이라서 나는 추호도 의심하지 않았다.

3
한밤의 전화

"배불러 죽었대! 꺄오—"

이런 말이 이어지기를 기다리며 속사포처럼 퍼부어 줄 욕을 삼백예순여덟 가지 정도 떠올리고 있는데 몽키 녀석은 아무 말이 없었다.

"죽고 싶냐? 장난치면 죽는다."

"오유리, 죽었대."

너 이 자식, 농담할 게 따로 있지.

자세히 이야기해 보라고 다그치자 몽키는 "초롱이, 자살, 옥상…….", 이런 단어들을 주절거리더니 "아, 나 너무 잠이 와서. 내일……." 하더니 뚝 전화를 끊어 버렸다.

바로 녀석의 휴대폰으로 전화를 했지만 받지 않았다. 시곗바늘은 1시를 넘어서고 있었다. 밤새 한숨도 자지 못했다. 물론 시험 공부를 한 건 아니다.

시험 시간 내내 멍할 뿐이었다. 아무래도 수면 부족 탓인 것 같았다. 시험지가 눈에 잘 들어오지 않았다. 태어나서 가장 길었던 시험 시간이 끝났다. 선생님이 교실에서 나가자마자 삽시간에 떠들썩해졌다. 그 속에서 '신비여중', '자살' 같은 단어가 들려와 귀가 쫑긋해졌다.

아이들은 어떻게 안 걸까? 오늘 아침 학교 오는 길, 편의점에 들러서 조간신문을 샀다. 내 손으로 신문을 산 건 태어나서 처음이었다. 하지만 신문 어디에도 신비여중 학생 자살 사건은 실려 있지 않았다. 학생 자살 같은 건 너무 흔해서 뉴스거리도 되지 않는 모양이다. 아이들의 이야기에 귀를 기울였지만 이내 영어 시험 13번 문제 답이 두 개라는 이야기로 화제가 바뀌었다.

시험이 끝난 줄도 모르고 엎어져 자고 있는 몽키 녀석을 두들겨 깨워 매점으로 갔다. 3교시 시험이 끝나고 하교하는 날이지만 매점은 아랑곳없이 성황 중이었다. 엄마가 아프리카 가서 집에 밥이 없는 녀석들이 꽤 되나 보다. 같은 반 이성윤이 혼자 다 들지도 못할 만큼 잔뜩 빵과 음료수를 안고 있었다. 시험 날에도 임무에 충실한 빈음식한 모습이라니.

인도에는 카스트 제도가 있다고 한다. 출생 신분별로 브라만과 크샤트리아, 바이샤, 수드라로 나뉘며 이 네 계급에 속하지 못하는 불가촉천민이 있다. 불가촉천민은 접촉할 수 없는 천민이란 뜻으로 짐승보다 못한 취급을 받는다. 우리 반에도 계급이 있다. 이로빈과 이로빈 따까리, 이로빈 따까리의 따까리, 그리고 빵셔틀, 네 계급으로 나뉜다. 이로빈은 제가 로빈 후드 같은 의적이라도 되는 줄 알고 깝죽대지만 놈은 의적이 아니라 그냥 도둑놈 새끼다. 주로 턱짓이나 손짓 하나로 아이들과 물건을 순간 이동시키는 초능력을 지녔다. 한마디로 주먹만 세다는 이야기다. 이로빈 주위에는 늘 대여섯 놈이 에워싸고 받들며 다른 계급을 착취하는데 이들이 이로빈 따까리다. 그리고 대다수를 이루는 이로빈 따까리의 따까리 계급은 이로빈 따까리들이 하는 짓을 흉내 낸다. 그리고 단 한 명으로 이루어진 계급이 빵셔틀, 바로 이성윤이다. 나와 몽키는 어느 계급에도 속하지 않는다. 우리는 직접 매점으로 달려가 격렬한 몸싸움 끝에 바리케이트를 뚫고 마침내 빵과 우유를 손에 넣는 순간을 즐기기 때문이다.

  이성윤은 대개 하루 네 차례 정도 빵셔틀을 한다. 등교하자마자, 2교시 끝난 후 그리고 점심시간과 5교시 후다. 이것은 정기서인 빵 운반 횟수일 뿐, 언세라노 세 계급이 원할 때는 바람처럼 매점으로 달려간다. 이성윤과는 초등학교 때 같은 반이 된 적이 있었다. 너무 오래된 일이라 가물가물하지만 이성윤이 달리기를 꽤 잘했다는 게 어렴풋이 기억난다. 운동회 때 죽어라고 뛰어 1등을 하고 겨우 노트 같은 걸 상으로 받았는데도 굉장히 기뻐했던 이성윤의 얼굴이 떠오른다. 그때는 빵셔틀 같은 것이 없던 좋은 시절이기도 했다.

이성윤이 누군가와 부딪쳐서 들고 있던 빵과 음료수가 우르르 쏟아져 내렸다. 내 발치까지 굴러온 음료수 캔을 주워 이성윤에게 건넸다. 주저앉아 빵을 줍고 있던 이성윤이 고개를 들고 나를 올려다봤다. 하지만 그 눈은 딱히 나를 보는 것 같지 않았다. 마치 혼이 빠져나간 듯한 눈이었다. 멍한 표정으로 뭐라고 작게 중얼거렸는데 "고맙다."고 하는 것 같았다. 이성윤이 빵과 음료수를 안고 좀비처럼 걸어 매점을 나갔다.

아이들 틈을 맹렬히 뚫고 겨우 콜라 한 병을 사서 단숨에 비웠다. 몽키 녀석은 야채 빵과 바나나우유를 고르더니 내 얼굴만 빤히 쳐다봤다. 활동비라는 걸 간식비로 잘못 들은 거지, 이 자식. 귀찮아서 계산을 해 주니 녀석은 희희낙락했다.

콜라로도 속은 뻥 뚫리지 않는다. 뭘 잘못 먹었는지 어제부터 속이 계속 답답했다. 옥상으로 올라가 제자리 뜀뛰기를 하는 내게 몽키가 들려준 이야기는 다음과 같다.

오유리, 의뢰인 오윤희의 동생은 어제 숨진 채 학교에서 발견되었다. 사망 추정 시간은 오전 11시경. 3교시 수업이 시작된 직후였다. 수업 받던 학생 몇이 추락 장면을 창밖으로 목격했으니 의심의 여지가 없다. 핑크 색 천 같은 게 눈 깜짝할 새 떨어졌지만 그 순간을 포착한 학생들이 있었다. 추락에 의한 뇌진탕과 골

절상, 아마도. 피가 흥건했다고 하니 과다 출혈의 가능성도 있다. 4층 학교 건물 옥상에서 떨어진 것으로 추측된다. 몽키가 연초롱에게 전화로 들은 이야기를 엉망진창, 장황하게 떠들어 대는 것을 내가 최대한 깔끔하게 간추려 본 것이다.

"수업 받던 애들 몇이 보고 꺅꺅 비명을 지르고 난리가 아니었대. 구급차가 즉시 신고 갔다는데 이미 죽은 것 같더래."

몽키는 지난밤 본 드라마 얘기라도 하듯 신나게 떠들었다.

"경찰차도 몰려오고 완전 야단법석이었대. 진짜 놀라지 않았겠냐? 눈 마주친 애도 있었을 거 아냐? 으, 끔찍해."

몽키 녀석은 몸까지 부르르 떨었다.

"야, 근데 어떡하냐? 자살해 버렸으니. 수사 종결이야? 명탐정 조수는 어떡해야 하는 거냐?"

"자살, 맞아?"

몽키는 멍한 얼굴이 되었다.

"유서 나왔대?"

"초롱이가 그런 소리는 안 하던데."

"그럼 타살 가능성도 있잖아. 아니면 실수로 떨어졌다거나."

몽키는 맹한 얼굴로 어깨만 으쓱했다. 당장이라도 달려가 사건 현장을 보고 싶었지만 이제 와서 가 봤자 무슨 소용일까 싶었다.

"초롱이, 목소리 들으니 완전 쇼크 먹은 것 같더라. 에이 씨.

시험도 끝났으니 오늘 만나자 하려고 했는데, 하필이면…….."

 내가 잡아먹을 듯이 노려보자 몽키 녀석은 냉큼 고개를 돌렸다. 그러고는 반쯤 남은 야채 빵을 입이 미어져라 욱여넣고 얄밉게 바나나우유를 빨대로 쪽쪽 빨아올렸다. 빈 우유통을 아쉽게 쳐다보며 녀석이 말했다.

 "나빴어. 옥상 문을 잠가 놨어야지. 요즘 자살하는 애들이 얼마나 많은데, '어서 합쇼.' 하고 학교가 방치해 놓은 꼴이지. 미친 거 아니냐?"

 그렇게 말하는 몽키 녀석은 틈만 나면 옥상으로 올라온다. 물론 나도 함께.

 옥상 위에 올라오는 것은 원칙상 금지지만 아이들도 선생님들도 별로 신경 쓰지 않았다. 옥상이 껌 좀 씹는 청소년들의 아지트니, 어쩌니 그런 망상을 가져선 안 된다. 요즘 애들은 옥상이나 화장실, 건물 뒤 쓰레기장 따위 이용하지 않는다. 쾌적한 카페와 피시방, 노래방 등등이 얼마든지 두 팔 벌려 청소년을 환영하는데 그런 구질구질한 장소를 이용할 듯싶으냐? 하지만 어쩌면 조만간 우리 학교 옥상 입구도 폐쇄될지 모르겠다. 소 잃고 외양간 고치는 건 어른들의 특기니까.

 옥상 문을 잠기 놨더면 소유리가 죽지 않았을까?

 나는 옥상 난간으로 다가가 아래를 굽어보았다. 바로 밑으로 화단에 깔린 잔디와 구름같이 몽실몽실한 작은 나무가 내려다

보였다. 여기에서 떨어지면 죽을까? 우리 학교 건물은 3층이다. 신비여중은 4층 건물. 한 층만큼 죽음에 가까운 높이다. 옥상 난간 위에 두 팔을 짚고 올라서 보았다. 아찔하다. 여기서 발을 헛디디면. 어어어.

"야, 죽지 마!"

헉. 죽을 뻔했다. 갑자기 몽키 녀석이 달려와 다리를 왈칵 미는 통에 휘청했다.

"너 왜 죽으려고 그래?"

이 자식. 너 때문에 방금 죽을 뻔했잖아. 위험했다. 정말 떨어질 뻔했다고 생각하자 땀이 송골 솟아올랐다. 난간에서 내려와 녀석의 멱살을 잡았다.

"너 이 자식, 무슨 짓이야?"

"너야말로 무슨 짓이야? 네가 왜 죽냐? 오유리 죽은 게 너 때문이냐? 죽은 사람은 죽은 사람이고 산 사람은 살아야 할 거 아냐?"

무슨 소리야, 오유리가 죽은 거랑 나랑 무슨 상관이 있어?

하지만 조금쯤은. 어쩌면.

아, 답답해. 왜 이렇게 계속 속이 답답한 거야? 아, 왜?

"연초롱, 만나자."

내 말에 어리둥절하던 몽키는 신나는 표정을 애써 감추며 휴대폰 버튼을 누르기 시작했다.

복잡 미묘, 연초롱은 그런 단어를 얼굴에 달고 나왔다.

요전에 만났던 롯데리아다. 문을 열고 들어오던 연초롱이 몽키 옆에 앉은 나를 보고 흠칫 놀랐다. 전화로 내가 나온다는 이야기를 다 들었으면서 뭘 그리 놀라나. 아무래도 이 커플은 환상의 발연기조인 것 같다.

연초롱은 그 와중에도 옷을 신경 써서 차려입고 나온 듯했다. 머리에 꽂은 커다란 리본이며 짧은 체크 스커트는 나오기 싫다던 말과는 사뭇 다른 차림이었다. 좋아서 나올 때는 리본을 두 개라도 달고 나오는 건가. 몽키 녀석은 연초롱을 보고 헤벌쭉했다.

"갑자기 전화해서 놀랐지? 여기는 아까 말했던 내 친구, 고기왕. 이름 좀 이상하지? 생긴 건 이래도 나쁜 애는 아니야. 그러니까…… 어렸을 때부터 쭉 친구였어. 초등학교도 같이 다녔고 쭉 같은 반, 지금도 같은 반. 아니, 5학년 때는 다른 반이었지? 아닌가? 6학년 때 다른 반……?"

"반갑다."

나는 몽키의 말을 잘랐다. 지금 그게 중요한 게 아니잖아. 그리고 네가 내 앞에서 생긴 걸 운운할 처지는 아니시. 하시만 내가 내뱉은 말도 썩 괜찮은 대사는 아니었다. 반갑기에는 상황이 어쨌든 묘한 편이니까. 그래서 재빨리 말을 덧붙였다.

"밤늦게 미안하다."

연초롱은 "빨리 들어가 봐야 해."라고 기어 들어갈 듯한 목소리로 말했다. 오호. 연초롱, 목소리가 의외로 예쁘다. 요즘 여자애들처럼 혀를 반 토막은 잘라 낸 듯한 말투였다.

"그래도 시원한 주스라도 한잔 마셔. 밖이 덥지?"

몽키가 벌떡 일어나 주문대로 갔다. 물론 녀석의 주머니에는 내가 준 활동비가 들어 있다.

시선을 마주치지 않으려는 연초롱과 마주 앉아 있으려니 어색했다. 더 어색해지기 전에 빨리 해치우는 게 낫다.

"오유리랑 같은 반이라고 들었어."

눈이 마주쳤다. 연초롱의 얼굴이 한 단계 정도 더 복잡 미묘해졌다.

"물어보고 싶은 게 있어서."

"같은 반이기는 하지만 오유리랑은 안 친했는데……. 쟤가 하도 부탁해서 나오긴 했지만, 난 잘 몰라."

연초롱은 시선으로 주문대에 서 있는 몽키의 등을 가리켰다.

"응, 그냥 네가 아는 것만 이야기해 줬으면 해."

"그런 걸 왜 너한테 말해 줘야 하는데?"라고 묻고 싶은 연초롱의 얼굴.

괜히 말을 돌리는 것보다는 솔직하게 이야기하는 편이 나을 것 같았다. 그러고 나서 협조를 구하자고 마음먹었다.

"사건을 의뢰받았어. 오유리에 대한."

연초롱의 얼굴에 물음표가 떠올랐다.

"얘네 아빠가 명탐정이거든."

주스를 들고 온 몽키가 타이밍을 정확히 맞춰 대사를 날렸다. 이번에는 연초롱의 온몸이 물음표로 덮인다. 그렇지. 지금 당장 내 머리에서 비둘기가 날아오르는 게 더 현실감 있지, 밑도 끝도 없이 명탐정이라니.

"명…… 탐정?"

아, 그냥 탐정도 아니고 '명탐정'은 역시 부끄럽다. 하지만 연초롱의 눈이 반짝 빛나는 것을 나는 놓치지 않았다. 탐정은 마법사와 함께 판타지를 불러일으키는 직업의 양대 산맥 아니겠는가.

"혹시 셜록 홈스, 그런 건 아니지? 영화에 나오는?"

그러니까 연초롱, 얘가 지금 영화에서 괴짜 콘셉트로 설정되어 있지만 실은 엄청 잘생기고 똑똑하고 권투와 합기도까지 두루 연마한 명탐정을 연기한 배우, 로버트 다우니 주니어를 떠올리고 있는 거지?

어, 빙고. 물론 그런 건 절대 아니지. 하지만 그런 환상이라면 조금쯤 간직하도록 두는 게 나을지도 모른다.

"거의…… 그런 거지."라는 내 말이 끝나기 무섭게 몽키가 떠들었다.

"너도 봤니? 거기 셜록 홈스 친구 나오잖아. 그 친구 알지?"

"주드로?"

"그래, 그래, 주드로야? 그 배우 이름이? 아무튼 그 사람이 엄청 잘생긴 의사인데 명탐정 조수도 하잖아. 그러니까 내가 지금 쟤네 아빠 조수로 고용되어 있다. 원래 사건 해결은 거의 조수가 하는 거잖아. 탐정은 앉아서 담배나 피우고. 그럼, 그럼, 바쁘지만 내 도움이 필요하다니까 시간 좀 내고 있지."

연초롱의 얼굴에 미소가 살짝 떠올랐다. 하지만 그건 딱 봐도 비웃는 표정이다. 겨우 불 지펴 놨더니 녀석이 오줌을 갈겨 완전히 꺼뜨려 버렸다. 명탐정이란 말에 "꺄아!" 하고 아이돌 스타에게 퍼붓는 환호성을 바란 건 아니지만 왠지 씁쓸했다. 그래, 여기서 비둘기 한 마리쯤 날려 주자.

"너한테…… 언니가 한 명 있어, 고등학생. 그리고 너, 탤런트 민상의 팬이야. 단 음식을 좋아하고 신 건 별로 안 좋아하지. 머리는 이틀에 한 번 감고, 별자리는 섬세하고 부드러운 모성애의 대마왕, 게자리."

연초롱의 눈이 동그래졌다.

"어…… 어떻게 알았지?"

비둘기, 제대로 날아올랐다.

"가장 사소한 단서가 가장 중요한 증거가 되는 법이지."

게임 끝. 셜록 홈스의 대사 하나로 연초롱은 완전히 넘어왔다.

"일주일 전쯤 오유리의 언니, 오윤희 씨가 사건을 의뢰하러 왔어. 의뢰 내용은 비밀이라 밝힐 수 없는 걸 이해해 줬으면 한다. 수사 중에 어제 예상치 못한 일…… 그래, 오유리가 죽은 거야. 그렇다고 사건을 그냥 종결시킬 수만은 없지. 그래서 수사에 네 도움이 절대적으로 필요할 것 같아."

연초롱의 얼굴에 미묘한 표정이 떠오르더니 이내 새치름해졌다.

"그럼, 처음부터 오유리에 대해 물으려고 나한테 접근한 거니?"

연초롱의 시선이 몽키에게 향했다.

"아냐, 아냐, 절대 아냐. 아니, 조금쯤 그런 것도 있었지만 나는 처음부터 너한테 엄청 호감이 있어서……."

황급히 입을 닫은 몽키의 얼굴이 벌겋게 달아올랐다. 이런 난데없는 고백이라니. 그런데 연초롱의 얼굴 역시 빗금이 쳐지며 둘 사이에 핑크 빛 구름 같은 게 몽실몽실 떠올랐다.

아, 뭐 이러냐. 이럴 때는 자리를 피해 주는 게 예의겠지만 왜 하필 지금? 수많은 난관에 봉착하여 수사는 진전의 기미가 전혀 보이지 않는다. 아, 젠장.

"저, 너도 봤니? 어제……."

차마 시체라는 단어는 입에 올릴 수 없었다.

"가능하면 아는 대로 다 말해 줬으면 좋겠는데."

나는 깍지 낀 두 손을 테이블 위에 올려놓으며 말했다.

따르릉—

수화기를 들기도 전에 누구인지 직감했다.

집으로 돌아와 샤워를 하고 신문을 들춰 보며 선풍기 앞에서 머리를 말리고 있을 때였다. 롯데리아에서 나온 지 한 시간 정도 지난 시각이다. 밤길 위험하다고 연초롱을 집에 데려다 주고 눈물겨운 이별 장면을 연출한 후, 바로 전화를 걸었을 것이다.

"야, 너 어떻게 한 거냐? 너 초롱이 스토킹이라도 한 거냐?"

짐작대로 몽키 녀석이었다.

"아둔한 사람은 물 한 방울밖에 보지 못하지만 논리적인 사람은 한 방울의 물을 보고 폭포를 떠올리는 법이지."

오늘 밤 두 번째 날리는 셜록 홈스의 대사다.

"뭐, 뭐야?"

전화기 저편에서 희미하게 차가 달리는 소리가 들렸다. 아직 집까지는 한참 남았구나, 녀석.

"너 빨리 말 안 해? 뭔 짓을 한 거야? 초롱이 완전 놀랐더데 너에 대해서 자꾸 묻더라고."

"듣지 않는 편이 나을 텐데. 원래 트릭은 밝혀지면 시시하거든. 뭐? 한 명 더 소개시켜 준다고? 그래, 그럼 간단히 설명해 주지. 잘 맞지도 않는 미니스커트는 딱 고등학생 취향이라 언니가 있는 줄 알았고, 연초롱이 11시 10분에 나타난 건 드라마가 끝나자마자 나왔다는 건데 그 시간대 가장 인기 있는 드라마 주인공이 민상이잖아. 텔레비전 안 봐도 그 정도는 알고 있어. 응, 응, 스포츠 신문은 늘 읽고 있으니까. 단 음식? 저번에 밀크셰이크랑 와플은 하나도 남기지 않았는데 오늘 오렌지주스는 한 모금 마시더니 눈살을 찌푸리면서 널 째려보더라고. 뭐? 시시해? 이 자식이. 그럼 나머지는 네가 추리해 봐, 명탐정 조수님."

몇 마디 시답잖은 소리를 지껄이던 몽키는 집에 도착했는지 전화를 끊었다.

그 정도는 눈썰미가 웬만큼만 있어도 어렵지 않게 추측할 수 있지. 뭘 그까짓 걸로 놀라나?

사흘이나 연속 만났으면 이틀에 한 번은 연초롱이 머리를 묶고 나왔다는 것쯤 알아챘어야지. 여자애들은 머리를 감은 날은 풀고 감지 않은 날은 묶는다는 건 기본이지. 우리 엄마가 그러니까. 그리고 며칠 전부터 몽키가 팬시점이나 옷 가게 쇼윈도에 코를 박고 있는 걸 봤다. 아마도 여자에게 선물할 일이 생긴 것이다. 게다가 "여자들은 생일날 뭘 받으면 좋아하냐?"라고 물으며 온몸을 배배 꼬았던 게 결정적 증거다. 지금 녀석에게 여자라고는 연초롱뿐. 연초롱의 생일이 며칠 후라면 분명 별자리는 게지리다. 물론 별자리는 스포츠 신문 운세란에 열광하는 아빠 덕에 주워들은 것이다. 여자들은 백에 아흔여덟은 별자리와 혈액형에 끔뻑 죽는다. 두 명 정도는 관심 있는데도 아닌 척하는 거고.

바보 녀석. 자기가 흘린 단서도 눈치채지 못하다니. 그렇다. 원래 범인은 의식하지 못한 채 단서를 스르륵 흘리는 법이다.

내일 한 명 더 만나게 해 주겠다니, 오유리와 친했던 아이일까?

테이블 위에 책이 펼쳐져 있었다. 아빠가 보다가 둔 모양이었다. 책을 들어 제목을 보니 애거서 크리스티의 『잠자는 살인』이었다. 호기심 가득한 눈으로 여기저기 들쑤시고 다녀 '늙은 고양이'라는 별명이 붙은 할머니 탐정, 미스 마플이 등장하는 소설이다. 미스 마플이라면 이럴 때 어떤 식으로 수사했을까? 일단 동네 빵가게 주인의 사촌과 셋째 조카와 둘째 고모와 다섯째 외삼촌과 넷째 외숙모와 처조카의 사돈의 팔촌 근황을 장황하게 펼친 후에 그 옆집 푸줏간 주인네 텃밭의 오이, 상추, 호박잎 뒤에 붙은 진딧물의 안부까지 늘어놓을 것이다. 그리고 미스 마플의 끊임없는 수다에 진이 빠져 "뭐, 범인 같은 것, 됐어요." 할 즈음에 "그러니까 범인이 빵가게 주인의 외삼촌의 사돈의 팔촌이군요, 호호호. 어째 그릴 것 같더라니." 하고 뒤통수를 탁 치겠지. 나는 페이지를 훌훌 넘겼다. 이미 읽은 것이라 범인이 누구인지 뻔히 아는데도 추리소설은 한번 들면 매번 정신없이 빠져들고 만다. 하지만 오늘은 이상하게 내용이 눈에 들어오지 않는다. 책을 덮고 연초롱이 했던 이야기를 다시 떠올려 보았다.

"우린 전혀 몰랐어. 3교시가 끝난 다음에 체육관에서 나왔더니 구급차랑 경찰차가 운동장에 서 있고 애들이 잔뜩 몰려 있어서 뛰어가 보니……."

연초롱은 그때 상황이 떠올랐는지 잠시 말을 멈췄다.

"얼굴은 보이지 않았어. 누가 누워 있는데 교복이 빨갛게 물들어 있었고 주변에 피가 흥건했지. 누군가 오유리라고 해서 그런 줄 알았어."

"그럼 체육 시간인데 오유리는 수업을 받고 있지 않았단 말이네."

"체육은 아니고 무용 시간."

"오…… 무용 시간. 그런 게 있구나. 발레복 같은 거 입고?"

몽키가 눈을 빛내며 물었다.

"발레복 같은 건 입지 않아. 그냥 체육복에 토슈즈만 신고 하는 거야."

연초롱이 입을 삐죽거리며 말했다.

"오유리는 왜 무용 수업에 빠졌던 거지?"

내가 다시 물었다.

"체육 시간이나 무용 시간에 아파서 쉬는 애들 한둘은 있거든. 심한 경우가 아니면 보통은 체육복으로 갈아입고 참관하게 해. 심하게 아픈 경우에는 양호실에 가서 쉬기도 하고."

말하면서 연초롱의 볼이 어째 살짝 핑크 빛으로 물들었다.

아, 한 달에 한 번, 그 얘기구나. 준비성 없는 엄마는 한 달에 한 번 다급히 나에게 생리대 심부름을 시켰다. 그때마다 나는 울면서 모자를 눌러쓰고 나가 편의점에 진열된 온갖 잡지를 뒤적이다가 손님이 아무도 없을 때 부리나케 계산을 하고 도망 나오곤 했다. 엄마가 오만상을 찌푸리며 배를 움켜잡고 벌컥 화를 내기도 하는 것은 사나흘. 그나마 한 달에 두 번 아닌 한 번이라는 것에 감사할 뿐이었다. 아, 몰라도 될 세계까지 알아 버린 나의 신세라니. 한숨이 절로 나왔다.

"그런데 오유리가 빠진 건 몰랐다, 이 말이지? 보통 그래? 수업에 빠져도 몰라?"

연초롱의 얼굴에 난처한 빛이 떠올랐다.

"야, 그럴 수도 있지. 선생님도 아니고 어떻게 다 아냐? 그게 초롱이 잘못이냐?"

몽키가 나를 잡아먹을 듯 윽박질렀다.

"그럼, 오유리 외에 수업 시간에 빠진 다른 아이는 없었어?"

"없었어."

연초롱이 즉시 대답했다.

"그런데 말이야, 오유리가 죽었을 때 교복을 입고 있었다고 했지? 체육복으로 갈아입지도 않았다면 오유리는 무용 수업을 받을 생각이 없었단 이야기인데, 혹시 오유리가 많이 아팠니? 2교시까지는 수업을 받고 있었어?"

잠시 침묵이 흘렀다.

"잘 모르겠어. 오유리는 내 뒷자리거든. 일부러 보지 않으면 잘 알 수 없지."

나는 동의한다는 뜻으로 고개를 끄덕여 주었다. 주변인 조사를 할 때는 최대한 호의를 표현하라, 이것이 탐정의 화법.

"응, 그래. 잘 알 수 없을 때가 많지. 떨어진 걸 본 애들은 몇 반이야?"

"8반 애들이야. 8반이 맨 끝 반이거든. 우리는 5반이라 아마 교실에 있었어도 떨어지는 걸 볼 수는 없었을 거야."

"어, 그렇구나. 그런데 너희 학교 애들 옥상에 자주 올라가곤 하니?"

"몰라. 난 올라갈 수 있다는 것도 몰랐어. 잠겨 있는 줄 알았거든."

"옥상 난간 높이는 얼마나 돼?"

"한 이 정도?"

연초롱이 가슴께로 손을 올려 높이를 설명했다.

"방금 옥상에 올라간 적이 없다고 했잖아."

연초롱의 얼굴이 갑자기 빨개졌다.

"생각해 보니 작년에 한 번 올라가 본 것 같아."

"평소에는 안 올라간단 말이지."

"우리는 안 올라가."

"혹시 오유리가 옥상에 올라가는 걸 본 사람이 있을까?"

연초롱은 고개를 저었다. 모른다는 건지, 없다는 건지 모호했지만 다음 질문으로 넘어갔다. 꼭 물어야 할 질문이다.

"오유리가 한 서너 달 전에 당첨 같은 거 됐다던데."

"행운의 열쇠?"

"어, 아는구나."

"그거 모르는 사람이 어디 있니? 우리 학교, 아니 우리나라 사람은 다 알 텐데."

"혹시 본 적 있어? 행운의 열쇠?"

"그럼, 광고에도 나오고 오유리가 학교에 가져와서 자랑해서 봤지."

"오유리가 행운의 열쇠를 가져와서 너한테 자랑했다고?"

"아니, 오유리가 다른 애들한테 자랑하는 것 봤다고! 나는 걔랑 안 친하다니까!"

연초롱이 버럭 소리를 질러서 깜짝 놀라고 말았다. 몽키처럼 감정 기복이 심한 아이인 것 같았다. 몽키가 즉시 빨대를 코에 끼우고 콜라 마시는 개인기를 선보여서 겨우 연초롱을 달랬다. 목숨 걸고 바보짓이라니, 과연 바보다.

"혹시 요즘 오유리한테 이상한 점은 없었니?"

"말했잖아. 나는 그 애에 대해 잘 모른다고."

연초롱이 휴대폰을 꺼내 쳐다보았다. 시각을 확인하는 것 같았다.

"마지막 질문. 너는 오유리가 자살한 거라고 생각하니?"

"자살 아냐?"

연초롱은 되물었다.

"글쎄, 목격자가 없으니까. 아직 유서 같은 것도 발견되지 않았으니 단정 지을 수는 없지."

연초롱은 뭐가 맘에 안 드는지 굳은 얼굴로 입을 딱 다물었다. 돌아가고 싶다는 표정이 역력했다. 옆에서 몽키 녀석이 연신 쿵쿵대고 검은색 코를 요란하게 풀어 대며 죽는 시늉을 했다. 하는 수 없이 오늘 수사는 이것으로 끝.

답답하다. 뭔가 명치끝을 꽉 막고 있는 것 같다. 이럴 때는 역시 손가락 따는 게 즉효인데. 손가락 따기의 달인, 엄마가 문득 몸서리치게 그리웠다. 내가 따 볼까? 아니, 아니, 그건 죽어도 못해. 아빠는 어디 간 거야? 고양이 똥도 약에 쓰려면 없다더니. 이건 뭐 어디 한 군데 쓸모 있는 구석이 없다. 콜라를 마시려고 냉장고 문을 열다 문득 발견했다. 냉장고 문 앞에 붙어 있는 포스트잇.

오늘 외박! 친구 집에서 술 좀 마시고 갈게 걱정하지 마. ㅋㅋㅋ

걱정은 원래 아버지가 아들한테 하는 것 아닌가? 잊어버린 모양인데 나, 아직 부모의 사랑과 관심이 필요한 중학생이라고. 부모의 넘치는 관심이 부담스러워 마구 반항하는 친구들, 정말 부러워. 나도 한번 그래 봤으면 좋겠어. 아프리카로 훌쩍 떠난 엄마와 포스트잇 하나 달랑 남기고 돌아오지 않는 아빠라니, 갑자기 천애 고아 같은 기분이 밀려들었다.

끅, 끅, 콜라를 한 캔 다 마시고 가슴과 등을 번갈아 두드렸지만 트림은 시원찮기만 했다. 답답하다. 뭔가 모를 무거운 것이 가슴을 누르고 있는 것 같다. 확실한 건 하나다. 이건 "못 찾아서 죄송요!" 할 수 있는 일이 아니라는 것.

*

오랜만에 고양이 실종 사건이다.

월세를 낼 수 있다는 기쁨에 가슴이 미친 듯이 뛰기 시작했다. 덩달아 내 발걸음도 사정없이 빨라졌다. 뒤따라오던 아빠는 뒤처졌는지 보이지 않았다. 아빠를 기다릴 여유가 없다. 휙. 방금 보였다. 골목 끝 모퉁이를 돌아 사라졌다. 분명 하얀 꼬리였다. 정신없이 쫓아갔다. 모퉁이를 돌자 막다른 곳이었다. 좁은 골목 양쪽으로 높은 담장이 이어져 있었다. 담장 위를 올려다봤지만 어디에도 고양이는 보이지 않았다. 감쪽같이 사라졌다. 맥이 탁 풀렸다. 필살기를 쓸 수밖에 없다.

"야옹, 야옹—"

반응이 없다. 고양이 성대모사 대회 같은 데 나가면 일등 먹겠다고 몽키가 칭찬한 내 개인기가 무색해지고 말았다. 앗, 저기. 막다른 곳이라고 생각했는데 골목 끝 담에 구멍이 나 있었다. 허물어졌다기보다 일부러 뚫은 것처럼 보이는 구멍이었다. 어른 하나가 허리를 굽히고 들어갈 수 있을 정도의 크기였다. 구멍을 통과하자마자 좁은 계단이 시작되었다. 어디로 통하는 것인지 짐작할 수 없었지만 일단 오르기 시작했다. 다른 선택의 여지가 없었다. 길이라고는 이곳뿐이었다. 계단은 끝도 없이 이어졌다. 경사가 가파른 계단을 오르다 보니 심장이 튀어나올 것 같았다.

그때 "야옹." 하고 희미한 소리가 들렸다. 계단 끝이다, 분명. 다시 심장을 밀어 넣고 뛰어오르기 시작했다. 계단이 끝나고 옥상이 나타났다. 보였다. 하얀 고양이다. 옥상 위에서 겁에 질려 몸을 바르르 떨고 있는 작고 하얀 고양이.

오, 착하지. 잠깐만 기다려. 참치를 줄게. 참치를……. 참치가 없다! 참치 캔 담당은 아빠인데 보이지도 않는다. 젠장. 그사이 고양이는 옥상을 가로질러 난간 쪽으로 사뿐사뿐 걸어가기 시작했다. 소리 죽여 고양이를 따라갔다. 고양이는 훌쩍 난간 위로 올라갔다. 나도 난간 한쪽 끝으로 기어올랐다. 난간 아래로 내려다보니 보이지 않을 정도로 바닥이 까마득하게 멀다. 고양이는 저만치 등을 돌린 채 앉아 있었다. 좁은 난간 위를 조심스럽게 기어 고양이에게 다가갔다. 손을 내밀면 잡힐 듯 가까워졌다.

갑자기 고양이가 고개를 돌렸다. 고양이가 나를 발견하더니 몸을 떨었다. 하얀 털이 바람에 나부꼈다. 고양이가 난간 아래와 나를 번갈아 쳐다보았다. 해치지 않아. 거기에 있어. 내가 갈게. 그렇지. 고양이가 망설이고 있는 게 느껴졌다. 착하지, 나비야. 아, 나비가 아닌가? 야옹아, 프린세스, 알프레드, 도대체 이름이 뭐였나?

고양이가 몸을 일으켰다. 몸의 방향을 바꿔 나와 마주 보고 섰다. 고양이가 나를 뚫어질 듯 바라봤다. 다음에 무슨 일이 벌어질지 어쩐지 나는 알 것 같았다.

"걱정 마세요! 사춘기라니까요!"

고양이가 파르르 떨며 뒷걸음질 쳤다. 손을 내밀었다. 손, 손, 손. 수없이 많은 손들이 고양이를 향해 달려들었다. 고양이가 그대로 훌쩍 몸을 날렸다.

안 돼. 안 돼!

소리를 질렀시만 이상하게 내 복소리가 들리지 않는다. 대신 작은 목소리가 내게 속삭였다. 넌 막을 수 없어. 나는 어느 틈에 교실에 앉아 있었다. 내 자리를 제외하고는 어둠 속에 묻혀 있다. 목소리가 말한다. 넌 아무것도 못하는 겁쟁이야. 귀에 익은 목소리. 목소리가 다시 속삭인다. 네가 떠민 거야. 목소리가 다시 말한다.

"다 너 때문이야."

아니라고 말하고 싶지만 내 입에서 소리가 나오지 않는다. 대신 가슴을 누르고 있던 것이 꿈틀거리기 시작했다. 거머리처럼 심장에 달라붙어 있던 놈이 미끈거리며 내장을 타고 입 밖으로 기어 나오려 했다. 놈은 내 입속에서 나오자마자 나를 통째로 집어삼킬 것이다.

"죽여 버릴 거야!"

나는 있는 힘껏 소리쳤다. 눈을 떴다. 어둠 속이다. 두꺼운 천으로 눈을 가린 것처럼 지독히 어둡고 막막하다. 어쩌면 그럴지도 모른다. 잡을 수 있었는데. 막을 수 있었는지도 모른다.

나는 침대에서 일어났다. 파르스름한 새벽빛이 방 안을 물들이고 있었다. 옷을 갈아입기 시작했다.

담을 넘어 들어간 학교는 적막에 싸여 있었다. 아직 해가 뜨기 전이다. 주위를 살펴 아무도 없는 것을 확인하고 운동장을 가로질러 하얀 건물로 다가갔다.

신비여중은 긴 직사각형의 본관이 한 채 있고 본관과 ㄱ자로 체육관이, 본관 뒤로는 2층 별관이 한 채 있었다. 본관의 왼쪽으로 이어지는 1층 건물이 급식실인 것 같았다. 8민이라고 쓰여 있는 유리창 아래, 화단이 끝나는 곳부터 시멘트 바닥이 펼쳐져 있었다. 그 위에서 발을 굴러 보았다. 당연히 단단하다. 아무 데도 사고의 흔적은 남아 있지 않았다. 영화에서 본 것처럼 사건 현장에 폴리스 라인이 둘러져 있고 사망자 위치 표시가 흰 페인트로 그려져 있을 줄 알았는데, 아무것도 없었다. 깨끗이 청소했는지 핏자국 하나 찾을 수 없다. 이거 곤란하다. 사건 현장 보존은 수사의 제1원칙인데.

건물 위를 올려다보았다. 하얀 건물 끝에 막 푸른색을 찾아가는 하늘이 펼쳐져 있었다. 저런 곳에서 떨어진 건가. 4층 건물은 꽤 높았다. 저 정도 높이라면 시멘트 바닥에 떨어지는 즉시 죽었을 것 같다. 고통을 느낄 시간은 그리 길지 않았을 거란 생각이 들었다. 몸을 던지기 전까지가 어쩌면 가장 괴로운 순간이었을지도 모른다. 머리가 무겁다. 녹이 잔뜩 슨 것 같은 머리를 억지로 굴려 본다.

오유리의 상태가 심하지 않았다면 무용 수업엔 참관했을 것이다. 하지만 오유리가 체육복으로 갈아입지 않은 것을 보면 무용 수업을 들을 생각은 처음부터 없었던 것 같다. 그렇다면 수업 참관도 못할 정도로 심하게 아팠다는 것인데. 그렇게 아픈 애가 왜 옥상에 올라갔을까? 정말 자살할 생각이었을까? 여추롱에게서 얻은 단서는 거의 없다. 안 보이면 단숨에 티가 나는 활발한 성격은 아니라고 짐작할 뿐이다.

학교 건물 주위를 한 바퀴 돌았다. 옥상으로 올라가는 외부 계단은 없었다. 아무래도 건물 안으로 들어가는 수밖에 없다. 시계를 보니 7시가 다 되어 가고 있었다. 아직 학생들이 등교할 때까지는 여유가 있다.

건물 중앙 현관 앞에 섰다. 다행히 현관문은 열려 있었다. 아, 떨려 미칠 것 같다. 이런 식으로 여학교에 처음 오게 될 줄은 몰랐다. 교복을 입고 올 건 뭐람. 무심코 입은 것이 자랑스러운 찍찍이 교복. 어쨌거나 바로 학교에 가야 하니 자연스러운 선택이었다. 하지만 이런 꼴로 누구한테 걸렸다가는 바로 '혜성중' 학생인 줄 알 텐데. 까짓것 들키면 어때, 하면서도 교복 셔츠를 훌훌 벗어 들고 흰 티셔츠 바람이 되었다. 잽싸게 올라갔다 내려와야지. 결정하자마자 냅다 뛰었다.

"왓!"

눈에서 불똥이 튀었다.

2층 계단 중간에서 대충돌이 일어났다. 발을 헛디디고 계단 아래로 추락하며 블랙홀을 경험했다. 그대로 대자로 쭉 뻗어 버렸다. 별 가루가 확 뿌려지더니 눈앞을 끈질기게 맴돌았다. 헛소리까지 들려왔다. 외계인의 메시지인가? 아니, 그보다는 그건 그러니까…… 어쩐지 아빠 목소리 같았다.

"뭐냐, 혹시 전학 온 거냐?"

빙글빙글 웃으며 내려다보는 얼굴. 진짜 이뻬었다.

외박한 아빠가 신비여중에 왜? 하지만 더 괴이쩍은 건 복장이었다. 아빠는 양복에 넥타이까지 매고 있었다. 이번엔 도대체 누구 코스프레냐.

"잠겨 있어."

아빠는 계단에서 내려오던 참이었다. 아빠의 말이 무슨 뜻인 줄 알아차렸다.

대담하게 여학교에서 화장실까지 이용하고 온 아빠를 기다렸다가 운동장을 가로질러 교문을 나왔다. 힐끗 수위실을 보니 아무도 없었다. 이럴 줄 알았으면 담 같은 건 넘지 말걸. 후회가 슬며시 들었다. 다행인 건 아무도 본 사람이 없다는 것이다.

"너, 담 넘었지? 으흐흐……"

아, 봤구나. 고양이처럼 몰래 지켜보고 있었던 거야. 자기 아들이 얼마나 바보짓을 하는지. 아침부터 아주 좋은 구경 하셨습니다.

"아아아……"

아빠는 동굴 속에서 백만 년 자고 일어난 곰처럼 하품을 해댔다.

"친구네 집에서 잔다더니."

"어, 아무래도 환경이 바뀌어서인지 눈이 일찍 떠지더라. 역시 집이 최고야. 어어, 속 쓰리다. 어디 가서 해장이라도 하자."

"이거 안 보여?"

내가 등 뒤의 가방을 가리켰다.

"그래도 밥은 먹고 가야지. 어디 문 연 식당 없나?"

"집에 가서 먹어. 집이 코앞인데 식당은 무슨 식당이야?"

"야, 간만에 외식 좀 하자."

결국 문 연 식당은 찾지 못하고 학교 근처 편의점 앞에 놓인 테이블에 앉았다.

"어, 속이 확 풀린다."

컵라면 국물을 후루룩 마시더니 아빠가 외쳤다. 그대로 나이아가라 폭포가 역류하듯 면발이 아빠 입속으로 빨려 들어갔다.

"뭐 좀 알아냈어?"

내가 물으니 아빠는 실실 웃었다.

"알아내긴 뭘 알아내냐? 집에 가는데 많이 보던 등짝이 여학교 담을 넘더라고. 잡아서 신고나 하자고 따라왔지. 으ㅎㅎ."

으ㅎㅎ, 라니. 꼴도 보기 싫다.

"너야말로 웬일이냐? 너, 혹시 사건 현장 조사하러 온 거냐?"

"흥."

나는 주위를 둘러봤다. 차 한 대가 지나갈 만한 길을 사이에 두고 신비여중 맞은편에는 편의점과 문구점, 분식점 등 가게들이 늘어서 있었다. 그 뒤로는 주택가였다. 주로 단독주택이고 간간이 3, 4층짜리 빌라가 눈에 띄었다. 저 빌라에서 신비여중 옥상이 보이지 않을까? 하지만 신비여중은 담 안쪽을 따라 키 큰 나무가 무성하게 서 있었다. 잎이 다 떨어진 겨울이라면 몰라도 나무에 가려 학교 안이 잘 보일 것 같지 않았다.

아빠는 어느새 편의점 안으로 들어가 에어컨을 전세 내고 하드를 쪽쪽 빨고 있었다. 혼자 먹다니, 의리라고는 손톱만큼도 없지. 아빠가 벗어 둔 검은 재킷을 자세히 보니 아무래도 겨울 양복인 것 같았다. 제정신이야?

핑크 교복들이 하나 둘 나타나기 시작했다. 8시가 넘어서고 있었다. 핑크 칼라가 넓게 달린 하얀 블라우스와 핑크 스커트는 역시 아무리 봐도 '오타쿠' 취향이다. 그런데 그게 참 보기가 좋은 건 뭔가.

나도 슬슬 등교할 시간이다. 이미 하교할 때만큼의 피로가 쌓여서 이대로 집으로 돌아가고 싶다. 편의점 안에 있는 저 인간은 집으로 돌아가 쿨쿨 잠을 잘 게 분명한 늘어진 팔자. 그건 안 되겠어. 너무 불공평하잖아.

하드를 물고 편의점에서 나오는 아빠에게 말했다.

"해 줬으면 하는 일이 있는데."

나는 어제 연초롱과 만나서 나누었던 이야기를 아빠에게 간략히 들려주었다.

"신비여중 무용 선생님을 만나 줘."

춤출 것 같은 표정은 짓지 마.

*

롯데리아 안, 단발머리의 핑크 세일러복이 앞에 앉았다. 새벽부터 설쳐 댄 탓에 천근 같던 눈꺼풀이 단숨에 번쩍 들렸다. 오유리의 짝, 아니 짝이었던 유가련.

"가명이지?"

몽키의 말에 유가련의 인상이 험악해졌다. 아, 몽키 녀석은 너무 정직하다. 사냥꾼에게 묻지도 않은 사슴의 위치를 제 입으로 나불나불 불고도 모자라 잡아 주겠다고 앞장설 녀석이다. 게다가 두려움 따위 전혀 모른다.

유가련은 이름이 무색하게도 일인용 의자가 비좁을 정도로 듬직한 체구였다. 살이 쪘다기보다는 오랜 기간 운동으로 다져진 유도부 부원의 몸처럼 단단한 느낌이다. 단숨에 '형님'이라고 부르며 배꼽 인사 하고 싶어지는 외모였다. 단발머리는 청순한 여학생의 전형과 사뭇 다른 레고 인형의 헤어스타일을 연상시켰다. 유가련은 약간 혼란스러운 표정이었다. 짝의 돌연한 죽음 때문이라기보다는 '내가 이 자리에 왜?'에 가까운 당혹스러움 같았다. 그 옆에 머리를 묶은 연초롱이 몽키와 수상쩍은 시선을 나누며 앉아 있었다. 오호, 오늘은 머리 안 감았구나. 연초콩의 귓불이 반짝거렸다.

그때 묵직한 목소리가 허공을 가르고 날아왔다.

"너희들, 뭐냐?"

레고 인형의 목소리는 과연 상상대로였다. 몽키에게서 '명탐정'이란 단어가 나오려는 순간 내가 끼어들었다.

"시간 내줘서 고맙다. 오유리에 관해 좀 묻고 싶은 게 있어서."

"일단 이름 대."

엄청난 포스다. 세일러복을 입은 터프한 여중생이라니. 솔직히 좀 기가 죽었다. 외려 조사당하는 이 찜찜한 기분은 뭐냐? 그러면서도 학교, 학년과 반, 집주소와 전화번호까지 좔좔 불었다.

"뭐, 휴대폰이 없어? 거짓말 아냐?"

유가련이 의심스럽다는 눈초리로 내게 물었다.

"뒤져서 휴대폰 나오면 각오해."

당장이라도 온몸을 수색할 태세였다. 하지만 진짜 뒤지지는 않았다. 겁만 준 건가 보다.

"다들 나한테 뭘 묻고 싶다는데……. 그냥 잠깐 짝이 됐을 뿐인데 경찰이고 선생님이고, 뭘 자꾸 물어보는 거야? 너희들은 또 뭐고?"

"탐정이다, 왜?"

옆에서 몽키가 냉큼 대답했다. 아까부터 말하고 싶어 죽는 표정이었지. 낄 데, 안 낄 데 좀 가려 줬으면 좋겠지만 이 녀석, 일단 입이 달렸으니 말을 막 던진다.

"탐정?"

유가련의 입꼬리가 살짝 올라갔다. 아, 저거 역시 비웃고 있다. 다들 '탐정'이란 단어만 나오면 저런다. 단어 하나로 사람을 웃길 수 있다니 실로 감동스럽다.

"탐정은 어떻게 되는 건데?"

유가련, 그런 걸 왜 묻는 거냐? 여기가 직업 상담소도 아니고.

아유, 귀찮아. 어쩌다 탐정을 아빠로 뒀단 말이냐. 그냥 대기업 과장님 정도였으면 이런 질문 받을 일 없었을 것 아니냐.

"그게 뭐, 타고난 재능이랄까, 소질이랄까, 그런 게 있어야지, 아무래도."

"정말 우리나라에도 탐정 같은 게 있단 말이야?"

유가련이 재차 물었다.

사실 나도 탐정은 소설과 만화, 영화에나 등장하는 가상의 직업인 줄 알았다. 하지만 그런 판타지 속에 등장하는 일을 진짜 하겠다고 온몸을 던진 인간이 있었으니 그것이 우리 아빠. 믿기 힘들지만 그것이 사실인 걸 어쩌겠어.

정의 수호와 인류 평화! 따위에는 전혀 관심도 없지만 '명탐정 사무소'라는 간판까지 달았으니 월세는 내야 하지 않겠는가. 그래서 사업 초기에 나는 일단 업계 동향을 좀 살펴봤다. 그리고 오 초 만에 절망. 우리나라 탐정 현실에 정말이지 완전히 실망해 버리고 말았다.

미국이나 영국, 일본 같은 나라에는 이른바 '사립탐정'이라고 불리는 직업이 버젓이 존재한다. 일본에는 탐정학교라는 것도 있고 미국 캘리포니아 주에서는 수사관 경력이 사 년 이상 있어야만 사립탐정 시험에 응시할 자격이 주어진다. 그러니까 '나 오늘부터 명탐정!' 하고 얼렁뚱땅 되는 게 아니라(꼭 누구를 짚어 말하는 거다.) 제대로 된 교육을 받아야 가질 수 있는 직업인 것이다.

산업스파이, 지적 재산권, 기업의 회계 부정, 보험 사기, 해외 도피 사범 추적, 미아 찾기, 재판 증거자료 수집⋯⋯. 탐정들의 활동 영역은 다양하다. 경찰의 수사력이 미치지 못하는, 이른바 법의 경계를 넘나들며 활약을 펼치는 멋진 직업이 바로 탐정!

그러나 한국의 사정은 열악하기 그지없다. 이런 단어는 쓰고 싶지 않지만 한국에서의 탐정 활동은 한마디로 '야매'다. 현행법에서 '탐정'이란 명칭 사용을 금지하고 있기 때문이다. 요컨대 가정집에서 코에 참기름 넣고 바늘로 대충 꿰매고는 "라인, 예술로 나왔는데요." 하는 성형 시술처럼 불법이란 말이다. 이런 사정이고 보니 우리나라에서 탐정이라 하면 바람난 배우자 뒤를 캐거나 빌린 돈 받으러 다니는,(고양이 뒤를 쫓아다니는 것도 크게 다르지 않다는 의견에 찬성이오!) 뭔가 구리고 음산한 것으로 취급되는 것에도 이의를 제기할 여지가 없다.

그런데 유가련, 뭐 이런 난처한 질문만 자꾸 하냐?

"애네 아빠가 탐정이라니까. 아니, 명탐정. 사무실도 있어. 돈도 엄청 벌어. 나는 탐정 조수. 으흐흐."

몽키 이 자식, 또 뭐래. 하여간 말하는 족족 쓸데없는 소리만, 쯧쯧.

"어디, 증거를 대 봐. 탐정이라는 증거."

어이없다. 증거라니. 증거란 수사할 때 탐정이 찾는 것이지, 탐정이란 증거를 대라니. 유가련 얘, 생각보다는 좀 똑똑한 것 같다. 이럴 때를 대비해 탐정증 같은 거라도 대충 만들어 두었으면 좋았을걸. 또 비둘기 날려야 하나?

"음…… 운동 같은 걸 지속적으로 하고 있어. 뭔가 손을 주로 쓰는 운동. 그리고 유행에 관심이 없고, 외동이거나 남자 형제만 있어."

유가련의 입이 살짝 벌어졌다. 어, 비둘기가 제대로 날아오른 건가?

"세 개 중 두 개가 틀렸다. 그러고도 탐정이랄 수 있나?"

"뭐, 뭐가 맞았는데?"

"흥."

유가련은 콧방귀 뀌며 팔짱을 꼈다. 연초롱의 입꼬리가 살짝 올라갔다. 저건 분명 고소해하는 얼굴이다. 그때 몽키가 끼어들었다.

"야, 배고프지 않냐? 초롱아, 뭐 먹고 싶어? 가련이는 뭐 좋아해? 치킨 괜찮아? 와플도 먹을래? 팥빙수도 시키지, 뭐."

몽키 녀석이 호기롭게 외쳤다. 활동비 쓰고 싶어 죽는구만, 아주. "가련이는 뭐 좋아해?"라니 능글맞은 녀석.

아, 대망신이다. 아무리 봐도 운동하게 생겼는데. 외모만으로 추측한 건 아니다. 유가련의 손톱이 유독 깔끔하게 정리되어 있고 손가락 끝에 굳은살이 고루 박인 것으로 보아 체육관 같은 데 다니지 않나 싶었다. 요즘 애들이 신는 스타일과 전혀 상관없는 운동화를 신은 것은 유행에 관심 없다는 증거. 여러모로 남자 형제에게서 영향을 받았을 거라 생각했다. 하나 더 추가로 친구가 없지 않냐고 이야기하고 싶었는데 맞을까 봐 참았다. 아, 이거 수사에는 전혀 진척이 없고 망신살만 뻗치다니.

곧이어 산처럼 쌓인 음식 뒤로 유가련의 표정이 3월의 산꼭대기 눈마냥 슬금슬금 녹는 것이 느껴졌다. 역시 명탐정의 증거보다는 명탐정의 활동비가 효과 만점이다. 연초롱에게서 2PM 사돈의 팔촌 근황까지 다 듣고 나서야 학교 분위기를 대충 들을 수 있었다.

사건 직후에 경찰들이 학교로 찾아와 조사를 하고 그 뒤로 선생님들과 아이들이 교장실로 불려가 몇 차례 면담을 했던 모양이다. 사고 당일은 오전 수업 후 귀가 조치가 내려졌지만 이튿날부터 정상적으로 수업이 이뤄졌다고 한다. 선생님들은 아무도 사건에 대해 언급하지 않고 평소처럼 수업을 진행했다. 이제 조사도 면담도 없고, 호기심으로 찾아오던 다른 반 아이들도 더 이상 발걸음 하지 않는다고 했다. 혹시나 해서 물었더니 유서 같은 건 발견되지 않았다고 연초롱이 답했다.

"자살 아니래, 사고사래. 담임이 그랬어."

연초롱이 깔끔하게 말했다.

"사고사?"

"응, 경찰이 사고사라고 했대. 오유리가 실수로 옥상에서 떨어진 거래."

구십구 퍼센트 당첨 확률이라고 해서 뽑았더니 나만 혼자 꽝이 나온 기분이다. 갑자기 공복감이 밀려들었다. 한마디로 허탈했다.

"사고 맞아?"

내 말에 연초롱이 샐쭉하게 눈을 치켜떴다.

"경찰이 다 조사하고 사고라는데 그럼 아냐?"

"너희 학교 옥상, 네 말대로라면 난간이 꽤 높던데 그런 데서 실수로 떨어지려면 오유리가 난간에 일부러 올라가서 삐끗하기라도 해야 한단 말이지. 난간이 올라가기 위해 만들어진 게 아니라 떨어지는 것을 막으려고 만들어진 거라는 것 정도는 알 나이 아니야? 원래 목적과 반대되는 행동을 했다면 그건 실수가 아니라 의도적인 행동 아니겠냐?"

"네가 하고 싶은 말이 뭔데?"

"사고사라는 게 억지스러운 상황이잖아. 그런 생각 들지 않아? 너희 학교 애들 다 그렇게 생각해? 수업 중에 혼자 옥상에 올라가서 떨어졌다. 그러면 우선 드는 생각이 자살, 아니야? 너도 처음에는 자살이라고 했잖아?"

연초롱의 눈이 불타오른다. 내 말에 어디 화낼 부분이 있었던가. 연초롱이 나를 노려보며 물었다.

"이유가 뭔데? 오유리가 자살한 걸로 모는 이유가? 그러면 너한테 뭐가 좋은데?"

"오유리의 죽음을 좋아할 누가 있어? 왜?"

연초롱, 얼굴까지 새빨개졌다.

"너 왜 자꾸 나한테 그렇게 묻는 거니? 오유리가 나 땜에 죽은 거야? 내가 범인이라도 돼? 진짜 어이없어서. 네가 뭔데? 네가 형사라도 돼? 잘 모른다는데 자꾸 나오라고 해서 할 수 없이 나와 줬더니. 너, 지금 완전 재수 없어. 사람이 죽었는데 어디서 탐정 놀이야? 탐정은 무슨. 웃기고 있네."

속사포처럼 퍼붓더니 연초롱은 벌떡 일어나 그대로 달려 나가 버렸다. 멍하니 앉아 있던 몽키가 뒤늦게 사태 파악을 했는지 "야 야 초롱아!" 하며 뒤따라 나갔다.

얼떨떨했다. 머리에 초강력 펀치를 맞은 것 같았다. 주위의 소음이 일순 사라졌다. 멍한 머릿속에는 '탐정 놀이'란 단어만 맴돌았다. 맞은편 유가련이 뭐라고 입을 벙긋거렸지만 무슨 말인지 들리지 않았다. 한참 후에야 유가련의 말을 이해했다.

"명탐정, 물어볼 게 뭐냐?"
스윽 잽이 들어왔다.

*

"사고사라는 건 내 생각에도 좀 미심쩍다. 내가 보기에는 오유리, 그렇게 부주의한 애는 아닌 것 같던데. 오히려 침착한 성격이라면 모를까."
유가련이 말했다.
"사고사…… 라고 확정했다면 더 이상 조사고 뭐고 할 것 있겠냐?"
자포자기한 것 같은 목소리가 내게서 흘러나왔다.
"그렇지. 그 편이 편리하니까."
"편리?"
"사고사와 자살 중 간편한 쪽은 사고사지. 사고사라면 학교 안전시설 같은 게 문제되겠지만, 교사 지도하에 있었던 일도 아니니 수업을 빠진 애한테 일차적 책임이 있지. 게다가 옥상은 학생 출입 금지 구역이었는데 교칙을 어겼으니 전적으로 학생의 잘못. 하지만 자살인 경우에는 이래저래 시끄럽지 않겠냐? 학교에서 죽어 버렸으니 학생 지도 소홀, 교육 문제니 뭐니 해서 학교 측에 잘못이 돌아갈 수도 있고. 학교 이미지에 타격이 크겠지. 만에 하나 타살이라면, 그건 더 큰 문제야. 범인 수사에 들어가자면 경찰이 골머리를 썩을 거고. 그러니 사고사면 간단해지잖아."

입이 딱 벌어졌다. 유가련, 얘 뭐냐?

"우리나라 청소년 자살률은 OECD 국가 중 1위, 최근 오 년 동안 자살한 청소년은 칠백여 명, 사흘에 한 명 꼴로 죽고 있지. 자살의 이유는 체벌, 입시 부담, 빈곤, 가정 내 불화 등으로 다양해. 최근에는 학교 내 집단 따돌림과 폭력이 가장 주요한 요인으로 떠오르고 있어. 청소년의 자살은 계획적이라기보다 충동적으로 일어나는 경우가 많지."

"너, 연구해?"

유가련이 피식 웃었다. 웃는데 오싹한 건 아빠 말고는 처음이다.

"연구는 무슨. 그냥 어디서 봤어. 학교 옥상에서 실수로 추락하는 것보다는 자살의 확률이 높다는 거지. 물론 확률로 판단할 문제는 아니지만. 그리고 말이야, 마음에 안 들었어."

"뭐가?"

"경찰 아저씨 말이야. 내가 자살이냐고 물으니까 딴생각 하지 말고 공부나 열심히 하래. 내 공부야 경찰이 걱정할 일이 아니지."

싫어하는 반찬으로만 가득 채워진 급식 쟁반을 받아 든 것처럼 유가련이 얼굴을 잔뜩 찌푸렸다.

"사고사라는 건 경찰 아저씨 추측일 뿐이니까. 증거도 없잖아? 이런 상황에서는 여러 가지 가능성을 염두에 둬야겠지. 넌 명탐정이잖아."

말끝마다 '명탐정'을 붙이는 게 아무래도 놀리는 것 같다. 그리고 나는 명탐정이 아니라 명탐정의 아들일 뿐이라니까.

"그럼 너는 자살이라고 생각한단 거지?"

"그럴 수도 있고, 아닐 수도 있다는 생각이다. 그걸 밝히는 게 명탐정의 일 아니냐?"

역시 놀리는 거구나. 완전 KO 패.

"어, 그래. 고맙다."

'내 임무를 계속 일깨워 줘서'는 속으로만 말했다.

"고맙긴. 한 게 있어야 고맙지. 나를 부른 목적을 잊었냐? 오유리에 대해 묻고 싶다며? 아직 넌 본론으로 들어가지도 않았다. 설마 명탐정도 오유리의 고민, 교우 관계, 성적 문제, 집안 사정, 근황, 그런 진부한 걸 묻지는 않겠지? 경찰이고 담임이고 다들 그런 걸 묻던데."

아, 아무래도 그만둬야 하는 건가. 내가 물으려던 게 바로 그거였는데. 역시 여자애들의 지적 성장은 남자애들보다 빠르다. 매일 몽키 같은 녀석만 보다 이런 정상적인 아이를 보니 신선하다 못해 좀 충격적이다.

"진부하더라도 좀 참아 주라. 역시 사소한 게 결정적인 단서가 되니까."

유가련이 마지못해 고개를 끄덕였다.

"우선 그날, 오유리가 무용 수업에 빠졌다는데 넌 알고 있었니?"

"음……. 안 보였다는 건 사고 난 후에야 깨달았다."

"혹시 오유리가 많이 아팠니?"

"그런 것 같지는 않았는데."

"그럼, 2교시까지는 수업을 들었어?"

유가련이 고개를 끄덕였다.

"오유리가 무용 시간 전에 체육복으로 갈아입으려고 했어?"

"난 화장실이 급해서 체육복 갈아입자마자 서둘러 나가느라 확실히는 모르겠다."

"그 전에 무용 시간에 빠져야겠다든가, 그런 말 하지 않았어?"

유가련은 고개를 가로저었다.

"오유리 성적은 어느 정도였니?"

"잘 모르지만 평범했다고 생각한다. 아주 뛰어나게 잘했으면 누구나 알았겠지. 하지만 자기 입으로 말하지 않는 이상 남의 성적, 잘 알 수 없잖아?"

역시 옳으신 말씀.

기말고사 직후에 일어난 일이니 성적 문제일 가능성도 간과할 수 없다. 언니가 성운대 학생이면 성적에 대한 부담감이 있었을 수도 있다. 하지만 어느 것이나 가능성을 염두에 둔 추측일 뿐이다.

"너도 봤니? 그 행운의 열쇠. 오유리가 학교에 가져와서 자랑했다던데?"

"어, 그런 일이 있는 것 같더라."

아, 얘 뭐냐? 눈과 귀는 폼으로 달고 다니는 거냐? 쓸데없는 짓일 것 같지만 그래도 혹시나 하고 물었다.

"오유리가 학기 초에 친하게 지낸 애들이 있었다던데. 누구야?"

유가련은 눈살을 찌푸린 채 골똘히 생각에 잠겨 있다가 고개를 가로저었다.

"혹시 왕따 같은 것 당하고 있었니, 오유리?"

뭔가 하고 싶은 말이 있는 듯 뜸을 들이더니 유가련이 입을 열었다.

"학생이 자살했다면 우선 왕따가 원인이라고 생각하겠지?"

"어, 그게……."

"왜들 그렇게 갑자기 난리인지 모르겠어. 학생 자살이 어제오늘 일도 아니고. 요즘은 뉴스만 틀면 왕따에 자살 이야기야. 마치 신나는 뉴스거리나 되듯 말이야. 애들을 무슨 극악무도한 짐승처럼 취급하잖아. 명탐정, 기사 작성의 기본 원칙 배웠지? 말해 봐."

"응?"

기사 작성의 원칙이라니 뜬금없이. 유가련은 작정하고 대답을 기다리는 얼굴이다.

"맑고, 깨끗하고, 즐겁게?"

농담이 통하지 않는다. 유가련의 얼굴이 한층 더 험악해졌다.

"그, 그게 더블유 에이치인가, 그런 거 말하는 거냐?"

"그래. 5W1H. 누가, 언제, 어디서, 무엇을, 어떻게. 왜. 그런데 뉴스를 보면 '왜'에 대해서는 아무도 이야기하지 않아. '왜'만 빼고 보도하는 건, 기자 아니더라도 그 자리에서 구경한 사람이면 다 할 수 있는 거 아니야? 꼭 필요한 것을 뺀 뉴스가 무슨 뉴스냐? 우 달려들어서 실컷 떠들어 댈 뿐이야. 그러다 싫증 나면 또 금방 잊고 잠잠해지겠지. 웃기지 않냐?"

"저……. 난 뉴스 안 봐서. 우리 집에 티비 없거든. 미안."

유가련이 기막히다는 표정으로 입을 다물었다. 한동안 어색한 침묵만 흘렀다. 이제 그만 집에 가고 싶은 생각뿐이다, 하지만 '집에 가라'는 유가련의 허락이 떨어지지 않는 한, 여기서 여생을 보내야만 할 것 같은 불길한 생각이 들었다.

"사실 오유리에 대해 딱히 해 줄 말이 없다. 내가 다른 애들한테 별로 관심이 없어서 어떻게 돌아가는지 잘 모른다. 오유리랑

짝이 된 것도 고작 일주일이라 친해질 틈도 없었고."

아, 왜 이런 애를 데리고 나왔냐? 오유리의 짝을 만나게 해 달라고 한 건 내 쪽이니 뭐라 할 처지도 아니지만. 아무리 관심이 없어도 그렇지. 혹시 유가련이 왕따 아닐까 하는 생각마저 들었다. 유가련이 이맛살을 잔뜩 찌푸렸다. 그럴 필요 없다고 말해 주고 싶었다. 그러지 않아도 충분히 험악하다, 유가련.

"그런데 미심쩍은 게 있는데 말이야."

"응?"

"내가 연초롱한테 듣기로는 너희들이 오유리의 언니에게 사건을 의뢰받았다고 했는데 그건 오유리가 죽기 전이지? 죽은 후도 아니고 죽기 전에 사건을 의뢰받았다니, 아무래도 이상해. 오유리에게 무슨 일이 있었으니까 사건을 의뢰한 거 아니겠어? 그게 뭐냐?"

헉. 생긴 거와 영 딴판이다. 유가련, 눈치 백단이다.

"의뢰인 상담 내용은 비밀이다. 목에 칼이 들어와도 말할 수 없다."

유가련이 잠자코 나를 뚫어져라 노려보았다. 등줄기가 오싹해졌다. 혹시 정말 내 목에 칼을 꽂는 게 아닌가 두려웠다.

"엉터리는 아니구나."

갑자기 유가련의 표정이 풀렸다. 게다가 슬며시 웃기까지 했다. 다시 말하지만 그 웃음, 오싹해 죽을 것 같아.

갑자기 유가련이 휴대폰을 꺼내 보더니 말했다.

"어, 나 학원 갈 시간 됐는데."

어찌나 반가운 소린지 눈물이 찔끔 날 뻔했다.

"어, 그래? 그럼 어서 가야지."

"물어볼 거 더 있지? 학원 끝나고 다시 만날까?"

"아니, 됐어."

"됐어?"

"그렇게까지 폐를 끼치면 안 되지. 진짜 정말 완전 됐어!"

유가련이 험악하게 노려봤다.

"그, 그럼, 폐가 안 된다면 구, 궁금한 게 생기면 물어볼게. 너도 찬찬히 생각해 보고 호, 혹시 사소한 거라도 생각나면 연락 줘."

유가련이 고개를 끄덕이더니 일어났다.

"혹시 유도나 합기도 학원 다녀?"

"아니, 플루트 배우는데."

유가련이 메고 있는 길쭉한 가죽 케이스가 눈에 들어왔다. 케이스에 든 게 플루트가 아니라 칼이라고 해도 나는 믿겠다.

*

"넌 밥 먹고 왔지?"

마치 아들 몰래 혼자 라면 먹다 걸린 듯한 얼굴로 아빠가 물었다.

"라면이 마침 딱 한 개 남았더라고. 밥 먹고 왔지?"

저녁때가 되어 들어온 아들에게 그게 할 소리냐? 먹었다고 해도 더 먹으라고 해야 정상적인 아빠 아니냐고.

"국물 남겨."

내 말이 떨어지자마자 아빠는 등을 돌리고 남은 국물을 냄비째 들이켰다. 등짝을 발로 차 주고 싶은 걸 겨우 참으며 물었다.

"만나 봤어? 무용 선생?"

"어."

냄비 뒤에서 만족한 웃음을 띤 얼굴이 나타났다.

"예쁘더라."

아, 이런 장면을 엄마가 봤으면 진짜 등짝을 시원하게 차 줄 텐데. 터프한 여학생과 대적하느라 기진맥진해서 발 올릴 힘도 없다.

"어떻게 만났어? 설마 명탐정이라며 만나자고 한 건 아니겠지?"

"그럼, 뭐라고 하냐? 형사라고 하냐? 그건 직업 사칭이지. 법을 수호하는 사람으로서 그럼 안 되지."

어차피 탐정도 불법 행위인 거 몰라? 아무튼 그게 중요한 게 아니니까.

"젊은 선생이 완전 죽을상인 게 안됐더라고, 쯧쯧. 사회생활이 쉬운 게 아니야."

"뭐래?"

무용 선생은 이미 경찰에도 몇 차례 불러 갔던 모양이었다. 자기 수업 시간에 사고가 일어났으니 곤혹스럽기도 했겠지만 여러 번 반복된 질의문답에 녹초가 되어 있었다고 한다. 아빠 말로는 자기한테 자꾸 '형사님'이라고 불렀단다. 그런 상태니 아빠 같은 사람도 만나 준 것이겠지. 자기가 누구를 만나고 있는지, 무슨 말을 하는지도 아마 의식하지 못하는 상태였을 것이다.

"징계받을지도 모른다더라. 쯧. 왜 그날 따라 출석 체크를 하지 않았을까 하며 자책만 하고 있더라고. 그날은 기말고사도 끝나고 해서 시청각 수업을 한 모양이야.「호두까기 인형」인가,「백조의 호수」인가를 봤다고 하던데. 이건 비밀인데 무용 교사가 DVD만 틀어 주고 기말고사 실기 점수 정리를 한 모양이더라고. 나한테만 알려 주는 거래. 날 보자마자 이해심이 바다와 같이 넓고 깊은 걸 딱 알아챘나 봐. 능력 있는 교사야, 으하하하."

"오유리에 대해서는 뭐라 그래?"

"별로 눈에 띄지 않는 학생이었다고 하더라. 내 느낌으로는 전혀 기억 못하는 것 같던데. 무용 선생은 자기 한 명인데 세 학년 스물네 반을 담당하고 있어서 학생들을 일일이 기억할 수는 없대. 여간 힘들지 않겠어."

전혀 기억에 남지 않는 학생. 눈에 띄지 않는 평범한 학생. 그게 오유리구나. 이상한 일이다. 오유리에 대해 들을수록 오유리의 인상은 점점 옅어져 간다. 그렇게 강렬한 최후를 남겼는데도 그것마저 실감 나지 않는다.

"근데 말이야, 자기 잘못은 아니래. 출석부가 없었대."

"무슨 소리야?"

"무용 선생 말이 수업 시작하고 나서 보니까 출석부를 안 가져왔더래. 그래서 주번한테 교무실에 가서 가져오라고 시켰는데 없다고 안 가져왔대. 거 뭐냐, 교무실에 출석부 꽂아 두는 데 있잖아, 거기 없더래."

"그럴 수도 있지. 그 전 시간에 수업했던 선생님이 깜빡 잊고 안 꽂아 뒀나 보지. 선생님들 종종 그래."

"그래? 그렇지? 그러니까 역시 무용 선생 잘못만은 아니네."

뭐가 좋은지 아빠는 풍선 바람 빠지듯 연신 피식거렸다.

"윤희 누나······. 전화해 봤어?"

"아니."

아빠의 대답과 함께 발톱이 튕겨 나가는 소리가 들렸다. 어느새 신문지도 안 깔고 발톱을 깎고 있다. 늘 엄마에게 야단맞았으면서도 절대 그 버릇을 고치지 않는다.

"이거 이상하지 않냐? 이렇게 안 보고 두 번째 발가락을 만지면 이상하게 세 번째 발가락을 만지는 것 같은 기분이 든단 말이야. 으ㅎㅎ. 진짜 이상해. 너는 안 그래?"

"안 그래."

"에이, 한번 해 봐. 너도 그럴걸."

"아이 좀! 발도 안 닦고 조몰락거리지 말란 말이야."

아빠는 "인체의 신비, 불가사의……." 어쩌고저쩌고 하며 구시렁댔다.

"어쩔 거야?"

"글쎄, 어떻게 해야 하나? 두 번째 발가락만 발톱을 길게 길러서 구별되게 해 볼까?"

"발가락 말고 윤희 누나."

"흠, 어쩔까나? 우리가 의뢰받은 건 행운의 열쇠의 행방과 오유리의 학교생활 조사. 그런데 사건이 새로운 국면을 맞게 되었다. 그러니까 이건 엄연히 전혀 다른 사건인 거지. 이 사건에 대해서는 아직 의뢰받은 바 없으니 이 문제는 우리 몫이 아닌 거다. 우리가 어떻게 하는가가 아니라 오윤희 씨의 의사에 달린 게 아닐까? 우리가 수사를 계속 진행한다고 해도 그건 어디까지나 열쇠의 행방과 오유리의 학교생활 조사에 관해서뿐이지, 그 이상은 관여할 바가 아니라고 사료되는데."

"아빠."

"응?"

"언제부터 그렇게 금 긋기를 잘했어?"

아빠가 고개를 들었다. 나를 빤히 쳐다보다가 말했다.

"너 말이야, 탐정도 직업이거든. 거, 뭐냐, 이를테면 프리랜서지. 프리랜서는 시간 엄수와 신뢰가 생명. 예를 들어 용왕님이 토끼를 잡아 오라는 의뢰를 했다면 용왕이 죽기 전에 싱싱한 토끼를 잡아다 줘야 한단 말이야. 이때 필요한 건 스피드! 그런데 토끼를 만나고 보니 이게 또 굉장히 귀여워서 반해 버렸다거나 함께 바닷속 스쿠버다이빙을 하다 보니 정이 담뿍 들어 버렸다거나 해서 동정심에 토끼를 놓아주면 끝이지. 신뢰에 금이 가고 명성이 땅에 떨어지는 건 시간문제. 탐정이란 의뢰받은 사건에 관한 한 묻지도, 따지지도 말고 철저히 임무를 완수해야 해. 하지만 그 선을 넘어선 안 돼. 탐정은 심장이 아니라 머리와 발로 수사해야 한다고. 알아들었냐?"

"내 말이 그 말이야."

"응?"

"돈 받았잖아. 착수금 십만 원 받은 거 다 알아. 프리랜서는 신뢰가 생명이라며."

"생각해 보니까 아무래도 내가 좀 매정했어. 그렇지?"

아빠가 한쪽 눈을 찡긋하며 웃어 보였다. 돈 떼먹고 도주한 계주 같은 미소였다.

"어, 저기, 너. 무용 선생한테 또 궁금한 거 없냐? 있을 것 같은데. 내가 내일 또 물어보러 가 줄게. 내가 의외로 선생님하고 이야기가 잘 통하더라니까. 또 다른 선생은 없냐? 오유리네 담임은 남자니까 만날 필요는 없을 것 같고……. 아, 참! 이거 샀다."

아빠가 고물 같은 것을 내밀었다. 예전에 아빠가 하던 헌책방 구석에서 먼지만 뒤집어쓰고 있던 백과사전, 딱 그것 같은 심정 상자였다. 아무리 봐도 고물이었다. 고물의 한쪽 끝에는 버튼 같은 것이 몇 개 달려 있었다.

"이거 혹시?"

"그래. 녹음기다."

"어디서 주워 왔어?"

"어, 황학동에 갔다가. 굉장히 싸게 팔데?"

"고물을 돈 주고 샀단 말이야?"

"수사에 꼭 필요할 것 같아서."

"수사에 이게 왜 필요해? 야옹, 야옹 하는 거 녹음이라도 할 셈이야?"

"아아, 마이크 시험 중. 아아, 너 노래 하나 해 볼래? 이거 오토 리버스도 된다."

아빠가 흥흥, 웃었다. 아, 진짜. 월세 낼 돈도 없다니까. 구제불능인 아빠, 고물 녹음기와 함께 내버리고 싶다.

오렌지주스가 다 떨어져서 자전거를 타고 사러 나갔다. 어차피 손님은 하나도 없고 줄창 몽키와 아빠가 마셔 대는 걸 사야 하나 싶었지만 라면도 보충해 놓을 겸 나섰다. 요 앞 가게에서도 팔지만 아무래도 길 건너 대형 마트 쪽이 몇 백 원이라도 싸다. 주부스러운 알뜰함에 스스로 감탄해서 한숨이 날 지경이었다.

돌아올 때는 좀 더 달리고 싶어서 다른 길로 접어들었다. 등에 땀이 나기 시작했다. 자전거를 세우고 잠시 땀을 식히기로 했다. 아파트 단지 입구 쪽 놀이터에는 아무도 없었다. 누가 두고 간 것인지 모랫바닥에 플라스틱 삽이 꽂혀 있었다. 아이들이 모래 놀이 할 때 쓰는 것이다. 성을 쌓는 대신 커다란 구덩이를 파 놓았다.

장례식은 끝났을까?

길 건너로 주상복합 건물이 보였다. 1층의 상점들은 환하게 불을 밝히고 있었다. 아래층부터 세어 올라가기 시작했다. 드문드문 빠진 이처럼 어두운 곳도 있지만 대부분 불빛이 창밖으로 스며 나오고 있었다. 오유리가 살던 15층. 굉장히 높다. 건물은 전체 20층이다. 15층이라면 떨어져서 살아남을 확률은 거의 없을 것 같다. 죽으려고 마음먹으면 더할 나위 없는 높이다. 게다가 이런 밤이야말로 죽음에 이울리는 때가 아닐까? 그런데 수업 중에 학교 옥상에서 뛰어내리다니. 충동적인 자살인가? 아니면 역시 사고사?

청소년의 자살은 계획적이라기보다 충동적으로 이루어지는 경우가 많으며 여학생이 남학생보다 자살 충동을 많이 느끼지만 실제 행동으로 옮기는 쪽은 남학생이 두 배 이상이다. 대부분은 자살하기 전 주위 사람들에게 경고 신호를 보낸다.

유가련과 헤어지고 나서 인터넷으로 찾아본 내용을 떠올렸다.

자살 위험자가 보내는 신호는 "미안해. 그동안 고마웠어. 이제 힘들게 하지 않을게." 같은 말이다. 물건을 정돈하거나 소중한 물건을 다른 사람에게 주는 행동을 보이기도 한다.

아플 때 곁에 엄마가 있으면 나는 실제보다 열 배 정도는 엄살을 피웠다. "아플 땐 역시 복숭아 통조림!" 하면서 탐욕스럽게 제 욕망 채우는 데 급급한 아빠가 있을 때는 이 악물고 참았다. 아픈 척도 알아주는 사람이 있어야 할 보람이 있는 법이다. 알아차릴 때까지 아프다는 신호를 계속 보내는 것이다. 그러니까 자살 신호는 '죽고 싶다'는 게 아니라 '살고 싶다'는 신호가 아닐까.

쪽지와 열쇠, 그리고 전에 없던 행동들. 오유리는 신호를 보내고 있었다. 윤희 누나는 눈치챘던 거다. '살고 싶다'는 신호를 감지했지만 구원의 손길이 도착하기도 전에 배는 침몰해 버렸다. 표류한 난파선처럼 오유리가 절박한 구조 신호를 보내야 했던 이유는 뭐였을까? 무엇이 오유리를 거친 바닷속으로 떠밀었을까?

탐정 놀이 따위. 머리는 그만두라고 하지만 심장은 머리에 순종하는 녀석이 아니다. 믿고 따를 만큼 내 머리가 듬직한 녀석이 못 되는 것을 일찌감치 눈치챘기 때문이다. 그렇다고 해서 뭘 할 수 있을까. 이렇게 오유리가 살던 건물 주위를 도둑고양이처럼 서성이는 것 외에. 불쑥 윤희 누나와 마주치기라도 하면 내빼고 말 것이다. 이웃에서 일어난 뉴스거리도 안 되는 일, 더 이상 끼어드는 건 주제넘은 짓이다. 그래도 마지막으로 전화라도……해 봐야 하는 것 아닐까?

그날 밤늦게 나는 전화를 걸었다. 통화음이 한참 울린 후에야 상대방은 전화를 받았다.

"내가 만약 자살하면 어쩔래?"

"뭐어? 웃기시네. 네가 죽긴 왜 죽냐?"

자다 깬 듯한 몽키 녀석의 목소리.

"잠이나 자라."

"이 자식, 깨워 놓고 자라고 하냐? 너도 헛소리 말고 잠이나 자."

"어쨌든. 고맙다."

"웃기시네."

전화가 뚝 끊겼다. 나는 시계를 힐긋 쳐다봤다. 전화를 걸기에는 너무 늦은 시각이다. 하지만 지금 전화하지 않을 수 없다. 미룰 수 없는 일이란 게 있는 법이다. 통화음이 한참 울린 뒤에 목소리가 흘러나왔다.

"여보세요?"

다행이다. 아직 잠들지는 않았던 것 같다.

"왜 체육복을 가져갔니?"

내가 물었다.

아무 대답도 없었다.

4
하드보일드 세계

"어, 닫혔네?"

1교시가 끝나자마자 빛의 속도로 달려갔는데 매점 문이 닫혀 있었다.

"아, 맞다. 오늘부터 방학 때까지 쭉 매점 문 닫는다고 했어. 아까 조회 시간에 담임이 그러더라."

뒤쫓아 온 몽키가 숨을 헐떡이며 말했다.

"뭐? 그걸 매점 문 앞에 와서야 기억한단 말이야?"

"쏘리, 쏘리. 깜빡했네. 야! 나 때문에 이제라도 알았으니 얼마나 다행이냐? 넌 밤에 뭐 했길래 그렇게 퍼질러 자냐?"

"사돈 남 말 하시네."

요즘 밤잠을 설쳤더니 등교하자마자 숙면에 돌입, 조회하는 것도 몰랐다. 아침도 거르고 온 터라 뱃속이 요동쳤다. 허기가 분노를 불러일으켰다. 나는 소리쳤다.

"아, 왜? 벌써 방학 들어간 거야? 매점이 학생들 방학해야 방학이지, 너무 맘대로 아니냐?"

"아니, 그게 아니라. 뭐더라? 식품 안전, 위생 문제, 뭐 그랬는데. 암튼 이로빈 새끼랑 따까리들 때문이야."

"이로빈, 어제 조퇴했잖아."

이로빈과 따까리 한 명이 어제 등교와 함께 하교했다. 둘 다 배를 잡고 떼굴떼굴 구르다가 가방도 놓고 내뺐다. 완전 실감 났다. 얼마나 조퇴하고 싶으면 저렇게 지랄 발광할 수 있나 싶어 감동해 버렸다.

"몰라, 그 새끼들 입원했대. 담임이 그러더라. 집에 가면서도 설사를 막 지렸대. 매점 빵이랑 우유 먹고 탈 났다고 했나 봐. 그래서 매점 조사 들어갔대. 그 새끼들 땜에 매점도 못 가고. 야, 우리도 어제 매점에서 사 먹었는데 말짱했잖아. 어디 가서 이상한 거 주워 먹고 괜히 매점 탓이야. 암튼 일생에 도움이 안 되는 새끼들이라니까."

"완전 곤란한데."

"그니까. 아흑, 배고파서 나, 나, 주, 죽을 기 같으다. 주, 죽나 보다. 꼴까닥."

몽키가 눈을 뒤집어 까며 죽는 시늉을 했다.

"죽어, 죽어! 그냥 콱 죽어!"

"싫다. 장가도 못 가고 죽기는 싫다. 초롱이 만나고 죽을 거다."

"초롱이? 만나기로 했어?"

몽키가 금세 시무룩해졌다.

"아니, 전화 안 받는다. 문자를 백 통 남겼는데 답도 안 준다."

"백 통이나 남겼으니까 답을 안 주지. 그렇게 들이대면 있는 정도 다 떨어지겠다."

"야! 이게 다 너 때문이야!"

몽키가 주먹을 쥐어 들이댔다. 나는 잽싸게 몸을 날려 피했다.

"네가 초롱이를 쥐 잡듯 했으니까 그러지. 너는 어떻게 형님 연애 사업에 재를 뿌리냐. 도와주지는 못할망정. 아 씨, 난 몰라. 학원 가면 만나 주려나?"

몽키에게는 미안했다. 어쩌면 초롱이를 다시 만날 수 없을지도 모른다. 조금은 내 탓이다. 너무 몰아붙였다. 고양이도 달래고 얼러야 하는 법이다. 막무가내로 몰아붙이기만 하면 겁내고 아예 내빼고 마는 선 경험으로 터득한 바다, 다음부터는 절대 그러지 않아야겠다고 마음먹었지만 만회의 기회가 있기나 할까? 고개를 푹 숙이고 힘없이 걷는 몽키의 뒷모습을 보니 좀 안되긴 했다. 갑자기 몽키가 고개를 돌리며 외쳤다.

"야! 빵 떼다 프리미엄 붙여 팔까? 음료수는 네가 맡을래?"

"너 다 팔아서 돈 많이 벌어라."

"진짜지? 나중에 반땡하자 그런 더러운 소리 하면 안 된나!"

"안 해, 안 해."

"앗싸, 빵 재벌. 그래도 매점 문 닫아서 좋은 사람 하나는 있겠다."

"누구? 너? 빵 재벌 돼서?"

"이성윤. 빵셔틀 해방!"

이성윤은 빵셔틀에서는 해방되었지만 이로빈 따까리들에게서는 그러지 못했다. 급식판에 얼굴을 처박히고 콩나물과 시금치를 머리에 올린 채 이로빈 따까리들에게 끌려갔던 이성윤은 오후 수업 내내 체육복을 입은 채 수업을 받았다. 쉬는 시간마다 이로빈 따까리들이 번갈아서 이성윤 머리를 책상 위로 내리눌렀다. 책상이 박살 나거나 이성윤 머리가 박살 나거나 둘 중 하나가 되어야 끝날 것 같았다.

"명탐정 조수님."

"왜?"

몽키가 정신없이 두 엄지손가락을 놀리며 건성으로 대답했다. 집으로 돌아가는 내내 몽키는 문자를 보내느라 여념이 없었다.

"사건이다."

"무슨 사건?"

비로소 고개를 돌려 나를 내려다보았다. 나보다 머리 하나는 훌쩍 커서 올려다봐야 하는 게 치욕스럽다. 하지만 나는 웃음을 지어 보였다.

"밀실 사건."

몽키의 얼굴에 물음표가 떠올랐다.

"교실 밀실 사건이지. 교실 밖으로 한 발짝도 움직이지 않은 이로빈과 따까리 설사 대방출 사건."

"그게 뭐?"

"이상하지 않냐? 왜 이로빈과 따까리만 설사병이 났지? 너나 나도 말짱하고 다른 애들도 매점에서 뭐 사 먹고 탈 났다는 얘기 없잖아. 그렇게 보면 이로빈 따까리들이 이성윤 탓이라고 하는 게 전혀 말이 안 되는 건 아니야."

몽키가 멍한 얼굴이 되었다. 뭔가 생각하는 걸 게다. 그러고서 또 멍청이 같은 소리를 지껄여 대겠지.

"모, 몰라. 그거 복불복 아니냐? 재수 없어서 걸린 거지. 저번에 쉰 김밥 먹고 너만 배 아프고 나는 말짱했잖아."

아, 그건 네가 식중독 균도 소화시키는 몽키라서 그렇지. 쉰 냄새가 살짝 나는데도 배가 너무 고프고 돈도 아까워서 김밥 네 술을 놓아서 꾸역꾸역 먹은 적이 있었는데 나만 이틀 동안 변기와 엉덩이가 일심동체 되었었다.

"해결! 못된 놈만 설사병에 걸린다! 너도 그렇고 이로빈이랑 따까리가 그 증거다! 우헤헤헤."

몽키가 좋아 죽었다.

"야, 너 왜 웃어? 그거 빙그레 뭐냐? 비웃는 거지?"

몽키가 눈을 부라리며 내게 따졌다. 이럴 땐 눈치가 귀신 같다.

"아니야. 비웃긴."

"그럼 왜 웃는 거야? 뭔데? 그럼 정말 이성윤이 뭔 짓이라도 했다는 거냐?"

"글쎄."

"아 씨, 되게 잘난 척하네. 혼자서 멋지고 신비로운 척하기는."

"그런 척하는 게 아냐. 멋지고 신비로운 거지."

"그래, 너 멋있어! 너 잘났어!"

그렇고말고.

"야! 내가 해결한다. 네 납작한 코를 완전히 흔적도 없게 만들어 주마."

"좋아, 간단한 사건이니까 종업식 하는 날까지. 오케이?"

"좋다!"

몽키가 의지를 불태웠다.

"대신 고문 같은 거 빈칙이야. 이성윤한테 직접 묻는 것도 안 돼. 탐정의 기본이니까. 알지?"

"날 뭘로 보고!"

몽키 얼굴이 확 붉어졌다. 아무래도 이성윤한테 직접 물을 생각이었던 것 같다.

"불나방처럼 뛰어들어 봐."

"말이 되냐. 사람이 어떻게 불나방이 되냐."

말은 그렇게 하지만 몽키의 얼굴은 이미 한 마리 불나방이다. 좋았어. 놈은 이제 불나방, 아니 최소한 불개미같이 사건에 뛰어들 것이다. 몽키의 주의를 다른 데로 돌릴 필요가 있었다. 나한테는 할 일이 있기 때문이다.

*

기다렸다. 올 때까지 기다리겠다고 했으니 기다려야만 한다. 사흘째다. 오늘도 오지 않을지 모른다. 그래도 기다려야만 한다. 세 시간이 훌쩍 지났다. 햇살 잘 들던 카페 안에 어둠이 스며들고 있었다. 시계는 보지 않으려고 했지만 또 시간을 확인하고 만다. 막 8시가 넘었다. 주스를 다 마시고 세 번째 물을 청하자 종업원이 아예 물병을 가져다주었다.

"딸랑."

카페 문 위에 달린 방울 소리가 나고 동그란 얼굴이 나타났다. 연초롱이었다.

연초롱에게 기다리겠다고 말한 카페는 성운대 앞이었다. 신비여중과 우리 학교에서는 제법 떨어져 있어서 아이들과 마주치지 않을 것 같았다. 샌드위치가 맛있다며 엄마 손에 이끌려 몇 번 와 본 곳이다. 카페는 널찍하고 한산한 편이었다. 구석 자리를 골라 앉았지만 어차피 내게 관심 가지는 사람은 아무도 없었다. 사흘째인 오늘은 종업원의 얼굴에 "또 오셨냐?"란 표정이 설핏 떠오르긴 했다. 카페에 사는 주제에 돈 내고 카페에 가야 하다니 돈이 아까워 죽을 지경이었지만 몽키 녀석의 레이더망에 걸리지 않기 위해서는 별 수 없었다.

  종업원이 연초롱 앞에 주스를 내려놓고 갔다. 연초롱과 나 사이에 무거운 침묵이 비집고 앉았다. 또 물 잔만 깨끗이 비웠다. 어색함은 한층 더해졌다. 연초롱이 입을 열 때까지 기다리기로 했다. 나는 괜히 가방 지퍼를 여닫거나 안을 뒤적거렸다. 꽤 오래 기다려야 할 것 같은 예감에 소설책을 넣어 왔다. 책을 꺼내 들었지만 읽어도 머릿속에 들어오지 않아 일찌감치 가방 안에 넣어 둔 참이었다.

  지난번 신비여중에 갔을 때 옥상 문은 잠겨 있어 올라가 보지 못했지만 대신 2학년 5반 교실에 들어가 보았다. 어울리지 않는 에티켓 운운하며 아빠가 직원용 남자 화장실 찾아 삼만리 하는 농안이었다. 아직 등교한 학생은 없었지만 교실 문이 열려 있었다. 사십여 개의 책걸상 뒤로 벽면에 일렬로 사물함이 놓여 있었다.

사물함 앞에는 학생 이름이 붙어 있었다. 오유리라고 적힌 사물함 앞에 서자 비로소 그 존재를 조금은 실감할 수 있었다. 사물함 대부분에 버튼식 자물쇠가 달려 있었다. 오유리의 사물함도 마찬가지였다. 무심코 자물쇠를 만지작거리는데 딸깍 소리가 나며 열려 버렸다.

명탐정의 기본, 자물쇠 따기 기술을 발휘한 건 물론 아니었다. 무심코 버튼 하나를 눌렀는데 쇠고리가 절로 풀려 버렸다. 오유리의 자물쇠는 고장 나 있었던 것이다.

사물함 문을 열었다. 자물쇠도 고장 났는데 열어 보지 않을 수 없었다. 사물함 문을 열자마자 깜짝 놀랐다. 쓰레기가 우르르 쏟아져 나왔기 때문이다. 사방 40센티미터 정도의 공간 안에 과자 봉지, 주스 캔, 우유 팩, 뭉친 종이 등등 쓰레기의 세계가 펼쳐져 있었다. 이것 참. 사진으로 봤던 오유리의 깔끔한 이미지와 이렇게 다를 수가. 쓰레기 더미를 뒤져 겨우 교과서 두어 권과 스케치북, 미술 도구 등을 찾아냈다.

아무래도 실례라는 생각은 들었지만 스케치북을 꺼내서 넘겨 보았다. 일상 정도에 스케치와 수채화가 그려져 있었다. 미술에 뛰어난 소질이 있는 것 같지는 않았다. 교과서를 꺼내 휘리릭 넘겨 보았다. 이따금 밑줄을 치거나 형광펜으로 표시한 부분도 있으나 대체적으로 깨끗한 편이었다. 그런데 책 한 권이 이상했다. 넘겨지지 않는 페이지가 있었다. 양쪽을 붙잡고 떼어 보니 껌이 붙어 있었다. 거기뿐 아니라 여러 장이 그랬다.

쓰레기 더미 속에 스케치북과 교과서를 대충 욱여넣었다. 사물함을 닫고 자물쇠 버튼 하나를 누르니 잠겼다. 아니, 잠긴 것처럼 보였다. 잠시 엿본 오유리의 흔적은 다시 작은 사각 공간 안으로 숨었다. 경찰도 사물함을 조사했을까? 문득 오유리의 가방은 어떻게 했을까 궁금해졌다.

오유리의 체육복은 연초롱이 가져갔다. 사흘 전 전화로 연초롱에게 물을 때까지만 해도 확신은 없었다. 그렇지 않을까, 생각했을 뿐이다. 연초롱의 침묵에서 내 예감이 맞았다는 걸 알았다. 오유리는 무용 시간에 체육복을 갈아입을 수 없었다. 사물함 안에 쓰레기와 함께 넣어 둔 체육복이 사라지고 없었으니까. 그것 때문에 죽었던 것일까. 그건 모르겠다. 다만 연초롱이 오유리의 체육복을 가져갔다는 것을 알아냈을 뿐이다.

오늘은 연초롱이 나타날 것이라 생각했다. 이틀 연속 바람을 맞은 나는 어젯밤 연초롱의 휴대폰에 음성 메시지를 남겼다.

"마지막 기회야. 내일 나오지 않으면 나도 어떻게 할지 몰라. 제일 쉬운 방법은 일단 경찰서에 가는 거라고 생각해."

예상대로 연초롱에게는 명탐정보다 경찰이란 단어가 먹혔다.

마침내 내 앞에 앉은 연초롱은 어건히 입을 꼭 다문 채 탁자만 내려다보고 있다. 하는 수 없이 내가 먼저 입을 열었다.

"귀고리, 오늘은 안 했네."

연초롱이 흠칫하더니 고개를 들어 나를 쳐다봤다.

"오유리와 친한 사이였지?"

연초롱은 입술을 가만히 깨물었다. 그리고 잠시 후 입을 열었다.

"그래, 맞아. 하지만 그건 학기 초에 잠깐이었어. 그게 뭐 어때서?"

"그래, 그건 문제 되지 않지. 그런데 왜 오유리의 체육복을 가져갔니?"

"그건 그냥 장난이었어! 그렇게 죽어 버릴 줄은 몰랐단 말이야. 죽은 거랑 아무 상관 없는데, 진짜 너무해."

연초롱의 눈에서 물줄기가 흐르기 시작했다. 난감하다. 여자의 눈물. 나는 그것에 대처할 방법을 모른다. 카운터에서 냅킨을 얻어다 건네줬을 뿐, 연초롱이 눈물을 그치기를 기다릴 수밖에 없었다.

어쩐지 석연치 않았다. 연초롱을 처음 만났을 때부터. 몽키에게 연초롱은 "그런 애 이야기는 입에 담기도 싫다"고 했다. 그건 무관심과는 다른 반응이다. 오유리가 죽은 후에 만나 무용 수업에 빠진 다른 아이가 없었느냐고 물었을 때 연초롱은 일초도 생각하지 않고 "아무도 없었다"고 했다. 오유리가 빠진 것은 전혀 기억하지 못하면서 다른 아이들의 출석에 관해서는 그렇게 확신하다니 이것 역시 이상하다. 줄곧 "우리는 모른다"고 했지만 연초롱은 오유리를 주시하고 있었던 게 아닐까. 여기까지는 어디까지나 추측이다.

한참이 지난 후 겨우 연초롱이 울음을 멈췄다. 눈가가 빨갛게 부어올라 있었다.

"괜찮니?"

연초롱은 아무 대답도 하지 않았다. 괜찮을 리 없다. 그래도 해야 할 이야기가 있다. 누군가 그랬다. 탐정은 하기 힘든 말을 하는 사람이라고.

"이제 얘기해 줘. 오유리에 대해 네가 알고 있는 것들."

"죽을 줄 몰랐어. 정말 죽기를 바란 건 아니야."

나는 말없이 고개를 끄덕여 주었다. 연초롱의 얼굴을 보며 문득 '악어의 눈물'이 떠올랐다. 먹잇감을 삼키면서 끊임없이 눈물 흘리는 악어. 마치 자신이 죽인 생명체를 애도해서 우는 것처럼 보이지만 실은 눈물은 먹이를 삼키기 좋게 수분을 보충하는 용도일 뿐이라고 들었다. 지금 연초롱의 눈물은 어떤 의미일까?

"그런데 어떻게 알았어? 내가 체육복 가져간 걸?"

연초롱이 잔뜩 겁먹은 표정으로 물었다. 연초롱이 여기 나온 이유는 그것을 묻기 위해서였을 것이다. 나는 대답 대신 물었다.

"오유리 체육복은 어떻게 했니?"

"버렸어. 오유리가 죽고 난 다음에. 사물함에 다시 넣을 수가 없어서."

나는 고개를 끄덕였다.

"어떻게 알았어?"

연초롱이 또 물었다. 지금 연초롱이 알고 싶은 것은 오직 그것뿐이다.

"염려 마. 아무도 본 사람은 없어. 추리를 좀 해 본 것뿐이야. 그게 내 일이니까."

거짓말이다. 내게는 정보원이 있었다. 그것도 아주 듬직하고 명석한 정보원이.

*

정보원은 사흘 전 한밤중에 왔다.

아파트 놀이터를 떠나 밤늦게 오렌지주스와 라면을 담은 봉지를 달랑거리며 카페로 돌아오니 아빠가 떨 듯이 반겨 주었다.

"손님 왔다."

헤벌쭉한 얼굴 뒤로 소파에 앉아 있는 손님의 뒤통수가 보였다. 오랜만에 고양이인가. 아빠가 저렇게 기뻐하는 것도 무리는 아니지. 우리에게 월세를 주실 손님이라니 나도 몰래 배시시 웃음이 나왔다.

"고양인가요? 강아진가요?"

나도 모르게 외치고 말았다. 손님이 고개를 돌렸다.

너, 여기에 왜 온 거냐? 유가련.

"너 만나러 왔대. 으흐흐."

제발 그런 기분 나쁜 웃음 짓지 말라고.

"저런 스타일 좋아했구나. 그렇지, 여자는 모름지기 건강미가 최고지. 언제부터 사귄 거냐? 집에도 놀러 오는 사이라면. 으흐흐. 그동안 시치미 딱 뗀 거냐? 음흉한 건 꼭 네 엄마를 닮았구나. 아하하."

"시끄러워."

의뢰인인 줄 알고 가슴이 두근거렸다가 실망한 끝에 부아가 날 지경인데 화를 돋우고 있다.

"괜찮아, 괜찮아. 내가 오픈 마인드잖아. 나는 이성 교제, 대찬성이야. 모름지기 이성 교제는 이렇게 당당하고, 맑고, 깨끗하게 해야지."

어쩐지 집 주소까지 대라고 할 때부터 찜찜했는데, 이렇게 들이닥치다니. 힐끗 쳐다보니 유가련은 태평스럽게 책을 읽고 있었다. 낮에 봤던 핑크 교복 대신 청바지에 셔츠 차림이었다. 벌써 10시나 되었는데 혼자 이런 곳에 와도 괜찮은 건가, 하다가 유가련의 듬직한 어깨를 보고 고개를 가로저었다. 나라도 의지하고 싶어지는 어깨였다.

"남자 친구 집 처음 오면서 밤늦게 빈손으로 온 게 대수냐. 내집처럼 편하게 드나들어야지. 그런데 너 내 얘기도 꽤 했나 보더라? 들어오자마자 거침없이 '명탐정 고명달 씨'냐고 묻던데. 이것저것 계속 묻길래 나는 동사무소에서 나온 줄 알았다."

동사무소 직원이 이런 시간에 일할 리 없잖아. 그건 그렇고 이것저것?

"뭘 물어봤어?"

"뭐, 탐정 자격증 있냐? 수입은 얼마나 되냐? 그런 것도 묻고. 최근 해결한 사건은 뭐냐? 같은 것 등등. 참 거침없고 솔직한 스타일이라 맘에 쏙 들었다."

아빠 맘에 쏙 든 유가련 앞에 주스 잔을 놓고 앉았다.

유가련이 읽던 책에서 시선을 돌리더니 물었다.

"정체가 뭐냐? 간판이 두 개나 달려 있던데."

"투잡이지, 투잡. 요즘 유행이잖아."

유행이라고 했지만 어느 모로도 유행과 전혀 상관없는 꼴이라는 생각이 들었다.

"어쩐 일이냐?"

내가 물었다.

"진짜 탐정 사무소가 있긴 하구나."

"확인하려고 왔냐?"

"응."

정직하기 그지없는 여학생이 카페를 둘러보더니 "상상과는 많이 다르구나."라고 말했다. 구석 자리에서 신문 보는 척하는 아빠가 보였다. 아빠 눈에서 분출된 레이저가 신문을 뚫고 나올 기세다. 뭐, 그렇지. 여기는 판타지의 세계가 아니라고. 그리고 네가 뭘 상상하든, 내 알 바 아니지.

"문득 생각이 났는데. 그날 오유리가 체육복을 갈아입으려고 했던 것 같아."

"어?"

"분명 무용 시간 전, 쉬는 시간에 사물함 앞에 서 있었어. 내 사물함 바로 옆이거든."

"왜 이제야 말하는 거야?"

"말했잖아. 문득 생각났다고."

"그러니까 사물함에 오유리의 체육복이 있었고, 오유리가 갈아입으려고 사물함을 열었단 말이지?"

"무슨 생각이었는지는 모르지만 사물함을 연 건 사실이야. 하지만 체육복으로 갈아입지는 않았지. 이런 것도 단서가 되니?"

"사소한 게 중요한 거니까."

왠지 모르지만 유가련이 내 눈을 바라보며 씩 웃었다. 역시 오싹하다.

"혹시 오유리 사물함 안은 본 적 있어?"

내가 묻자 유가련이 "님의 사물함은 왜 봐?"라고 깔끔하게 대답했다. 할 말 없음. 유가련이 대뜸 물었다.

"혹시 레밍이라는 쥐 알아?"

"쥐? 우린 고양이 전문…… 아, 아니다. 그게 뭔데?"

"집단 자살 하는 쥐야. 개체 수가 많아져서 먹이나 살 공간이 부족해지면 꼬리에 꼬리를 물고 물속으로 뛰어든대."

물 위에 둥둥 뜬 쥐 떼라니 상상만 해도 끔찍하다.

"거기에서 레밍 효과라는 말이 나왔다더라. 모두가 공황 상태에 빠져 있을 때 한 사람의 잘못된 행동을 따라하기 시작해 모두가 파멸에 빠지는 걸 말한대. 무분별하게 맹목적으로 따라하는 현상이지."

박학다식. 오랜만에 기특하게 사자성어가 떠올랐다. 유가련, 자살 박사에 이어 이번에는 쥐 박사다. 그런데 뜬금없이 웬 레밍?

"뭐야? 무슨 소리인데? 혹시 오유리에 이어서 집단 자살이라도 할 거란 말이야?"

"아니. 그런 이야기가 아니라. 레밍의 집단 자살에 대해서는 여러 가지 추측이 있어. 또 다른 추측으로는 레밍에게 다른 공간으로 이동하고 싶어 하는 본능이 있다는 거야. 철새나 연어에게 회귀 본능이 있듯이. 레밍이 살던 곳을 떠나 무리를 지어 이동할 때 막다른 곳, 절벽이라든가 호수, 바다 같은 것에 가로막히면 다른 곳으로 우회하는 대신 깔끔하게 죽음을 택한다는 거지. 이거 좀 멋지지 않냐?"

"멋지긴 뭐가 멋지냐? 둘 다 똑같은 이야기네. 맨 앞에 가던 놈이 막다른 곳을 보고 '앗, 이 길이 아닌가 봐!' 하고 돌아서려고 해도 뒤에서 막 밀어 대니까 별 수 없이 그냥 빠져 죽는 거 아냐? 한번 휩쓸리기 시작하면 스톱 하려고 해도 브레이크가 안 걸리는 거지."

"휩쓸린다……. 좋은 지적이다."

유가련이 씩 웃었다. 뭐가 좋은 지적이냐? 혹시 칭찬? 칭찬 받고 이렇게 기분 나쁘기는 처음이다. 레고 머리 스타일 아이와의 대화는 힘들기 그지없었다. '고형과 가루 타입이 있고, 삼 분에 오케이 되는 타입도 있고, 먹고 나서 바로 설거지 하지 않으면 그릇에 노랗게 자국이 남는, 냉장고에 남은 채소 처리하기에 안성맞춤인 그게 뭐냐?'라고 이리저리 돌려 말해 애간장 태우는 화법이다. 그냥 딱 '카레'라고 말해 주면 어디가 덧나냐? 뭐냐, 유가련? 너 하고 싶은 말이 뭔데? 혹시 이것도 단서 같은 건가?

"나는 그런 거 이해 안 가더라. 여자애들은 화장실을 왜 꼭 같이 가야 하는 건지."

뭐, 너는 여자애 아니냐? 아닐 수도 있다는 의심이 강하게 들기는 하다만. 그런데 유가련, 종잡을 수가 없다. 사물함에서 레밍, 게다가 갑자기 화장실. 당최 대화에 일관성이라는 게 없다. 몽키는 멍청하신 해도 그 사고의 행동에 일관성이 있다 하지만 유가련은 도대체 어디로 튈지 예측 불허다.

"똑같은 물건을 사서 나눠 가지는 것도 이상해 보이고. 꼭 친한 애들끼리 밥 먹어야 하고. 같이 앉지 못하면 자리 날 때까지 한참 기다리고 말이야. 그런 걸로 친하다고 생각하는 것 같아. 꼭 레밍 같지 않냐? 모두 함께 우우, 휩쓸려 다닌단 말이야. 개성이니 뭐니 하며 똑같다는 소리 듣기 제일 싫어하면서 왜 똑같아지지 못해서 안달복달이지?"

레밍이 그렇게 이어지는 이야기였구나. 하지만 그래도 여전히 아리송할 뿐이다.

"넌 혼자 밥 먹냐?"

"난 점심시간에 플루트 연습해야 해서 빈자리 있으면 앉아서 빨리 먹고 나오거든."

"응, 열심히 연습하는구나. 전공할 거야?"

"아니, 취미다."

전혀 어울리지 않는 취미다. 유가련이라면 1톤 역기를 들어올리는 쪽이 한층 자연스러운 취미 생활일 것 같은데.

"오유리는 점심 안 먹는 것 같더라."

"응? 안 먹어? 매일?"

"아마도."

"왜? 다이어트?"

유가련은 대답 대신 어깨를 으쓱 추어올렸다.

"그건 그렇고, 네가 좋아하는 건 포와로냐?"

"응?"

역시 급격한 화제 전환. 아, 카페 이름을 얘기하는 거구나. 포와로가 등장했던 『크리스마스 푸딩의 모험』을 알고 있단 말이야?

"아니, 그건 우리 아빠. 난 뭐, 가리지 않아."

"응. 참, 이거."

유가련이 가방에서 뭔가를 꺼내 내밀었다. 핑크 색 커버에 작은 책같이 생긴 것이었다. 뭐냐고 묻는 내 표정에 유가련은 무심하게 말했다.

"오유리 다이어리. 내가 오유리 가방에서 빼냈어. 가방은 담임이 가져갔지만. 아무래도 중요한 것 같아서. 경찰들이야 그런 것 봐도 잘 모를 테니까."

얼이 빠졌다. 유가련, 도대체 너 어떤 애냐?

"너, 이걸 주려고 일부러 온 거냐?"

"일부러 온 건 아니고. 산책하다 눈에 띄어서 들러 봤다."

여학생의 밤 산책 코스가 이런 후미진 곳이라는 건 누가 봐도 뺑이다.

"대신 부탁이 하나 있다."

부탁이라면 좀 더 부드러운 방식이어야 하는 거 아니냐? 이건 부탁이라기보다는 협박의 느낌이다.

"부탁이 뭔데?"

"연초롱을 만나 줘."

"야, 아까 낮에 안 봤냐? 연초롱 이제 다시는 나 안 볼걸."
"아니, 틀림없이 만나러 나올 거야. 한마디만 하면."
"뭐라고?"
"'체육복 왜 가져갔냐?' 이렇게만 말해."
"연초롱이 네 체육복 빌려 갔어? 맞지도 않을 텐데. 아, 아니. 그럼 네가 달라고 하지 왜 나한테……."
"오유리의 체육복이야."

이미지 관리상 안 그러려고 용을 써 봤지만 소용없다. 입이 헤벌어졌다.

"참."

또 참이다. 유가련의 참, 그다음이 무섭다.

"걔는 데려가지 마. 짐승 닮은 애, 네 친구."

몽키를 말하나 보다. 나는 왜냐고 물으려다가 대신 고개를 끄덕여 보였다.

"가, 가려고?"

"뭐, 용무는 끝났지 싶은데. 사소한 거라도 생각나면 연락하라며. 사소한 게 기억났을 뿐이야. 뭐, 언제든지 힘이 필요하면 신나해라. 두뇌가 필요한 일이라면 불러도 소용없겠지만."

유가련이 테이블에 펴 두었던 책을 가방에 넣더니 벌떡 일어났다. 표지가 언뜻 보였다. 레이먼드 챈들러의 『기나긴 이별』. 세상에서 가장 쿨한 탐정 필립 말로가 등장하는 소설이다.

'두뇌가 필요한 일이라면 불러도 소용없겠지만.'

그것은 필립 말로의 대사. 하드보일드 하기 짝이 없는 탐정의 유머를 남긴 채 유가련은 떠났다.

*

평소보다 열세 배 정도는 들뜬 금요일이었다. 내일부터 여름방학에 들어간다는 사실에 반 아이들은 흥분하고 있었다. 방학이 시작되어 봐야 세계 일주나, 하와이 여행 같은 것을 가는 놈은 아무도 없을 게 뻔한데도 뭐가 좋은지 난리다. 흥분과 함께 아이들의 분노도 상승해 있었다. 분노는 2교시 체육 시간이 끝난 뒤 최고조에 달했다.(사명감으로 똘똘 뭉친 체육 선생은 종업식 날까지 야외 수업을 했다.) 이로빈 따까리와 이로빈 따까리의 따까리들이 이성윤을 둘러싸고 쥐어박거나 이성윤 책상을 발로 걷어차고 있었다. 매점을 이용 못한 게 고작 사나흘인데 애들은 미쳐 가고 있었다.

수업 시작종이 울렸다. 아이들에게 시달리는 통에 이성윤은 체육복도 채 갈아입지 못했다. 찍찍이들 사이에서 푸른 체육복 하나만 두드러졌다. 푸른 멍 같아 보였다. 보기 싫어 고개를 돌렸다. 하지만 보고 싶지 않아도 볼 일이 생겨 버렸다.

"저기, 잠깐만."

여느 때처럼 몽키를 두들겨 깨워 가까스로 교실에서 끌고 나가던 참이었다. 뒤에서 개미 소리가 났다. 돌아보니 이성윤이었다.

"저, 저기. 잠깐만. 할 말이 있는데."

이성윤이 할 말이 있다니 개미가 말을 걸어온 것만큼이나 놀라웠다. 이성윤과 나는 말을 나눠 본 적이 거의, 아니 전혀라고 할 정도로 없었다. 몽키가 어어, 하는 표정을 지었다. 짚이는 게 있었다.

운동장을 가로지르며 몽키에게 물었다. 버럭 소리 지르고 싶은 마음을 꾹 누르며 목소리를 최대한 낮췄다. 뒤에 이성윤이 따라오고 있었기 때문이다.

"너 혹시 이성윤한테 무슨 소리 했어?"

"수사 좀 했지."

"직접 물어보면 반칙이라고 했잖아."

"누가 직접적으로 물어봤대? 간접적으로 몇 가지만 물었어."

"혹시 명탐정 조수니 뭐니, 그런 소릴 한 건 아니겠지?"

"절대 안 했지. 명탐정은 니네 아빠고 나는 인턴 실습 중이라고 했어."

아, 진짜. 고개를 드니 내 마음과는 정반대로 구름 한 점 없는 푸르디푸른 색이 펼쳐져 있었다. 하늘은 뭐하고 이런 걸 안 잡아가나.

뙤약볕 아래 그나마 나무 그늘이 반쯤 드리운 벤치를 찾아 앉았다. 경계경보 울리듯 일제히 매미가 울어 대기 시작했다. 햇볕에 달궈진 벤치 끝에 엉덩이를 대니 불이 날 것만 같았다. 그늘이 진 쪽 벤치 끝에 이성윤이 앉았다. 몽키가 망설인 끝에 엉덩이는 그늘에 두고 몸은 내 쪽을 향해 앉았다. 몽키는 벤치에 앉자마자 휴대폰으로 문자를 보내느라 여념이 없었다. 쓸데없는 짓 그만두라고 하기도 귀찮았다. 이성윤은 우리를 불러 놓고 개미만 한 목소리마저 낼 기색이 없었다. 덥다. 있어야 할 에어컨은 없고, 없으면 싶은 아빠만 있는 집이라도 지금은 간절히 돌아가고만 싶다.

"아빠가…… 탐정이시라며?"

이성윤이 드디어 입을 열었다.

"어, 뭐."

"진짜 탐정이 있다니 놀랐어."

어, 나도 동감. 약속이라도 한 듯 똑같은 대사들이다.

"범인은 이 안에 있다!"

별안간 몽키가 외쳤다. 깜짝 놀랐다. 이렇게 직설적인 화법이라니. 하도 어이없어서 허탈해져 버렸다. 손가락으로 가리킨 게 허공이라는 것이 그나마 다행이었다.

"우헤헤헤. 나 완전 명탐정 코난 같았지?"

바로 헤드록으로 몽키에게 응징을 가했다.

"케케켁. 야, 야, 이거 놔! 수, 숨 막혀."

숨통을 끊어 버리고 싶을 정도다. 하지만 그간의 정을 봐서 살려 준다. 몽키가 펄펄 뛰었다.

"아, 왜? 너 죽을래? 아항, 내가 깔끔하게 사건 해결한 것 같으니까 질투 나냐? 듣고 싶냐? 내 추리?"

누가 네 추리 따위. 나는 절레절레 고개를 저었다. 몽키는 아랑곳하지 않고 눈을 빛냈다. 벌떡 일어나더니 휙 돌아 등을 보였다. 그러더니 교복 셔츠 깃을 올리고 텔레비전에서 모자이크 처리와 함께 나오는 음성 변조 같은 목소리로 나불거렸다.

"수많은 트릭과 엇갈린 증언 속에서 점점 미궁에 빠져드는 오리무중의 사건. 오늘도 명탐정 조수는 어둠 속 한 줌 햇살 같은 단서를 찾아 달려간다. 혜성중 2학년 3반 밀실 사건, 일명 '이로빈 설사 대방출 사건'. 피해자 이로빈과 이로빈 따까리를 설사 대마왕으로 몰고 간 범인은 서서히 정체를 드러낸다. 매점을 이용한 수많은 애들 중에 유독 이로빈과 이로빈 따까리만 설사를 찍찍 싸 댄 이유, 이제 그 진상을 밝힌다!"

몽키가 갑자기 빙글 돌았다. 눈은 실실 웃고 있나. 이성윤과 나를 번갈아 보며 괜스레 뜸을 들였다. 주목받고 싶은 것 같았다. 바보짓은 제발 그만둬 줬으면 싶은데 몽키는 불쑥 한쪽 팔을 번쩍 들어 올렸다. 그러고는 치켜세운 검지로 정확히 하늘을 찔렀다.

"그건 바로 하느님의 심판!"

나도 모르게 한숨이 디져 나왔다.

"너, 교회 안 다니잖아."

내 말에 몽키가 싱긋 웃었다.

"그럼 정의의 심판."

"그래, 심판은 정의에게 맡기고 이제 가자. 덥다."

나는 벌떡 일어났다.

"내가 한 거 맞아."

도로 주저앉았다.

몽키가 입을 헤벌리고 이성윤을 쳐다봤다. 이성윤 옆에 냉큼 앉더니 몽키는 속사포처럼 물었다.

"지, 진짜? 지, 진짜 네가 한 거야? 어떻게 한 거야? 상한 빵 사다 준 거야? 아니면 상한 우유? 그런데 이로빈 새끼, 상한 것도 모르고 먹었던 말이야? 아우, 꼴통 새끼."

이성윤이 고개를 가만히 저었다. 한참 만에 입을 열었다.

"상한 건 아니었어. 어떻게 한 거 같냐?"

이성윤의 시선이 정확히 나를 향하고 있었다.

"그걸 내가 어떻게 알아? 야, 집에 가자. 진짜 너무 더워서 돌아가시겠다. 이성윤, 우리 먼저 갈게."

나는 벌떡 일어났다.

"죽일 수도 있었어."

다시 앉았다. 이성윤은 충격적인 말을 뱉어 놓고 또 입을 다물었다. 몽키의 입이 끓는 물에 넣은 조개처럼 쩍 벌어졌다. 나는 몽키의 머리와 턱을 잡고 누르며 이성윤을 향해 말했다.

"야, 웃기지 마라. 설사약 정도로는 사람 안 죽는다."

이성윤이 억지로 구긴 우유갑 같은 미소를 지어 보였다.

"역시 알고 있었구나."

나는 고개를 가로저었다. 이성윤이 말없이 내 눈에 시선을 고정시켰다. 내가 말하기 전에는 꼼짝 안 할 것 같은 결의가 느껴졌다.

"추측일 뿐이야. 식중독이나 배탈이라면 복통과 설사 외에도 두통이나 구토와 발열 같은 다른 증상이 있었을 거야. 이로빈은 갑자기 복통을 호소하고 병원에 입원했지. 이로빈 따까리들에게 슬쩍 물어보니 입원 당일 밤, 이로빈이 주문한 치킨과 햄버거, 기타 등등을 사서 병문안을 갔다고 하더군. 복통도 설사도 그치고 말짱했다는 얘기지. 아직까지 이로빈이 퇴원하지 않은 이유는 아마 결석하고 싶어서일 거야. 급격한 설사 증세는 딱 반나절 정도였어. 그렇다면 역시 설사약일 거라고 생각했어. 효과 좋은 다량의 설사약이라면 이야기가 되지."

잠시 말을 멈췄다. 이성윤의 얼굴은 운동장 쪽을 향해 있었지만 내 말을 주의 깊게 듣고 있다는 건 알 수 있었다. 나는 말을 이었다.

"아마도 이로빈은 그날 우유나 야채 빵을 먹었겠지. 두 가지가 가장 쉽게 약을 넣을 수 있으니까. 우유라면 물약을 주사기에 채워 입구에 주입하면 되고, 야채 빵이라면 빵 사이 야채에 가루약을 섞으면 되겠지. 매점에서 파는 야채 빵은 종이로만 싸여 있어서 포장지를 벗겨 냈다가 다시 싸도 티 나지 않으니까. 하지만 문제는 시간이야. 매점에 다녀오는 것만으로도 쉬는 시간은 빠듯하지. 약을 넣기에는 역부족이야. 그렇다고 미리 준비하는 것도 말이 안 되지. 이로빈이 뭘 사다 달라고 할지 모르니까. 하지만 대충은 짐작할 수 있지. 매점에서 제일 인기 있는 걸 이로빈도 원했을 테니까."

내 말이 끝나자마자 몽키가 입을 벙긋거리려는 걸 손으로 틀어 막아 버렸다. 침묵. 매미마저도 울음을 그쳤다. 덥다. 땀이 등줄기를 타고 흐르는 게 느껴졌다. 힐끗 이성윤을 쳐다보았다. 이성윤은 여전히 텅 빈 운동장만 바라보고 있다. 그 눈 또한 텅 빈 것 같았다. 이성윤이 갑자기 아득하게 멀리 물러나 앉은 느낌이었다. 점점 길어지고 있는 짙은 그늘은 이성윤을 그대로 집어삼킬 것 같았다. 기시감. 어디선가 본 것 같은 기분이 들지만 생각나지 않는다. 문득 이성윤이 입을 열었다는 걸 깨달았다.

"나흘 전부터 매일 야채 빵을 사서 집에 갔다. 설사약은 야채 사이에 섞고 냉장고에 숨겨 두었다가 학교 오는 길에 버렸어. 매일 반복했어. 차마…… 못하겠더라. 그런데 며칠 전. 그래, 이로빈이 조퇴하던 날. 그날은 버리지 않고 학교까지 가져왔어. 조회가 끝나자마자 애들이 빵을 사 오라고 했지. 맞아, 대개는 야채 빵을 주문했어. 조회가 끝난 후는 거의 야채 빵이지. 인기가 많아 빨리 떨어지니까. 이로빈도 예외는 아니었지. 나는 집에서 준비해 온 야채 빵을 녀석에게 내밀었어. 녀석이 한입에 집어삼켰지."

이성윤이 힘겹게 말을 마쳤다.

몽키가 이성윤을 향해 엄지를 번쩍 치켜세워 보였다. 이성윤의 한쪽 입가가 씰룩 움직였다. 한참 후에 이성윤이 내게 말했다.

"그거 아니?"

나는 계속하라는 눈짓을 보냈다.

"설사약 대신 뭐라도 집어넣을 수 있었어. 나, 마음만 먹으면 이로빈 죽일 수도 있었어."

"됐어. 넌 그럴 놈이 아니야."

"왜? 왜 난 아니야? 너도 내가 그런 배짱도 없는 놈이라고 생각하는 거지?"

"그런 뜻이 아니야. 적어도 넌 해서는 안 되는 일이 뭔지는 아는 놈이라는 거지."

"그렇게 생각해?"

"넌 안 했잖아."

성윤이가 눈치채지 못할 정도로 미약하게 고개를 끄덕였다. 그러고는 입을 열었다.

"나 말이야, 갑자기 걸레가 된 기분이었어. 진짜 걸레 말이야. 필요하지만 손 대고 싶지 않은 더러운 걸레. 걸레처럼 내가 더러워질수록 반은 깔끔하게 잘 돌아가는 거야. 그래서 걸레는 어느 반에서든 필요하겠지. 그러니까 내가 아니더라도 누군가는 셔틀이 되어야 했을 거야. 왜 하필 나인지. 어쩌다 이렇게 된 건지 모르겠어. 하지만 그렇게 되고 말았어. 놈들은 당연한 듯 빵 심부름 시키고, 잘못 사 오면 쥐어박고, 빵이 떨어진 것도 내 책임이라며 발로 걷어차면서 낄낄댔지. 누군가는 안도의 한숨을 내쉬었겠지. 걷어차이는 게 자기가 아닌 나라서. 나 때문에 모두가 웃을 수 있었던 거야. 하지만 나 아닌 다른 누군가가 빵셔틀이었다면 나 역시 그 애를 똑같이 걷어차고 웃었을 거야."

"야, 너는 그런 스타일 아냐. 자축하지 마."

몽키가 끼어들었다. '자축'이 아니라 '자책'이겠지. 한참 만에 성윤이가 힘겹게 입을 열었다.

"나, 초등학생들한테 돈 뺏었다."

몽키가 또 입을 쩍 벌렸다.

"내 용돈만으로는 부족했어. 이로빈이랑 애들, 매점 심부름 시키면서 돈 안 준 건 오래전이야. 게다가 수시로 돈 달라고 하니까 용돈 빋으면 한 푼도 안 쓰고 다 줬어. 그래도 한참 모자랐지. 틈만 나면 엄마 지갑에 손을 대야 했어. 요새는 엄마도 눈치 챈 것 같아서."

"야, 그렇다고 초딩 돈을 뺏었단 말이야?"

몽키가 어이없다는 얼굴로 "그건 되게 쪽팔리잖아."라고 작게 덧붙였다.

"할 수 없었어. 돈 벌 방법을 이것저것 생각해 봤지만, 내가 할 수 있는 일이라고는 책 산다고 엄마한테 거짓말하고 돈 받아내는 것 정도밖에 없었어."

성윤이가 고개를 푹 숙였다.

"야, 어, 얼마나 뺏은 거야? 너, 요즘 초딩들 얼마나 무서운데. 그러다가 네가 당할 수도 있어."

몽키의 말에 성윤이가 고개를 끄덕였다.

"딱 한 번뿐이었어. 초등학교 앞에서 애들을 노리고 있더라고, 나. 그걸 문득 깨닫고 소름이 끼쳤어. 그때 내 모습은 이로빈 새끼들하고 똑같았던 거야."

그때 내 머릿속에 이로빈 도둑놈과 하이에나들, 그리고 그들의 먹잇감으로 이루어진 먹이사슬이 또 다른 고리로 이어져 꼬리에 꼬리를 물고 빙빙 도는 장면이 떠올랐다. 식빵에 잼을 곱게 발라 입안에 넣으려다가 뒷면에 퍼렇게 곰팡이가 피어 있는 것을 발견했을 때처럼 오싹해졌다.

"나도 똑같은 놈이지. 다만 다른 놈들과 똑같아질 기회를 놓친 것뿐이야."

"흐름을 놓쳐서……."

나는 작게 중얼거렸다. 유가련의 듬직한 모습이 갑자기 떠올랐다. 아무래도 더위 먹은 것 같다.

"갈 데까지 간 느낌이었어. 더 이상 견딜 수가 없었어. 끝장내야 한다고 생각했지. 며칠간 두려웠어. 계획을 세울 때는 아무 생각도 안 났어. 그냥 해치우자는 생각뿐이었지. 뒷일 따위 걱정할 겨를도 없었어. 하지만 역시 그러고 나니 불안하더라."

몽키가 성윤이의 어깨를 가만히 두드렸다.

"야, 걱정 마. 이로빈이나 이로빈 따까리들 완전 단순한 새끼들이잖아. 추리의 '추'자도 모르는 놈들이야. 그냥 며칠 매점 못 가니까 성질 나서 괜히 너한테 분풀이하는 거지. 금방 잊어버릴 걸. 그리고 염려 마라. 나 진짜 과묵하다. 알지?"

몽키가 입에 지퍼를 닫는 시늉을 해 보였다.

"재도 아무거나 막 나불거리는 스타일은 아니야. 걱정 마. 퉤퉤. 야, 고기왕. 여기다 침 뱉고 맹세해. 빨리 뱉어, 퉤퉤."

몽키가 운동장 바닥에 침을 한바탕 뱉었다. 저거, 완전히 초딩짓 아니냐. 성윤이가 이번에는 양쪽 입술 끝을 살짝 올려 웃었다. 아무래도 기가 차서 웃는 것이리라.

"유감인 건 이로빈이랑 그 자식들은 모른다는 거야. 내가 죽일 수도 있었다는 걸. 그놈들은 설마 빵셔틀한테 죽을 수 있다는 건 상상도 못하겠지. 나 같은 찌질이가 감히 그런 수 있다고 생각도 못했겠지? 안다고 해서 달라질 것도 없겠지. 알았다면 나를 가만두지 않았을 거야. 아마 지독하게 분풀이했겠지. 그런 뒤에도 나는 변함없이 빵셔틀을 해야 했을 거고."

성윤이가 운동장 건너 건물을 바라보며 혼잣말처럼 중얼거렸다.

"하지만 상관없어. 나는 마음속으로 그 자식들을 죽였으니까."

침묵. 한참 만에 성윤이가 입을 열었다.

"누군가에게는 이야기하고 싶었어. 내가 한 짓을 아무도 눈치채지 못했으면 했지만 한편으로는 이야기하고 싶었어. 후련하다. 너희한테 이야기할 수 있어서."

후련하다고 했지만 성윤이의 얼굴은 전혀 그렇지 않았다. 희미하게 미소 지었지만 어쩐지 우는 것 같았다.

"그런데 왜 우리한테 말한 거야? 너한테 빵셔틀 안 시켜서?"

몽키가 물었다. 성윤이가 담담하게 대답했다.

"니들이 물어봐 줬기 때문이야. 빵셔틀에게 관심 가져 준 건 너희 둘뿐이야."

몽키와 함께 교문을 향해 걷다 뒤를 돌아보았다. 성윤이는 짙은 그늘 속에 조용히 앉아 있었다. 나는 발걸음을 돌려 성윤이에게 다가갔다. 성윤이가 그늘이 드리운 얼굴을 들어 나를 올려다보았다. 나는 물었다.

"그런데 왜 두 개였어? 약이 든 빵이?"

성윤이가 앉은 채로 나를 올려다보며 대답했다.

"하나는 내가 먹으려고 했어. 나도 설사병이 나면 의심받지 않을 것 같아서. 그런데 마음이 바뀌었어. 늦게 왔다고 나를 걷어찬 놈이 있었거든."

성윤이가 조용히 미소를 짓더니 덧붙였다.

"설사약이 아니었다면 내가 먹었을 거야. 그놈을 죽이고 나도 죽고 싶었거든."

*

"얌전한 애들이 더 무서워. 안 그러냐?"

교문을 빠져나오며 몽키가 말했다.

"무서운 게 아니라 참은 거지."

"뭘 참고 그러냐? 참다 보면 곪아 터지고 굉장히 아픈데. 흉터도 남고."

몽키가 "상처에는 호랑이 고약이 최고, 빈혈에는 호랑이 뼛가루." 라며 약장수로 빙의된 것처럼 떠들어 댔다. 놈도 꽤 충격이 컸던 것 같다. 일반적으로 사람은 당황했을 때 말문이 막히는 법인데 몽키 녀석은 장황하게 떠들어 대는 습성을 가지고 있다. 겨우 잠잠해지자 내가 물었다.

"만약 네가 당했다면?"

"미쳤냐? 내가 왜? 성윤이는 좀 그런 분위기가 있어. '괴롭혀 주세요' 분위기."

"그런 게 어딨냐?"

"괴롭혀도 가만있잖아. 만만하니까 자꾸 더 괴롭히지. 나 같으면 확!"

"어쩔 건데?"

"엄마한테 이를 거다!"

아, 네, 훌륭하십니다.

"너도 이성윤을 보면 괴롭히고 싶었냐?"

"아, 날 뭘로 보고. 쓰레기 같은 놈들이랑 내가 같냐? 이로빈 새끼들, 설사약도 아까워. 그런 새끼들은 정의의 이름으로 확 처단해야 하는데."

몽키가 정의가 아닌 주먹을 허공에 내질렀다.

"그런데 왜 다들 그냥 두고 보기만 하는 거야?"

내 말에 몽키가 멈칫했다.

"이로빈이 무서워서?"

몽키가 헛되이 머리를 굴리는 것이 보였다. 이놈은 질문을 받으면 대답해야 한다는 강박관념을 가지고 있지만 묘하게 정답을 피해 간다.

"야, 뭐 똥이 무서워서 피하냐? 더러워서 피하지."

역시나. 지저분한 대답이다.

"똑같은 거 아냐? 똥 싼 놈이나, 보고도 더럽다고 안 치운 놈이나?"

"뭘 그래. 쌀 데, 안 쌀 데는 알아서 가려야지." 하더니 몽키가 덧붙였다.

"설사는 좀 참기 힘들지. 근데 설사약이 설사 나오게 하는 약이야? 아니면 설사 멈추게 하는 약이야?"

언제나처럼 대화는 안드로메다로 거침없이 달려간다. 얼마 전에 본 영화「혹성탈출」에 내가 영 몰입하지 못했던 이유가 이제 떠올랐다. 사람보다 뛰어난 지능을 가진 원숭이란 있을 수 없다. 절대, 단연코. 그때 몽키가 몸을 부르르 떨었다. 제 몸에 전해지는 진동을 가볍게 무시하고 계속 떠들어 대기에 내가 생각해도 좀 과하다 싶을 정도로 친절하게 일러 주었다.

"너, 문자 온 것 같은데?"

"어? 그래? 아, 진짜!"

몽키가 재빨리 주머니에서 휴대폰을 꺼내 들여다봤다. 기대에 찼던 얼굴이 금방 풀이 죽었다. '묻지도 따지지도 않고 24시간 대출'이나 '오늘 밤 뜨거워요', 그런 문자라도 받았나 보다. 그런데 녀석이 갑자기 무섭도록 화색이 돌더니 대뜸 물었다.

"참, 걔랑 어떻게 됐냐?"

"걔라니?"

"네가 전화번호 따 달라던 애 있잖아. 뭐였지? 이름이? 아, 민지! 민지 맞지?"

"민지혜."

"그래, 맞아. 민지혜. 만났냐? 만났어?"

"됐어. 신경 꺼."

"뭐야? 그 썩은 양말 씹은 표정은? 형님이 완전 애써서 번호 따 줬더니 고맙다고 절은 못 할망정. 너, 혹시…… 만나지도 못하고 까였냐? 그런 거야?"

"까이긴 뭘 까여?"

"그럼, 만나긴 한 거야? 만나고 까였어? 하긴 넌 나랑 다르니까."

몽키가 나를 위아래로 훑어보더니 푸핫 웃음을 터뜨렸다. 방정맞게 손사래를 홰홰 치더니 또 풉, 하고 웃었다.

"뭐냐, 그 징그러운 웃음은?"

"네 외모가 설득력이 영 떨어지긴 하다만 그렇다고 보자마자 차인 거야? 그래도 아주 많이 살펴보면 좀 괜찮은 구석도 있긴 한데. 이를테면 귀 같은 거?"

몽키가 "우헤헤헤." 하며 좋아 죽었다.

민지혜. 오유리와 1학년 때 같은 반이었던 친구. 며칠 전 민지혜의 전화번호를 알아봐 달라고 부탁할 때 이런 사태를 예상치 못한 것은 아니었지만 막상 닥치고 보니 땅을 치지 않을 수 없다. 여학생의 전화번호를 알아낼 데라고는 몽키 녀석밖에 없다는 것은 내 인생의 수치다. 아, 나는 왜 이렇게 올곧게만 살아왔단 말인가. 열다섯 인생이 다 부질없다. 하지만 이제 와 후회해봐야 무슨 소용이야.

"야, 원래 사랑은 아픈 거야. 케첩인 줄 알고 먹었는데 핫소스였을 때처럼 막 속이 짜릿짜릿한 거라고. 쯧. 너, 막 심각하게 좋아하고 그런 건 아니지?"

핫소스 먹고 짜릿하다니, 변태 자식. 도대체 뭘 상상하고 있는 거냐. 말로는 위로하는 척하면서 실실 웃고 있다.

"고기왕, 많이 컸다. 드디어 이성에 눈을 뜬 거냐? 히힛. 그런데 말이야, 그때가 딱 좋은 거다. 전화를 걸까 말까. 뭐라고 말을 시작할까? 안녕이라 말할까? 저기…… 라고 뜸을 들일까? 하지만 그다음이 힘들어. 여자와 사귄다는 건 말이야……"

갑자기 몽키가 아련한 눈빛으로 먼 하늘을 응시했다. 돌연 뒤에서 꽃비가 내리고 안개가 모락모락 피어올라야 할 것 같은 분위기였다.

"그래도!"

몽키가 대뜸 외쳤다.

"초롱이보다는 안 예쁘지? 그치? 그치?"

아, 말을 말자. 이놈 옆에 있다가는 나까지 멍청이가 될 것 같다. 빠른 걸음으로 걷다가 뒤돌아보니 몽키가 어깨를 축 늘어뜨린 채 좀비처럼 걸어왔다. 뭐라고 중얼거리는 것 같아서 다가갔더니 "초롱이……."라고 하는 것 같았다. 집념만 알고 단념은 모르는 녀석이다.

"문자 답 안 해 줘? 초롱이?"

"어."

"바쁜가 보지."

"중학생이 문자도 못 보낼 만큼 바쁠 일이 뭐가 있어. 보내기 싫은 거지."

이놈이 몽키가 맞나 싶어 새삼 얼굴을 올려다봤다. 몽키의 얼굴에 그림자가 져 있었다. 몽키가 길게 한숨을 내쉬더니 말했다.

"너, 화 안 낸다고 약속해."

분명 화낼 만한 짓을 한 거다. 아니, 분위기상 보통의 화 수준을 넘은 것 같다. 도대체 무슨 짓을 한 거냐? 당장 따지고 싶었지만 애써 다정한 목소리로 물었다.

"일단 들어 보고. 뭔데?"

"별건 아닌데."

뜸 들이는 걸 보니 더 수상쩍다.

"저기 실은…… 초롱이가 내 전화 안 받는 게 그다음부터인 거 같아. 내가 뭘 좀 물어봤거든."

"뭐?"

"그게…… 오유리가 행운의 열쇠를 누구한테 줬냐고 물어봤어. 아마 그 애가 오유리를 괴롭힌 것 같다고 했어."

"그랬더니?"

"자기는 모른대."

'모른다'는 연초롱의 대표적인 대사 이닌가.

"그게 다야? 뭐, 별것도 아니네."

"그치? 내가 명탐정 조수인데 그 정도 수사는 기본 아니냐? 그래서 어쩌다 보니 오유리네 언니 얘기도 슬쩍 나왔어. 오유리네 언니가 의뢰하러 온 걸로 보아 심각한 일인 것 같다, 내 추측이지만 아니, 거의 백 퍼센트 확실한데 아무래도 이건 살인 사건 같다고 말했어."

"뭐?"

"아니, 뭐 어디까지나 내 의견이잖아. 민주주의 국가에서 내 의견 말할 수도 있지. 아니야? 아니야? 맞지? 그런데 초롱이가 내 말을 너무 심각하게 받아들였나 봐. 초롱이 눈 봐. 완전 눈동자 크고 까만 게 겁 많게 생겼잖아. 살인 사건이란 말에 충격받았나 봐. 그다음부터 통화가 안 되지 뭐냐."

그렇게 생각하는 게 몽키에게 나을지도 모른다. 둘 사이를 갈라놓은 게 단짝 친구라는 사실을 아무래도 감당하기 힘들 것이다. 그날 나와 카페에서 만난 연초롱의 분위기로 보아 몽키와 다시 만날 일은 결코 없을 것 같다.

"보고 싶어 죽겠어."

툭, 몽키가 내뱉었다.

초등학교 때 세배해서 받은 거금 삼만팔천 원을 뽑기 기계에 다 바치고 달랑 열쇠고리 하나 뽑았을 때처럼 몽키는 절망적인 얼굴이 되었다. 위로가 필요해 보였다.

"야, 너 죽을상 하니까 더 못생겨 보여."

몽키가 한숨을 푹 쉬더니 말했다.

"너 상사병이 왜 무서운 줄 알아? 약이 없어서야."

어울리지 않게 폼 잡는 몽키를 보니 웃음이 피식피식 나왔다. '죽겠다'란 단어는 '배고파' 아니면 '졸려' 뒤에나 쓰던 녀석 아닌가. 내가 물었다.

"혹시 말이야, 너도 자살하고 싶을 때 있었냐?"

"미쳤냐? 자살을 왜 하냐?"

영 점 일 초도 걸리지 않는 대답.

"한 번 정도는 있었던 것 같다. 그 있잖아, 개학 전날. 숙제 때문에 죽고 싶더라고."

사망 원인, '방학 숙제'. 그건 역시 좀 부끄럽지.

"응? 이제는 안 그러지. 내가 초딩이냐? 그까짓 걸로 쫄게. 몸으로 때우면 되잖아. 맞아도 죽지는 않는다."

나는 몽키에게 박수를 쳐 주었다. 몽키가 브이 자를 그리며 말했다.

"야, 뭐 하러 자살 같은 걸 하냐? 사람은 누구나 죽어. 기다리면 자연스럽게 죽게 되어 있는데 뭐하러 기를 쓰고 일부러 죽냐?"

박수에 휘파람 추가. 몽키가 기쁨에 겨운 얼굴로 개업집 앞에서 바람에 허우적대는 풍선 인형 흉내를 냈다. 부끄러워서 도망치듯 발걸음이 빨라졌다. 금빙 따라올 줄 알았던 몽키가 뒤처졌다. 고개를 숙이고 걷고 있다.

멈춰서 기다리던 내 옆에 선 몽키가 불쑥 말을 내뱉었다.

"너 진짜 죽는 줄 알았다."

"무슨 소리야?"

"그때 말이야."

"그때?"

"아, 아니야."

팽팽하게 당겨져 있던 실이 툭, 끊어지는 느낌이었다. 잊지 않고 있었어? 몽키는 엉겁결에 말을 뱉어 놓고 후회하는 낯빛이었다.

몽키가 갑자기 외쳤다.

"난 오랜만에 학원이나 한번 들러 볼까?"

그 속셈이 너무 빤히 들여다보여서 나는 "어, 열심히 해라." 하고 말해 주었다.

몽키는 아무 일도 없었다는 듯, 손을 흔들고 잽싸게 뛰어가 버렸다.

5
미로

그때.

그 시절의 나에 대해 누군가 묻는다면 '과묵한 아이'였다는 대답이 나올지도 모른다. 6학년 때였다. 그 당시 내가 '과묵'이란 단어의 뜻을 알았다고 확신할 수는 없다.

2학기 중간고사가 끝난 날이었다. 몽키를 비롯해 몇몇 아이들과 학교 운동장에서 축구를 하고 집에 돌아가려던 길이었다. 몽키가 "아, 시험 끝나니까 아주 마음이 가볍다!"라고 외쳤다. 그런데 녀석 등에 가방이 없었다. 몽키는 교실에 두고 온 것을 겨우 기억해 내고 가방을 가지러 돌아갔다.

화장실에 가고 싶었던 차라 몽키와 함께 건물 안으로 들어갔다. 복도 끝에 있는 화장실로 가는 길에 우리 반 교실을 지나게 되었다. 창문 너머로 담임 선생님과 강이가 교실에 마주 앉아 시험지를 채점하는 것이 보였다. 강이는 우리 반 반장에 늘 1등을 독차지하는 모범생이있다. 생긴 것도 잘생겨서 여학생들한테 초콜릿도 받는 유일한 학생. 그야말로 전형적인 드라마 주인공 타입이었다. 강이는 학기 초부터 줄곧 시험지 채점을 도와 오고 있었다.

화장실에 갔다가 오는데 교실에서 나오던 담임 선생님과 부딪혔다. 선생님은 얼굴을 찌푸리며 "빨리 집에 가라."고 말한 뒤 빠른 걸음으로 교무실 쪽으로 갔다. 창문으로 들여다본 교실에는 아무도 없었다. 시험지가 쌓여 있는 두 개의 책상이 남아 있을 뿐이었다. 왜 그랬는지 몰라도 나는 교실 문을 열고 들어갔다. 국어 시험지가 눈에 띄었다. 그냥 가자고 생각했는데 대개의 경우 그렇듯 내 머리와 몸은 따로 작동해서 이미 손은 내 시험지를 찾아 들고 있었다.

어? 세 개나 틀렸어? 이럴 리 없는데.

그 시험은 내게 제법 중요했다. 반 등수를 십 등 이상 올리면 휴대폰을 사 주겠다고 엄마가 약속했기 때문이다. 초등학교 공부라 해도 고학년 이상이 되면 수업을 듣는 것만으로는 좋은 성적을 내기 힘들다. 머리는 좋은데 노력하지 않는 아이들이 으레 그렇듯,(물론 나를 가리키는 것이다.) 내 성적은 고학년이 되면서 재빠르게 하향 곡선을 그리고 있었다. 엄마가 특단의 조치로 휴대폰이라는 당근을 쓴 것은 절대 아니고 그냥 휴대폰이 갖고 싶어서 내가 제안한 거래였다.

국어는 평소에도 꽤 자신 있는 과목이고 게다가 공부까지 했으니 백 점이 당연하다고 생각했는데 점수를 보고 당황하고 말았다. 채점을 잘못한 게 아닌가 했는데 내 시험지 앞에 있던 백 점짜리 시험지가 눈에 들어왔다. 나보다 출석 번호가 하나 앞인 강이의 시험지였다.

문제 6번, 강이 쓴 답과 내가 쓴 답은 같았다. 그런데 강이의 시험지에만 6번 문제에 동그라미가 쳐져 있었다. 그럼 그렇지. 채점이 잘못된 거야. 문제 13번, 강이의 답은 2번, 나는 3번, 둘의 답이 다르다. 나는 옆 책상에 모범 답안지가 있는 것을 발견했다. 13번의 정답은 1번. 그런데 이번에도 강이의 시험지에는 동그라미가 쳐져 있었다. 강이의 국어 시험 점수는 백 점. 내 시험지에는 관심이 없어졌다.

실수인가? 두 문제나 채점을 잘못한 게 실수일까?

그때 등 뒤에서 적의가 느껴졌다. 뒤돌아보니 녀석이 나를 노려보고 있었다. 강이였다. 내가 손에 든 게 자신의 시험지라는 것을 알아챈 모양이었다. 나와 녀석의 시선이 마주쳤다. 짐산이었지만 꽤 오랜 시간처럼 느껴졌다. 어느 누구도 눈을 피하지도 입을 열지도 않았다.

"야, 뭐 해? 가자."

몽키가 교실 문을 열고 소리쳤다. 나는 시험지를 책상 위에 두고 교실을 나왔다.

그 시험에서 1등은 물론 강이였다. 놀라운 건 내가 2등을 했다는 것이다. 교과서 위주로 공부한 것이 주효했다기보다는 역시 난 천재였던 것이다. 담임의 칭찬도 받고 반 아이들의 박수도 받고 해서 으쓱해졌다. 그날 저녁 당장 엄마와 휴대폰을 사러 나갔고 칼질도 좀 하고 "에구, 내 새끼."란 칭찬도 백만 년 만에 들었다.

다음 날 수업이 시작되자 담임이 나를 앞으로 불러내더니 대뜸 뺨을 후려쳤다. 눈앞에 별이 번쩍이는가 싶더니 내 몸은 교탁 아래를 뒹굴었다. 불시에 맞은 데다 담임의 힘은 초등학생이 견디기에는 너무 셌다. 주저앉은 채 담임을 올려다봤다. 눈가가 시큰했다. 아픈 건 둘째치고 영문 모를 일이었다.

"어디서 그딴 짓을 배웠어?"

앞자리의 책상을 손으로 딛고 가까스로 일어섰다. 반 아이들 시선이 모두 나를 향해 있었다. 어쩐지 나만 빼고 모두 뭔가 알고 있는 듯한 느낌이었다.

선생님은 내 시험지를 모두 교탁 위에 펼쳐 보였다. 모든 시험지가 90점대의 점수를 보이고 있었다. 선생님은 시험지 하나를 손가락으로 짚었다. 빨간 색연필로 그린 반원을 가리키고 있었다. 틀렸다는 매정한 선에 다시 동그라미를 두른 반달 모양 동그라미들. 그런 게 시험지마다 두세 개, 많게는 대여섯 개나 있었다. 게다가 반원이 그려진 문제의 정답 칸에는 지운 후 답을 다시 쓴 표시가 역력했다. 거칠게 지운 흔적이 마치 서둘러서 답을 고친 듯 보였다. 어떻게 된 일인지 어렴풋이 짐작이 갔다. 고개를 돌리자 기다렸다는 듯 강이와 눈이 마주쳤다. 강이의 눈은 뱀처럼 차가웠다.

아니라고 했지만 내 말은 담임의 화를 북돋웠을 뿐이었다. 담임은 내가 부정행위를 했다고 확신했다. 그럴 만한 이유는 충분했다. 교실 앞에서 나를 목격했을 뿐 아니라 확실한 제보도 있었기 때문이다. 제보자가 누군지는 뻔했다. 담임은 이번에는 매를 들었다. 손바닥을 대여섯 차례 때린 후 흥분한 목소리로 말했다. "잘못했다고 시인하고 아이들 앞에서 사과하는 것으로 이만 용서해 주겠다."고 했지만 나는 끝내 용서를 빌지 않았다. 담임은 또다시 매를 들려다가 부르르 떨더니 내 목덜미를 잡았다. 교무실로 끌려간 나는 담임 책상 옆에 꿇어앉혀졌다. 성난 표정으로 담임은 어딘가로 전화를 걸었다. 이내 아빠가 교무실에 나타났다.

아빠는 잠자코 지초지종을 들었다. 딩징 허리를 굽히고 부사가 함께 가랑이 사이로 슬슬 기기를 기대하는 듯한 담임의 얼굴에 대고 아빠는 말했다.

"기왕이가 그랬을 리 없습니다. 혹시 그랬다 하더라도 무슨 이유가 있었을 겁니다. 어쨌든 제 아들은 절대 하지 않았습니다."

담임의 얼굴이 붉으락푸르락해졌다. 고개를 빳빳이 세우고 있는 아빠를 보더니 담임은 질렸다는 표정으로 절레절레 머리를 내저었다.

성큼성큼 앞서 걷는 아빠와 한참 떨어져서 뒤따라갔다. 운동장 한복판에서 아빠가 뒤돌아서 물었다.

"혹시 진짜야? 그렇게 휴대폰 갖고 싶었던 거야?"

그때까지 참고 있던 눈물이 터져 나올 것만 같아서 나는 입술을 깨물었다.

"에이, 그럴 리가 있냐? 네가 그렇게 주도면밀한 일을 할 리가 없지. 엄마한테는 비밀로 하자."

좀 더 따뜻하게 위로하는 법은 배우지 못한 거야?

"대신 내가 애거서 크리스티 전집 산 거, 너도 엄마한테 비밀로 해야 돼? 알겠지?"

그 후에 반 아이들이 나를 대하는 태도는 확실히 달라졌다. 어느 누구도 내게 말을 걸지 않았다. 내 뒤에서 쑤군대는 소리를 들을 수 있었다. 내게는 오해를 풀 만한 틈도 없었다. 친하게 지내던 녀석들마저 나를 따돌렸기 때문이다. 어이가 없을 뿐이었다. 시간이 지나면 오해는 풀릴 것이라고 생각했다. 하지만 내 생각이 틀렸다. 시간이 흐를수록 상황은 더 나빠졌다. 나보다는 흠잡을 데 없는 모범생인 녀석의 말을 믿는 쪽이 아무래도 자연스러웠을 것이다. 하지만 진위를 따지기도 전에 강이의 말 한마디에 쉽게 넘어가 버린 아이들의 태도가 더 견딜 수 없었다. 누가 건들기만 하면 나는 당장 물어뜯을 셈이었다. 하지만 아이들도 그런 눈치를 챘는지 대 놓고 괴롭히는 대신 나를 철저히 무시했다.

처음으로 정말로 누군가를 죽이고 싶다는 생각이 들었다. 이상하게도 그렇게 미운 녀석을 나는 늘 주시하고 있었다. 놈의 목소리, 놈의 얼굴, 놈의 동작 하나하나가 다 구역질 날 것 같았지만 나는 하나도 놓치지 않고 지켜보았다. 내가 뒷자리에 혼자 앉아 있는 동안 놈은 아이들에게 에워싸여 웃고 떠들고 있었다. 그러다 우연인 듯, 나와 눈이 마주친 강이가 씩 웃었을 때 나는 더 이상 참지 못하고 놈에게 덤벼들었다. 결론적으로 나는 강이를 죽일 수 없었다. 강이를 에워싼 놈들이 바리케이드처럼 막아서서 강이의 털끝 하나 건들지 못했다. 그때 알았다. 강이는 기다리고 있었다. 거미줄을 쳐 놓고 먹이를 기다리는 거미처럼 때를 노리고 있었던 것이다.

그 사건으로 담임이 내게 내린 벌은 혹독했다. 수업 시간 내내 나는 복도에 꿇어앉아 있어야 했다. 일주일이 지나고 교실로 돌아갈 수 있었지만 그곳은 차가운 복도 바닥보다 더 냉랭하기만 했다. 교실에서 싸움을 일으켰다는 것은 표면상의 이유였고 실은 담임이 벼르고 있었던 것 같다. 시험 부정행위보다 내가 끝까지 사죄하지 않은 일이 담임의 신경을 더 건드렸을 것이다.(아빠가 가랑이 사이로 기지 않았던 것도 화를 북돋웠을 거라 생각한다.) 그 뒤로 담임은 내가 잘못했을 때는 물론 별일 아닌 실수에도 나를 호되게 야단쳤다. 다른 애들과 똑같은 잘못을 해도 유독 나에게만 가혹한 처벌이 내려졌다. 그리고 반에서 일어나는 모든 일은 다 내 잘못이 되었다. 학급 성적이 좋지 않은 것도, 교실이 더러운 것도, 체육대회에서 우승하지 못하는 것도 모두 내 탓이었다. 끊임없이 지적 당하고 벌 받았다. 선생님의 묵과 하에 반 아이들은 나를 향한 손톱을 숨김없이 드러냈다.

숨통이 조여 오고 온몸이 쪼그라드는 것 같았다. 기분뿐만이 아니라 나는 실제로도 어깨를 잔뜩 웅크리고 누구의 눈에도 띄지 않기 위해 안간힘을 다했다. 손 하나 까딱하지 않고 숨마저 쉬지 않으려고 노력했다. 될 수 있다면 그대로 투명인간이 되고 싶었다. 매일 밤 잠들지 못했고 밥을 잘 넘기지도 못했다.

"클 때라 그런가?"

수척해지는 나를 걱정하다 못해 엄마는 한약을 지어 왔다. 엄마 몰래 내 보약을 원샷 하던 아빠가 하루는 나를 동네 놀이터로 데려갔다.

"원투, 원투. 쉭쉭. 완전 빠르지? 내 주먹 보이냐? 안 보이지? 안 보이지?"

또렷이 보이는 펀치를 아빠는 부지런히 날렸다.

"너클을 평평하게 해야 한 방 날렸을 때 손가락이 다치지 않는 거야. 알았지? 펀치는 주먹이나 팔 힘으로 날리는 게 아니야. 허리를 써야지. 허리를 회전해서 이렇게 휙! 온몸에 힘을 실어 용수철처럼 튀어 오르란 말이야, 알겠지? 이때 중요한 건 타이밍! 쉭쉭, 굉장하지?"

아빠는 잽과 훅, 어퍼컷에 이어 "끼요오오." 하며 발차기까지 선보였다. 한참 혼자서 땀 빼던 아빠가 금방 죽을 것처럼 숨을 헐떡거리며 내가 앉은 벤치로 다가왔다. 내 어깨에 손을 가까스로 올리더니 거친 숨소리를 내뱉으며 말했다.

"헉, 헉. 콜라 하나 뽑아 와라."

콜라를 시원하게 들이키며 앞장서 걷던 아빠가 갑자기 뒤돌아 물었다.

"아들, 요즘 학교 가기 싫어?"

"누가 그렇대?"

아빠가 또 콜라를 쭉 들이켰다. 그러고는 말했다.

"그게 놈들이 원하는 거다. 원하는 대로 해 주면 지는 거야."

"시끄러워. 알지도 못하면서."

"아님, 아까 봤지? 쉭쉭. 확 박아 버려."

놈들이 원하는 대로 해 주지 않기 위해 악착같이 학교에 나갔다. 밥도 꾸역꾸역 밀어 넣고 한약도 아빠에게 양보하지 않았다.

매일 몽키와 죽어라고 뛰어놀았더니 밤에 잠도 잘 왔다. 다시 몸에 살이 붙기 시작했다.

결코 흐르지 않을 것 같은 시간이 지나, 나는 무사히 졸업을 했다. 강이가 멀리 이사 가서 다시 만날 일이 없다는 것이 조금 위안이 되었다. 6학년 때 같은 반이었던 애들이 거의 같은 중학교로 배정되었고 몇 명은 같은 반이 되기도 했지만 아이들도 그때 일을 잊은 듯했다. 어쩌면 잊지 않고 있는지도 모르지만 그건 내게 아무 상관 없었다. 나는 어느 것에도 마음을 두지 않게 되었으니까. 그리고 나는 휴대폰을 지니지 않은 희귀한 중학생이 되었다. 대신 아빠가 새 휴대폰을 가지게 되었다고 좋아했다.

단 하나, 지금도 궁금한 게 있다. 어떻게 하면 초등학생의 머리에서 그렇게 교활한 생각이 떠오르는가 하는 거다. 내 시험지의 답을 고치고 이미 틀렸다고 했던 문제에 동그라미를 더하고 있는 녀석의 모습이 그려졌다. 놈은 내가 미웠을 것이다. 한편으로는 두려웠을 것이다. 그동안 쌓았던 완벽한 모범생의 이미지가 한순간에 무너질까 봐 녀석은 겁났던 것이다. 그때 한 번뿐이었는지도 모른다. 국어 시험지 한 장뿐이었을지도 모른다. 정말 그저 실수였을지도 모른다. 나는 그렇게 생각해 줄 수도 있었다. 아니, 그냥 모른 척하려고 했다. 왜냐하면 놈이 뭘 했든, 내게는 아무 의미도 없었기 때문이다. 하지만 놈에게는 중요했다.

놈은 또한 내게 중요한 것이 뭔지 알고 있었다. 그리고 그것을 빼앗았다. 친구들과 함께 놀고, 급식을 같이 먹고, 시시껄렁한 농담을 하는 시간을 내게서 빼앗아 간 것이다. 그 시시한 시간이야말로 내게 가장 중요한 것이었다. 사실 학교는 그 시답잖은 시간을 위해 가는 것이 아닌가.

내가 모든 것을 털어놓았을 때 몽키는 딱 한마디 했다.

"웃기시네."

어설픈 복수극을 연출하거나 서투른 증오심을 불태우는 일 없이 몽키와 나는 같이 학교를 가고, 따로 수업 시간을 견디고, 같이 집으로 돌아와 만화책을 들여다보며 낄낄거렸다. 몽키의 깜짝 놀랄 만큼 무심한 태도가 내게는 가장 큰 위안이 되었다. 몽키만은 나를 믿어 줬다고 말해도 될 것이다. 그리고 애거서 크리스티 전집으로 동맹을 맺은 아빠가(비록 검은 꿍꿍이가 있었다고 해도) 나를 믿어 준 또 한 사람이었다.

하지만 그 후로도 나는 종종 꿈을 꾼다. 꿈속에서 나는 늘 어두운 교실에 홀로 앉아 있다.

*

어둠 속에서 기다렸다. 다섯 시간째 놀이터다. 벤치가 딱딱해서 엉덩이가 배기기 시작한 데다 좀이 쑤시는 건 둘째치고 배가 고파 죽을 지경이다. 아사직전, 정신혼미, 폭식욕망. 배고픔이 사자성어를 연달아 불러일으켰다. 굶주림으로 몽롱해진 눈에 힘을 줘 길 건너 주상복합 건물 주위를 훑어보았다. 1층에 늘어선 가게들이 불을 환히 밝히고 있어 오가는 사람들이 잘 보였다. 하지만 기다리는 얼굴은 나타나지 않는다. 기다리겠다고 전화한 쪽은 나다. 그러니 기다려야만 한다. 지금은 일단 혈투 중이다. 모기 떼가 습격하고 있다.

온몸이 가려워 왔다. 얼마나 독한 놈들인지 청바지까지 뚫었다. 물린 데에 침을 발라 봤지만 아무 소용 없었다. 간지러운 부분을 벅벅 긁기 시작했다. 시원한 것도 잠깐, 이내 다시 가려워져서 더욱 힘을 줘 세게 긁기 시작했다. 아마 이런 느낌인지도 모른다. 처음에는 조금 가렵기만 하다. 그런데 한 번 긁기 시작하면 참을 수 없이 가려워진다. 손톱을 세워 긁어서 가렵다는 느낌은 사라지지만 피가 날 때까지 긁게 되는 것이다. 긁기 시작한 아이가 있었다. 그것도 아주 극렬하게.

"연초롱이 죽인 거야."

한 치의 망설임도 없이 말했다. 그렇게 말한 아이는 민지혜였다.

민지혜. 오유리와 1학년 때 같은 반 친구. 의뢰인 오윤희가 유일하게 이름을 기억하는 오유리의 친구. 몽키가 알아 온 전화번호로 민지혜에게 연락했다. 민지혜는 오유리의 이름을 듣자 기다렸다는 듯이 나와 주었다. 민지혜와 만난 건 카페에서 연초롱과 만나기 전날이었다.

"반이 달라지니까 자연스럽게 멀어지더라. 처음에는 일부러 유리네 반에 가서 만나기도 했지만 각자 새로 친구 사귀고 그러다 보니까 뜸해졌지. 가끔 복도나 급식실에서 만나면 아는 척하는 정도였지, 뭐. 그런데 깜짝 놀랐어. 유리가 따라니. 몇 주 지나면 각 반 따가 누군지 소문이 나잖아. 유리는 따 당할 스타일은 아닌데. 하긴 뭐, 따 당하는 데 이유가 있니? 재수 없으면 걸리는 거지. 유리, 재수가 없었어. 괜히 행운의 열쇠 같은 거에 당첨돼서."

"행운의 열쇠 때문에 왕따 당한 거라고?"

"응. 행운의 열쇠 받은 다음부터 왕따 당한 거래. 연초롱이라고 유리랑 친한 애 있었거든. 응? 알아? 걔랑 오유리랑 같이 행운의 열쇠에 응모했대. 같은 날, 같은 장소에서. 그런데 오유리만 당첨되고 연초롱은 안 된 거지. 그다음은 뻔한 거 아냐? 완전 질투 났겠지. 그렇잖아. 자기한테 올 행운이 한발 차이로 다른 사람한테 갔다고 생각하면 얼마나 분통 터지겠니? 연초롱이 시작했대. 오유리 왕따. 굉장히 지독했다던데. 가끔 복도에서 마주치면 오유리 쪽 정신 나간 애 같았어. 시달리다 못해 제 손으로 행운의 열쇠를 연초롱한테 줬다는 소문도 있던데."

"진짜? 열쇠를 연초롱에게 줬다고?"

"응, 그런 이야기 들은 것 같아. 열쇠까지 빼앗았으면 됐지, 정말 너무하지 않니? 유리 정말 불쌍해. 애들은 다 그렇게 말해. 연초롱 때문에 오유리가 죽었다고. 연초롱이 오유리를 죽인 거지."

민지혜는 마치 미리 준비해 온 것처럼 간단명료하게 말을 끝내고 금방 자리를 떴다. 참았던 수다를 한바탕 떤 것처럼 속 시원한 표정이었다. 내가 누구인지, 무슨 이유로 묻는지도 알려 하지 않았다. 덕분에 명탐정이란 말조차 할 필요가 없었다. 아마도 민지혜는 다른 사람에게도 쉽사리 이야기했을 것이다. 그렇다면 오유리네 학교 아이들 사이에서는 이미 공공연히 떠도는 이야기일 것이다. 어쩌면 연초롱이 약속 장소에 나왔던 것도 이런 소문이 돌고 있는 걸 알았기 때문인지도 모른다.

눈물 흘리던 연초롱의 얼굴이 떠올랐다. 연초롱은 '사소한 장난'이었을 뿐이라고 반복해서 말했다. 연초롱이 그날 신경 쓰던 것은 자신이 오유리의 체육복을 숨긴 것을 내가 어떻게 알게 되었는가뿐이었다. 연초롱이 아무것도 모르는 얼굴로 몽키와 나를 만나러 몇 번씩이나 나와 준 건 뭔가? 오유리의 짝, 유가런까지 소개해 준 것은 무슨 속셈이었을까? 자신이 오유리의 죽음과 상관없다는 것을 증명하려 했던 걸까? 연초롱이 오유리의 죽음을 '사고사'라고 주장한 것도, '자살'이라는 말에 유독 민감하게 반응했던 것도 이제 생각해 보니 수긍이 간다. 연초롱. 연초롱 때문이었단 말이지.

생각에 빠져 있다 문득 눈 아래 누군가의 발이 멈춰 있다는 걸 알아차렸다. 고개를 들어 보았다. 나타났다. 언제부터 와 있었는지 모르겠다. 윤희 누나가 눈앞에 서 있었다. 얼떨결에 벌떡 일어났다.

"아, 안녕하세요."

허리를 굽혀 인사하며 생각했다. 난 미친 거다. 이따위 소리를 하다니. 안녕할 리가 없다. 그렇다고 "유감입니다." 할 수도 없다. 윤희 누나는 내 얼굴을 한참 동안 멍하니 바라보며 서 있더니 "어." 하고 한숨 쉬듯 대답했다.

놀이터 입구에 서 있는 가로등이 옆에 앉은 윤희 누나의 얼굴을 희미하게 비추고 있었다. 아무 말도 건네지 못하고 힐끔힐끔 누나의 옆모습만 훔쳐봤다. 윤희 누나는 그대로 밤공기 속으로 증발해 버릴 것처럼 야위어 있었다. 몇 주 사이에 몰라볼 정도로 인상이 변해 버린 느낌이었다.

"정말 기다리고 있었구나."

"……"

"그때 아버님께 확실히 말할걸 그랬구나. 수사는 그만둬 달라고."

"아, 아빠가 전화했어요?"

"장례식장에 오셨어."

아빠가 장례식장에? 그러고 보니 요전의 검정 양복이 떠올랐다.

"그때는 경황이 없어서……. 왜 그러셨는지는 몰라도 밤새 있다 가셨어. 고마웠다고. 말씀 전해 줘."

어디선가 희미하게 고양이 우는 소리가 들려왔다.

"그만둬 줘."

"누나."

"이젠 아무 소용 없어. 행운의 열쇠 따위."

"……."

"행운의 열쇠라니. 뭐가 행운이라는 거니. 애초부터 그런 걸 받는 게 아니었어. 그런 행운은 원하지도 않았는데. 필요 없는 행운을 쥔 게 잘못이었어."

윤희 누나의 목소리가 전에 없이 냉랭했다. 하지만 그건 침착하다기보다는 뭔가 꾹 억누르고 있는 듯한 목소리였다.

"행운의 열쇠를 찾고 있던 게 아니잖아요. 동생에 대해……."

"끝났잖아. 유리는……."

"……."

"사고야. 조사 같은 것, 더 이상 하지 마."

"정말 사고사라고 생각하시는 거예요?"

"사고사든, 자살이든 유리는 죽었어."

윤희 누나의 목소리는 떨리고 있었다. 침묵이 흘렀다. 이윽고 내가 물었다.

"자살이라고 생각하시는 거죠?"

"뭐가 달라지니?"

"……."

"우리 유리, 부검했다. 부모님이 자살일 리 없다고 부검해 달라고 하셨어. 학교에도 여러 번 찾아가셨어. 하지만 다들 피하기만 하고 죄송하단 말 한마디 안 했어. 장례식장에 담임조차 안 왔어. 나중에는 슬픈 것보다 분하고 억울해서 참을 수가 없더라. 부모님은 변호사까지 선임했어. 나중에 변호사에게 들어 보니 학교 측이 '죄송하다'고 하면 잘못을 시인하게 되는 거라 안 했다는 거야."

"……."

"'잘못했다'는 말이 아니라 '죄송하다'는 말을 듣고 싶었어. 죄송한 거잖아. 우리 유리가 어떤 애든 무슨 짓을 했든, 그렇게 어린애가 죽은 건…… 죄송한 일이잖아. 서로 떠넘기기만 급급했어. 진심으로 한 사람이라도 슬퍼해 줬다면……. 사람이 죽은 거잖아. 기르던 강아지가 죽어도 슬픈 거 아니니. 부검한다고 해서 달라질 것도 없었는데. 결국 사고사라고 할 걸 뭐하러. 갈가리 찢겼을 그 애를 생각하면……."

윤희 누나의 목소리가 흔들렸다.

"유리 장례식장에 친구 하나 안 왔더라. 아무도 이야기해 주지 않아도 어떻게 된 건지 알 수 있었어. 유리가 더 이상 찢기는 꼴은 보고 싶지 않아. 이제 와 안다고 해도 달라질 건 아무것도 없어. 그냥 편하게 보내 주고 싶어."

한참 만에 윤희 누나가 내게 뭔가를 건넸다. 사각 티슈였다. 나는 그 의미를 생각해 보다 내 뺨에 물줄기가 흐르고 있다는 것을 알아챘다.

"고, 고맙습니다."

이런 꼴을 보이고 말다니 내 인생의 오점이다. 코를 팽 소리 나게 풀었다. 그래도 콧물이 끊임없이 흘렀다.

"나, 유리가 보인다."

"네?"

흠칫 놀라 윤희 누나의 얼굴을 쳐다보았다. 누나가 어둠 속을 멍하니 쳐다보며 혼잣말처럼 웅얼거렸다.

"침대에 누워 있으면 유리가 살짝 이불을 들추고 들어와서 옆에 눕는 거야. 따뜻하고 보드라운 게 느껴져. 유리가 웃으며 조잘거리는 소리가 들려. 그러다 유리가 벌떡 일어나더니 같이 어디 가자고 하는 거야. 유리가 그렇게 즐거운 얼굴로 같이 나가자고 한 게 얼마나 오랜만인지. 유리는 벌써 현관 앞에 서 있어. 정신없이 따라 나가다가 잠깐 신발을 찾아 신고 나서 보면 유리가 사라지고 없어. 기다리지도 않고. 날 기다리지도 않고. 신발은 왜 찾아 신었을까. 맨발로 따라갔으면 될걸."

윤희 누나의 눈이 허공을 헤매고 있었다.

"누나……."

"우리 유리 죽은 거니? 진짜 죽은 거니? 아니지? 유리 옷이랑 가방이랑 침대랑 책상도 그대로 있는데. 방에서 유리 냄새도 아직 나는데. 우리 유리가 죽었을 리 없어. 그럴 리 없어."

"누나!"

"내가 좀 혼내서, 엄마가 공부 안 한다고 나무라서, 그래서 장난치는 거지? 놀래 주려고 어디 숨어 있는 거지? 그래, 우리 유리는 그런 장난 잘했어. 아니, 고양이 데리고 산책 간 거야. 걔는 혼나면 고양이 안고 혼자 슬그머니 나갔어. 여기 놀이터에 한참 앉아 있었는데. 우리 유리, 어딨니?"

윤희 누나가 두리번거리며 놀이터를 둘러봤다.

"저기, 유리 아니니?"

윤희 누나가 벌떡 일어났다. 놀이터 구석에 검은 그림자가 휙 지나갔다. 날래게 사라진 걸 보니 고양이인 것 같았다.

"누나!"

나는 일어나 윤희 누나의 어깨를 눌러 앉혔다.

"누나, 정신 좀……. 누나!"

윤희 누나가 힘없이 풀씩 주저앉았다.

"그래, 그래. 알아. 아는데, 아니야. 유리가 나한테 아무 말도 안 하고 갈 애가 아니야. 유리가 나한테 할 말이 있었을 거야."

윤희 누나의 뺨에 빛줄기가 흘러내렸다. 어깨가 떨리더니 윤희 누나의 몸이 크게 파도쳤다. 오열하기 시작했다.

  심장이 터질 것 같다. 뭐라고 위로하고 싶지만 나라는 녀석은 이럴 때 아무 짝에도 쓸모가 없다. 티슈를 뽑아 건넸지만 두 손에 얼굴을 묻은 윤희 누나는 눈치채지 못했다. 나는 윤희 누나의 등에 손을 가만히 얹었다. 손바닥 아래에 여위고 슬픈 등이 가느다랗게 흐느꼈다.

  '찾을게요. 꼭 찾아 드릴게요.'

  마지막 말은 입 밖에 내지 못했다. 윤희 누나의 울음이 끝없이 이어졌다. 어둠이 어룽거리기 시작했다.

*

  "어? 뭐냐? 혼자 라면 다섯 개 끓여먹고 한잠 자다 온 얼굴인데?"

  아빠의 따뜻한 환영 인사를 귓등으로 넘기고 물파스부터 찾아 들었다. 모기에게 안 물린 곳을 찾는 것이 더 어려울 정도라 온몸에 파스 한 통을 다 발랐다. 코를 틀어막고 있던 아빠에게 엉덩이를 걷어차여 내 방으로 쫓겨 올라왔다. 내 몸에서 나는 파스 냄새에 정신이 혼미해질 지경이라 방 창문을 열었다. 후텁지근한 바람이 밀려 들어왔다. 창문 아래로 잡목과 풀로 뒤덮인 손바닥만 한 마당이 내려다보였다. 집 안에서 퍼져 나간 노란 불빛

속에서 온갖 벌레들이 무도회를 펼치고 있었다. 날벌레들의 소용돌이를 보니 머리가 어질어질했다.

침대에 누워 눈을 감았다. 자, 이쯤에서 사건을 정리해 보자. 사고사라고 주장했던 연초롱, 오유리의 체육복에 대한 유가련의 제보, 연초롱과 오유리에 관한 민지혜의 증언, 그리고……. 날벌레들이 머릿속에서 요란하게 춤을 춘다. 점점 더 어지러울 뿐이었다.

침대에서 일어나 책상 앞에 앉았다. 책상 위에 놓인 백과사전만 한 검은 상자. 상자 끝에 붙은 버튼을 눌렀다. 플레이.

딸깍.

오유리랑은 2학년 올라와서 처음 짝이 되었어. 아주 이상한 애만 아니라면 보통 짝이랑 친해지잖아. 그래, 실은 오유리랑 아주 친했어. 우리 반은 이 주마다 자리를 바꾸거든. 그 뒤에도 오유리랑은 같이 다녔어. 새로 짝이 된 애랑, 오유리의 짝이랑, 그 짝의 전 짝이랑……. 그런 식이었지. 대여섯 명이 늘 함께 다녔어. 응, 귀고리 같이 했어. 친한 사이라는 표시 같은 거지. 언제 한 거냐고? 글쎄, 날짜는 잘……. 그날 오유리가 한턱 쐈다는 건 기억나. 응, 오유리가 한턱 쏜 날이라는 건 분명해.

오유리가 '행운의 열쇠'를 받은 게 화이트 데이였어. 3월 14일. 그 뒤로 인터뷰 같은 거 하느라고 오유리가 결석을 두어 번 했어.

걔네 엄마가 미안하다고 우리 반에 피자를 돌렸어. 미안할 게 뭐 있니. '행운의 연쇄' 받았다고 자랑하고 싶은가 보다 했지. 집도 부잔데 그깟 피자쯤은 아무것도 아니지 뭐. 친한 애들만 모여서 따로 파티도 했어. 뷔페 레스토랑에서 밥 먹었어. 거기 진짜 비싼 데거든. 오유리는 신난 것 같더라. 사실 그날 우리도 좀 기분이 들떠서 '우정의 표시' 같은 걸 하자, 그런 말이 나왔어. 반지나 목걸이는 시시하다고 해서 다 같이 귀를 뚫게 된 거야. 아, 기억났어. 3월 31일. 3월의 마지막 날이라고 했던 게 기억나.

딸깍.

연초롱의 목소리가 녹음된 테이프가 계속 돌아갔다. 연초롱이 오유리의 체육복을 가져갔다는 제보를 받고 전화한 뒤 사흘 만에 카페에서 만났을 때 녹음한 것이다. 연초롱의 이야기를 머릿속으로 정리해 보았다.

어느 순간, 연초롱은 반 분위기가 묘하게 돌아가는 낌새를 알아챘다. 같이 다니는 친구들마저도 어째 서먹해진 기분이었다. 그 이상한 느낌을 확인할 수 있었던 건 가사 실습 시간이었다. 실습 메뉴는 스파게티였다. 대여섯 명이 한 조가 되어, 모두 여덟 조로 나뉘어졌다. 일 년에 두어 번 있는 실습 시간은 대게 왁자지껄했지만 그날은 장난만 치고 있을 수 없었다. 수행 평가에 들어가는 데다, 중간고사 점수에도 반영할 거라는 가사 선생님의 엄포가 있었기 때문이다. 평가 결과는 요리가 끝나자마자 바로 발표했다. 연초롱이 속한 조가 꼴찌였다. 연초롱과 오유리는 한 조였다. 일은 선생님이 뒷정리를 지시하고 잠시 자리를 비운 사이에 일어났다.

같은 조에 속해 있던 한 아이가 스파게티 접시를 실수인 것처럼 오유리에게 떨어뜨렸다. 오유리의 교복이 온통 핏빛 소스로 얼룩졌다. 누군가 말했다.

"오유리가 있으니까 당연히 꼴등이지. 재수 없어."

연초롱은 알고 있었다. 오유리 때문이 아니었다. 실습 시간 내내 오유리는 칼 한번 쥐어 보지 못했다. 행주질만 하거나 음식물 쓰레기를 치운 게 다였다. 오유리는 아무것도 안 했으니 요리를 망칠 수도 없었다. 하지만 연초롱은 확실히 알았다. 오유리는 이제 끝났다는 것을. 오유리가 뭘 하든 안 하든 모두 그 애 탓이었다. 그때부터 연초롱은 오유리를 멀리하기 시작했다.

작은 장난들이 시작되었다. 오유리는 수도 없이 넘어지고, 계단에서 굴렀다. 책상 서랍과 의자에는 씹던 껌들이 늘 붙어 있었다. 오유리의 책이 없어지고 가방이 쓰레기통에 버려지고 의자가 사라졌다. 화장실에 갇힌 후로 오유리는 학교에서 화장실도 가지 않았다. 아이들은 오유리가 먹고 있던 급식판에 실수인 척 물을 가득 붓기도 했다. 사물함 자물쇠를 고장 내고 안에 쓰레기를 가득 집어넣었다. 자물쇠는 바꾸기 무섭게 또 고장이 났다.

"제일 끔찍한 건 오유리 생일날이었어. 5월 말인가? 그쯤이었어. 걔네 엄마 진짜 이상해. 딸이 어떤 상황인지 너무 몰라. 오유리가 얘기 안 했나 봐. 유치원 원장이라 먹을 거면 다 되는 줄 알았나? 딸 생일이라고 반에 또 피자를 보낸 거야. 케이크도 보냈어. 일부러 주문한 건가 봐. 그렇게 큰 케이크는 처음 봤거든. 그런데 어쩐 줄 알아? 스무 개 넘는 피자 상자랑 케이크가 교단 위에 그대로 놓여 있었어. 아무도 손을 안 댔어. 냄새는 나지, 먹고 싶은데 참느라 죽을 뻔했다니까. 오유리는 고개만 푹 숙이고 꼼짝 않고 앉아 있었어. 내가 오유리라면 당장 죽고 싶었을 거야. 다음 날 보니 박스는 다 없어졌더라. 어떻게 된 건지 우리는 알고 있었지."

그날 수업이 끝난 뒤, 연초롱이 '우리'라고 부르는 아이들은 학교 앞 분식점에 앉아 있었다. 한참 수다를 떨고 있는데 집에 돌아간 줄 알았던 오유리가 교문으로 다시 들어가는 것이 보였다. 연초롱과 아이들은 오유리를 따라 들어가 지켜보았다. 잠시 후 오유리가 피자 상자를 들고 교실을 빠져나오더니 쓰레기장으로 갔다. 두어 번 반복하고 마지막으로 거대한 케이크 상자까지 다 옮긴 후 오유리는 쌓인 박스 위에 뭔가를 부었다. 자세히 보니 석유 병인 것 같았다. 그리고 이내 박스에 불이 일었다.

"우는 것 같았어. 어깨가 계속 흔들리더라."

"너는 보고만 있었던 거야?"

연초롱이 입술을 잘근잘근 깨물었다. 한참 만에 입을 열었다.
"그럼 내가 뭘 할 수 있었겠니?"

딸깍.

어쩔 수 없었어. 나 알아. 그게 어떤 건지. 죽도록 무서워. 1학년 때도 왕따 당하는 애 있었거든. 걔는 좀 이상한 애였지만. 틱 증상이 있었어. 틱, 알아? 자꾸 눈을 깜박거리고 이상한 소리 내고, 그런 거 있잖아. 애들이 "병신"이라고 부르며 꽤 괴롭혔어. 그런데 그 아이, 언젠가부터 틱 증상이 없어지더니 대신 죽도록 잠만 자더라. 그게 치료약 증세래. 걔는 차라리 자는 게 더 편했을 거야. 깨어 있는 게 더 고통스러웠을 테니까. 그러니까 아마 오유리도 깨어 있고 싶지 않았을 거야.

한 번 찍히면 끝이야. 내가 아니라는 것만으로 안심됐어. 솔직히 눈물 날 정도로 고마웠어. 찍히는 건 걔 운명이야. 그러고 나선 어떻게 할 수 없어. 누가 도와줄 수 없는 일이야. 체육복 감춘 건 그래, 어쩔 수 없었다니까. 나만 아무것도 하지 않으면 나까지 당한다니까. 내가 당하지 않기 위해서는 어쩔 수 없었어. 이해하지?

죽기를 바란 건 절대 아니야. 정말 그런 장난 때문에 죽을 거라고 누가 생각이나 했겠니? 그러니까 나도 참 재수가 없었던 거야. 하필이면 그날. 아, 몰라. 하지만 경찰이 사고사라고 했잖아. 걔가 죽은 건 나랑 아무 상관 없어. 사고사였잖아. 오유리가 잘못해서 죽은 거지. 다 오유리 탓이야.

이거 아무한테도 얘기 안 할 거지? 비밀 지켜 줄 거지? 이제 나, 집에 가도 되지? 그리고 네 친구 말이야, 걔 문자 좀 그만하라고 해. 전화도 지긋지긋해. 정말 귀찮아 죽겠다고.

딸깍.

"그게 다야?"
"그래, 나도 어쩔 수 없었다고."

나는 전날 민지혜로부터 들었던 이야기를 떠올렸다. 민지혜와 연초롱이 한 이야기는 전혀 다르다. 어느 쪽이 진실인지 모르겠다. 다시 한 번 물었다.

"정말 그게 다란 말이지? 왕따는 어느 순간 시작됐고 너는 할 수 없이 따랐을 뿐이라는 거지?"

마지막 기회다, 연초롱. 나는 연초롱의 눈을 말없이 들여다보았다. 마주 보던 연초롱의 눈이 흔들리는 것이 느껴졌다. 제발 사실대로 말해 줘. 아니, 사실 따위 바라지도 않아. 내가 원하는 건 딱 한마디뿐이야. 그 한마디만 해 줘.

"그게 다라니까."

틀렸다. 내가 원하던 대답이 아니다. 그렇다면 나도 묻지 않을 수 없었다,

"행운의 열쇠, 갖고 싶었니?"

"뭐?"

"오유리랑 같은 날, 같은 장소에서 함께 응모한 행운의 열쇠. 네 것이 됐을지도 모를 행운 말이야."

"그게 무슨 소리야?"

"행운의 열쇠를 가진 오유리가 그렇게 미웠던 거니? 그래서……."

연초롱이 눈을 치떴다.

"견디지 못할 정도로 오유리를 괴롭힌 거야? 결국 오유리가 자살하게 만든 건 너였지?"

연초롱의 눈가가 금방 빨개지더니 바로 후드득 눈물이 쏟아졌다. 결국 양손에 얼굴을 파묻고 흐느끼기 시작했다. 여자의 눈물에는 대책이 없기도 했지만 연초롱의 눈물은 그대로 내버려두고 싶었다. 눈물 흘려야 한다면 평생 흘렸으면 했다. 죽을 때까지 잊지 않고. 아빠가 여자를 울리는 놈이 세상에서 가장 형편없는 놈이라고 했다. 웬만하면 나도 형편없는 놈은 되고 싶지 않았다. 딱 한마디만 했다면 티슈를 건넬 정도의 배려는 했을 것이다. 내가 듣고 싶은 건 "미안하다." 한마디였다.

몸속에 있는 수분이란 수분은 다 뽑아내기라도 할 듯, 연초롱은 끊임없이 울었다. 마침내 코를 푸는 것을 마지막으로 더 나올 눈물이 한 방울도 없어졌는지 연초롱은 울음을 멈췄다. 내가 물었다.

"행운의 열쇠는 어디에 있니?"

연초롱이 어리둥절한 얼굴로 나를 쳐다봤다.

"오유리가 너한테 준 행운의 열쇠. 계속 가지고 있을 셈이야?"

"난 몰라. 행운의 열쇠는 오유리가 학교에 가지고 와서 자랑했을 때 본 게 마지막이야. 오유리가 나한테 준 적 없어. 정말이야. 난 정말 몰라."

그렇다면 행운의 열쇠는 어디로 사라졌단 말인가?

나는 오유리의 다이어리를 펴 들었다.

6
마지막 퍼즐

정보원의 두 번째 방문 역시 예상치 못했다.

마트에서 반찬거리를 사서 집에 돌아왔을 때였다. 자전거에서 내리는데 심상치 않은 기운이 느껴졌다. 카페 바깥으로 "하하, 호호." 소리가 요란하게 터져 나오고 있었기 때문이다. 듬직한 등판이 눈에 띄었다. 유가련이었다.

"웬일이냐?"

유가련 대신 아빠가 냉큼 대답했다.

"내가 방학하면 자주 놀러 오라고 했더니 이렇게 금방 찾아왔지 뭐냐?"

뭐가 신나는지 싱글벙글한 아빠.

"우리 점심 안 먹었는데. 라면이라도 끓여 봐. 가련이, 라면 좋으냐?"

"저는 괜찮은데요."

수줍게 대답하면서도 유가련은 엄청 좋아하는 표정이었다.

왜 유가련과 함께 라면을 먹어야 하는지는 모르겠지만 라면 다섯 개가 순식간에 없어졌다. 나는 아무리 생각해도 한 개 정도밖에 안 먹은 것 같은데. 유가련과 아빠는 삽시간에 라면 냄비를 비우는 한편 추리소설과 탐정 만화에 관해 끊임없이 떠들었다. 예상대로 유가련은 엄청난 추리소설 팬이었다. 점점 더 아빠 맘에 꼭 들 기세였다.

라면을 다 먹고 나서도 수다 삼매경인 두 사람을 지그시 노려보고 있자 아빠는 "아차차, 내가 눈치가 없었네." 하며 마지못해 빈 냄비를 들고 주방으로 향했다.

"애거서 크리스티를 엄청 좋아하신다."

"어, 그래도 롤 모델은 셜록 홈스래. 넌 필립 말로지?"

유가련이 어울리지 않게 얼굴이 빨개진다.

역시 여자들은 셜록 홈스보다는 필립 말로. 소설 속에서도 여자들은 필립 말로라면 사족을 못 쓴다. 잘생기고 터프하고 유머감각 넘치는 명탐정.(도무지 현실감이 없다, 어차피 소설이니까.) 게다가 필립 말로는 결정적으로 나쁜 남자다. 던지는 족족 시니컬한 말뿐이고 늘 술과 담배에 찌들어 사는데도 여자들은 거기에 또 좋아 죽는다. 여자라면 의뢰인이건 용의자건 식당 종업원이

건 수사는 제쳐 두고 복사뼈까지 샅샅이 훑어보는 음흉한 작자다. 늘 바바리를 걸치고 다니는 꼴로 보나 아무래도 변태라고 할 수밖에 없다. 그런데도 여자들이 정신 차리고 보면 어느새 필립 말로의 품에 안겨 있다. 여자들은 자고로 나쁜 남자를 좋아한다. 단, 잘생긴 나쁜 남자. 아이, 젠장.

어느새 얼굴 위의 빗금이 사라진 유가련이 입을 열었다.

"사소한 게 기억나서 말이야."

그렇게 찔끔찔끔 기억하지 말고 한 번에 해치우면 안 되겠냐? 하지만 입 밖으로는 "어, 사소한 기억, 좋지."라고 말해 버렸다.

"사물함 말이야."

"교실에 있는 거?"

"응. 보통은 열쇠로 여는 자물쇠가 달려 있거든. 그런데 2학년이 되어서 처음 사물함을 배정받았을 때 거의 자물쇠는 달려 있지 않았어. 자물쇠가 달려 있다고 해도 열쇠가 없는 게 대부분이었지. 작년 2학년들이 제대로 간수하지 않은 거야. 내 생각에 자물쇠는 학교에서 새로 사 주는 게 맞는 것 같은데 담임이 필요하면 개인이 알아서 사서 달라고 했지."

유가련이 맘에 안 든다는 듯 미간을 찌푸렸다.

우리 반도 마찬가지다. 심지어 자물쇠 사는 게 귀찮아서 노상 열어 두고 쓰는 애도 있다. 안에 든 게 교과서나 땀내 나는 체육복 정도니 별로 신경 쓰지 않는다. 체육복이나 교과서를 혹 잃어

버리면 다른 놈 걸 슬쩍 가져다 쓰기도 한다. 그렇게 돌고 돌아서 다시 원래 주인에게 되돌아오는 경우도 있다.

"열쇠를 잃어버리는 일도 많고 일일이 챙기는 게 귀찮으니까 대부분 버튼식으로 바꾸지."

"그런데?"

"버튼식 자물쇠는 편리하긴 하지만 가끔 곤란한 경우가 생기기도 하지. 비밀번호를 갑자기 잊어버린다거나."

"바보냐? 그런 걸 잊어버리게. 그럴 정도면 버튼식 자물쇠를 쓰지 말든가, 비밀번호를 적어 두든가 해야지."

순간 뭔가 번쩍했다. 순식간에 뭔가 눈앞에 지나간 느낌이다. 어, 지금 상당히 중요한 단서가 든 발언을 한 것 같은데?

"부탁이 있다."

아니, 밑도 끝도 없이 자물쇠 이야기만 늘어놓더니 대뜸 부탁이라니? 역시 또 말로는 부탁이라지만 말투는 협박이다. 내가 그렇게 만만해 보이냐?

"먼저 내가 부탁할 게 있다. 네 부탁은 그다음이야."

유가련이 대번에 인상을 험악하게 구기며 물었다.

"뭔데?"

"한송이 전화번호."

유가련이 의미심장한 눈빛으로 나를 쳐다봤다. 등줄기에 땀이 흘렀다. 요즘 부쩍 여자애들 전화번호를 따고 있지만 결코 쉬운 일이 아니라는 걸 절감했다. 마음을 가다듬고 말했다.

"무슨 상상을 하든 네 마음이지만 그건 아니야."

"내가 무슨 상상을 했는데?"

"모르지만 아무튼 아니야."

유가련이 갑자기 씩 웃었다. 여느 때보다 백만 배는 더 오싹한 웃음이었다.

"바로 그거야. 내 부탁이."

"응?"

"한송이를 만나 달라는 게 내 부탁이었어."

아아, 조금만 참을걸. 내 방정맞은 혀를 뽑고 싶은 심정이다.

"그런데 만만치 않을 거야, 한송이."

"그래? 역시 대뜸 만나자고 하면 안 되겠지?"

유가련이 또 씩 웃으며 뜸을 들였다. 나를 말려 죽일 생각이냐? 미소를 거두고 유가련이 입을 열었다.

"한마디만 하면 만나 줄 거야. 아니 두 마디쯤은 해야 하나?"

"뭐라고?"

"'사물함 자물쇠 비밀번호를 알고 있다'고. 걔 얼마 전부터 사물함을 못 열고 있거든. 비밀번호가 바뀌어서."

"비밀번호 잊어버린 거야?"

유가련이 대답 대신 미간을 잔뜩 찌푸렸다. 어, 내 말 중에 어디가 찌푸릴 구석이 있었단 말이냐?

"나 말이야, 처음부터 의심스러웠다. 네가 진짜 명탐정이 맞는지."

아, 명탐정은 아빠라니까. 나는 명탐정의 아들일 뿐이라고. 하지만 "미안." 하고 사과해 버렸다.

"한송이가 아니지. 비밀번호를 바꾼 건. 그러니까 한송이가 사물함을 열 수 없는 거지."

"네가 바꾼 거야?"

"내가 뭐하러."

유가련이 어깨를 으쓱하며 말했다. 그렇지. 깜빡 잊었다. 지구가 반대 방향으로 자전하기 시작해도 꿈쩍도 안 할 사람이 있다면 그게 바로 유가련이다.

"좋아. 그렇다 치고. 한송이가 자기 비밀번호를 어떻게 알았냐고 물으면 어떡해? 그걸 내가 알고 있는 것도 이상하잖아."

"응, 그래서 한마디 더 하면 돼."

"뭐라고?"

"오유리가 가르쳐 줬다."

헉. 그러지 않으려고 안간힘을 썼지만 입이 떡 벌어졌다.

"진짜 오유리가……. 진짜야? 비밀번호 바꾼 것도 오유리고?"

유가련이 또 어깨를 으쓱하며 "글쎄."라고 했다. 이렇게 무책임한 '글쎄'는 처음 들어 봤다.

"비밀번호는 뭐야?"

"나는 모르지."

어이없다.

"오유리가 안다니까."

"그래서 어쩌라고? 오유리는……."

나는 절규했다. 그 순간 유가련이 미쳤나 하는 의심과 함께 머릿속에 '분신사바'라는 단어가 떠올랐다. 죽은 오유리에게 비밀번호를 알아내는 방법이 있다면 그것뿐 아닌가.

"아마 어딘가에 남겼을 거야. 그걸 찾는 게 명탐정이 하는 일 아닌가?"

유가련을 만날 때마다 기가 쪽쪽 빨리며 십 년은 늙는 것 같은 느낌이 든다. 힘겹게 한숨을 내쉬며 말했다.

"너 혹시 교회 다니냐? 왜 자꾸 나를 시험에 들게 하냐? 그냥 알려 줘, 비밀번호. 너 알잖아."

"정말 모른다니까. 하지만 너라면 알아낼 수 있을 거라고 생각한다. 명탐정이니까."

계속 음사하게 웃는 게 날 시험에 보고 있는 것이 분명하다. 분하지만 참을 수밖에 없다. 유가련이 시계를 힐긋 보더니 일어났다.

"나는 학원 갈 시간이라 이만 간다."

"플루트?"

"어, 플루트."

"언제 한번 들려줘."

대답 대신 유가련이 슬쩍 미소를 지었다. 아빠의 요란한 배웅을 받으며 유가련은 터프하게 떠났다.

*

한송이를 기다리는 중이다.

한송이가 나타날지는 확신할 수 없다. 다만 '비밀번호'란 말에 동요했다는 것을 수화기 너머로 느낄 수 있었다. 그리고 내가 오유리의 이름을 말하자 침묵했다. 약속 장소와 시간을 말하자 상대방은 말없이 전화를 끊었다. 이제 기다리는 수밖에 없다.

오유리의 교실이다. 가운데 책상을 골라 앉았다. 얼마나 기다려야 할지 몰라 소설책을 가방에 넣어 왔다. 가방을 열자 책과 함께 넣은 녹음기가 보였다.

"아직 멀었냐?"

아빠가 교실 문틈으로 고개를 들이밀고 물었다. 중국집 배달 주문을 확인하듯 안달복달했다. 짜장면이 보챈다고 오나? 배달원 맘이지. 아빠는 복도에서 기다리기로 했다. 혹시 남학생이 여학교에 들어온 것 때문에 문제가 생기면 아빠가 나서 주기로 했다. 아빠라는 인간이 필요하다면 이럴 때뿐이다. 그래 봐야 문제가 생기면 먼저 도망칠 게 분명하지만.

"야, 나 심심하단 말이야. 언제 갈 건데?"

"아직 시작도 안 했는데 가긴 어딜 가?"

"근데 여기 자판기 같은 거 없나?"

우리 학교도 아닌데 자판기가 어디 있는지 내가 어떻게 알아? 내가 눈을 부라리자 아빠는 에헤헤, 하며 고개를 감췄다.

되감기 버튼을 눌렀다. 고물 녹음기가 요란한 소리를 내며 테이프를 감기 시작했다. 다시 재생 버튼. 수십 번 반복해 들어서 외울 정도다.

한 가지 이상한 점이 있다. 연초롱의 이야기를 여러 번 들을수록 의혹은 더 커진다. 기다렸던 이름이 나오지 않았다. 연초롱은 '우리'라고만 한다. 오유리의 다이어리 귀퉁이에 그려진 곰과 함께 가장 빈번하게 등장했던 아이. '우리'의 중심에 있는 게 분명한 아이, 한송이. 왜 연초롱 입에서 한송이 이야기가 나오지 않았던 걸까. 의도적인 걸까? 한송이를 감싸기 위해서일까? 그렇다면 그 이유는 뭘까?

"네가 명탐정이라는 애니?"

눈앞에 키가 훌쩍 큰 애가 서서 내려다보고 있었다.

한송이는 "아니, 내가 더 예쁘고 똑똑한데 왜 항상 주인공만 좋아하는 거야?"라고 말하는 순정 만화 속 악녀 같은 인상이었다. 찬바람 도는 표정에 기가 죽었다. 하지만 절대 내색하지 않고 대답했다.

"아니, 탐정은 우리 아빠."

"탐정은 소설에나 나오는 건 줄 알았는데."

역시 여느 때와 같은 반응.

"마법사와 함께 환상 속의 존재지. 호그와트 옆에 탐정 학교도 있는데 잘 못 찾더라고."

한송이는 미소조차 짓지 않았다. 대신 팔짱을 낀 채 나를 내려다보았다. 헐렁한 티셔츠와 청바지 차림. 귀 뒤로 넘겨 하나로 묶은 머리가 깔끔했다. 귓불에 작은 귀고리가 달라붙어 있었다. 핑크 교복을 입고 지나간다면 반드시 한 번은 뒤돌아보았을 것이다. 차분한 인상 때문인지 또래 애들보다 어른스러워 보였다. 잡아먹을 듯이 쳐다보고 있어서인지 매서운 눈매가 미모에 단 한 가지 흠이다……. 이런 걸 생각할 때가 아니지.

"탐정이랍시고 애들 괴롭힌다며?"

"애들은 아니고. 그런 말 한 건 연초롱이겠지?"

한송이는 아무 대답도 하지 않았다.

"열어."

한송이의 눈이 교실 뒤 사물함을 가리켰다.

"비밀번호 안다며? 열어."

무서운 기세다. 여자애들이 점점 두려워진다. 옴짝달싹할 수가 없다. 자리에 앉아 한송이를 멀거니 올려다봤다.

"장난해?"

한송이가 휙 뒤돌아 그대로 문을 향해 갔다. 어어, 이대로 보내면 안 된다. 다급하게 소리쳤다.

"너, 내가 진짜 열까 봐 겁나는 거지?"

한송이가 뒤돌아봤다. 입꼬리가 씰룩 움직였다.

"뭐가 겁나? 오유리 어쩌고 할 때부터 너, 장난치는 줄 알았어."

"그런데 왜 나온 거야?"

대답 대신 한송이가 다가와 내 앞에 섰다.

"너야말로, 속셈이 뭐야? 왜 나를 불러낸 거야?"

"말했듯이 네 사물함 비밀번호를 알고 있어."

"됐어. 사물함에 중요한 것도 없어. 못 열어도 그만이야."

"그럼, 왜 나온 거냐? 오유리 때문이지?"

한송이의 눈빛이 한층 서늘해졌다. 나는 다시 물었다.

"오유리에 대해 하고 싶은 이야기가 있지?"

"없어. 죽은 애에 대해 무슨 할 말이 있겠니?"

"이야기하고 싶지 않다면 좋아. 하지만 딱 한 가지만 물을게."

한송이가 나를 날카롭게 노려보았다. 나는 잠시 뜸을 들였다. 나로서도 차마 입 밖에 내기 힘든 말이 있기 마련이다. 입이 바짝바짝 말랐다. 침을 삼킨 후 드디어 물었다.

"네가 오유리를 죽였니?"

순간 한송이의 얼굴에 핏기가 가셨다.

*

"오호호호호호."

내 귀를 의심했다. 디즈니 애니메이션에서 들었던 웃음소리가 실제로 들렸기 때문이다. 백설공주의 계모 같은 웃음소리는 한송이에게서 터져 나오고 있었다.

"너 진짜 웃기는구나."

한송이의 눈가에는 눈물까지 찔끔 맺혀 있었다.

"너 영화 너무 많이 본 거 아니니?"

영화 아니고 추리소설. 하지만 정정하기도 귀찮다.

"연초롱이 그래? 내가 오유리를 죽였다고?"

나는 고개를 가로저었다.

"연초롱, 걔는 자기가 무슨 소리를 지껄이는지도 모르는 바보야. 너도 눈치는 챘겠지?"

"너는 친구를 바보라 부르나 보지?"

물론 나에게도 바보 친구가 하나 있다. 하지만 최소한 나는 남들에게 '몽키가 바보'라고 털어놓은 적은 없다. 말할 필요가 없다. 그건 그냥 봐도 알 수 있기 때문이다. 하나 더 이유를 들자면 그 바보 녀석이 내 친구이기 때문이다.

"친구? 같이 몰려다니면 다 친구니? 걔는 날 귀찮게 따라 다니던 애들 중 하나일 뿐이야. 오유리도 그랬고."

"그게…… 죽일 만큼 귀찮았던 거야?"

한송이가 소리 없이 입꼬리를 올렸다.

"농담 그만해. 좀 재밌었지만 이제 짜증 나려고 그래."

"농담이라면, 나는 때를 가려서 하는 편이야."

한송이의 얼굴에서 웃음이 싹 가셨다.

"농담이 아니라면 뭐야? 진짜 내가 죽였다는 거야?"

"조사 중일 뿐이야. 너는 용의자 중 한 명이고."

"용의자?"

한송이가 팔짱을 꼈다. 단숨에 흥 하고 콧방귀라도 뀔 듯한 표정이었다. 한송이는 한참 동안 나를 내려다보았다. 어색했지만 나도 시선을 피하지 않았다. 한송이가 입을 열었다.

"증거 있어?"

"증. 거."

나는 한송이가 뱉은 단어를 따라서 발음해 보았다. 한송이가 턱을 까딱했다. 나는 숨을 들이쉬었다가 천천히 내뱉었다. 그러고는 이야기를 시작했다.

"오유리가 옥상에서 떨어진 시각은 11시 15분. 3교시가 시작된 지 십오 분 후였지. 정확한 시각이야. 추락하는 장면을 목격한 학생이 많았으니까 의심할 여지가 없어. 자살이 아닌 타살이라면 오유리가 옥상에 올라간 그 시각에 역시 옥상에 올라간 사람이 있어야겠지. 하지만 결석한 학생 외에 그때 자리를 비운 학생은 전교에 단 한 명도 없었어. 이건 경찰에서 조사한 내용이지. 전교생이 알리바이를 가지고 있다는 얘기야."

알리바이에 대해서는 아빠가 경찰서에 가서 물었다고 한다. 도대체 경찰들에게 자기가 누구라고 소개했는지 모르겠다. '탐정'이라고 했다가는 그 자리에서 연행됐을지도 모른다. 탐정은 불법 행위니까. 구치소보다는 정신병원으로 보내지는 게 자연스럽다는 생각도 든다. 무사히 아빠가 돌아온 걸 보면 시도 때도 없이 들이미는 명함을 내놓지 않았거나 아니면 명함을 내놓자마자 정신병자 취급을 당했던 것 같다. 하지만 내가 말한 것은 사실이 아니다. 경찰은 아빠에게 아무것도 이야기해 주지 않았다고 한다. 당연하다. 경찰이 아빠를 상대해 줬을 리가 없다. 그러니까 나는 지금 한송이에게 거짓말을 하는 셈이다.

"탐정의 질의문답은 체스나 권투와도 흡사하다. 질문을 해야 할 때가 있고, 상대방의 감정이 끓어오를 때까지 꾹 참고 기다려야 할 때가 있다."

이것은 도시의 고독한 탐정, 필립 말로가 한 말이다. 유가련이 돌아간 후 나는 필립 말로가 등장하는 소설을 한 권, 한 권 찬찬히 읽었다. 다 읽고 나서 역시 그는 바바리를 입은 베스트 오브 베스트 변태라는 생각을 굳혔다. 하지만 이 시니컬하기 짝이 없는 탐정에게서 배운 것이 하나 있다. 그것은 '되는 대로 찔러 보라'. 아빠의 롤 모델인 안락의자형 탐정 셜록 홈스와 정반대로 "머리 따위는 됐고!"라고 외치며 온몸을 던지는 것이 그 변태 탐정의 스타일인 것이다.

결정적인 한 방이 필요하다. 하지만 제대로 된 한 방을 날리기 위해서는 기다려야만 한다. 상대방의 몸짓을 읽으며 빈틈이 보일 때를 기다리는 것이다. 그러기 위해 나는 약간의 페인트 동작을 취하기로 했다.

"전교생 모두 교실에 앉아 있었어. 그런데 딱 한 명 놓쳤지. 그날 그 시각, 무용실을 이탈한 학생이 한 명 있었다는 것. 바로 너희 반 학생 중 하나지. 물론 오유리를 이야기하는 건 아니야."

한송이의 표정이 변했다.

상대방의 동작을 읽어내는 쪽이 이긴다. 상대방이 바라는 대로 해서는 안 된다. 아빠가 뭐라고 했지? 너클을 평평하게 하고 허리를 회전해서 온몸에 힘을 실어 용수철처럼 튀어 오르라고 했던가? 나는 몸을 뒤로 젖혔다. 상대방의 주먹이 허공을 크게 가로질렀다. 이때다. 나는 주먹에 힘을 그러모았다. 그리고 한 걸음, 스텝을 힘차게 밟았다.

"출석부를 가지러 교무실에 가는 대신 옥상으로 올라갔지? 주번, 아니 반장?"

순간 한송이의 얼굴에 핏기가 가셨다. 입술을 꼭 깨문 채 부들 부들 떨었다. 나는 한 방이 제대로 먹혔음을 확신했다. 그런데 갑자기 내 귀에 '쩍' 하고 벼락 맞은 고목이 반으로 갈라지는 소리가 났다. 복도에서 "어이쿠!" 소리가 났다. 내 왼쪽 뺨에 불이 난 것 같았다.

*

딸깍.

내가 죽였다고? 웃기지 마. 사고사였을 뿐이야. 혹시 아니라면 그래, 그건 자살이었을 거야.

오유리는 왕따였어. 어느 순간부터 왕따가 시작됐어. 그거 있잖아. 집에 놓으면 복을 부른다는 물건이 있는가 하면 재수 없는 물건도 있다잖아. 오유리는 우리 반에서 재수 없는 물건 같은 거였지. 안 좋은 일이 있을 때마다 아이들은 오유리에게 화풀이를 했어. 그러니까 오유리는 두더지 게임 같은 거야. 화가 풀릴 때까지 두들기고 나면 속 시원해지잖니? 하지만 그건 그냥 게임이잖아. 반 애들도 심심하면 장난으로 그랬지.

이유? 그러니까 아이들도 이유는 모르는 것 같았어. 오유리가 건방지다거나 재수 없다거나, 그런 이야기를 했지만 그렇게 이야기하는 애들 중에 더 건방지고 재수 없는 애가 많았지. 이유는 모르지만 한 번 시작하니까 걷잡을 수 없다, 그런 분위기였어. 하지만 그게 말이 되니? 이유 없는 게 어디 있니? 진원지 없는 지진이란 없어. 반드시 시작된 곳이 있기 마련이지.

 진원지가 나냐고? 글쎄. 난 아무것도 하지 않았는데……. 원래 아이들은 불만이 가득 쌓여 있잖아. 바보 같은 분홍색 교복이나 입고 이런 좁은 교실 안에 하루 종일 처박혀서, 매일 똑같은 걸 듣고, 보고, 먹고. 어디를 둘러 봐도 지겨운 얼굴들에, 지루한 일상이 반복될 뿐이니 나쁜 공기가 꾸역꾸역 찰대로 찬 거야. 방 안에 가득 찬 가스처럼 말이야. 거기에 불만 댕겨 주면 바로 펑! 하고 터지는 거지. 오유리가 그 불씨가 되어 준 거야.

 행운의 열쇠? 맞아, 그게 계기가 된 게 사실이야. 반 아이들은 찾고 있었거든. 분통을 터뜨릴 만한 대상을. 온갖 불만의 원인을 찾고 싶어 했지. 사실 불만의 근원은 대부분 자기 자신인데 말이야. 자기 자신이라고 인정하는 건 못 견디잖아? 그래서 자신이 불행해진 원인을 필사적으로 찾는단 말이야. 그러다 보면 남이 가진 게 눈에 띄는 법이지. 자기가 가지고 있지 않은 걸 남이 가지고 있다면 말이야, 부러워하기보다는 질시하기 마련이거든. 그게 자신에게 필요한 것이든 아니든. 재능이나 미모, 돈 많은 부모라든가, 심지어 좋은 성격 같은 것 모두.

 그게 행운의 열쇠라는 형태로 확연히 나타난 거야. 평범했던 오유리란 존재가 행운의 열쇠 때문에 도드라진 거지. 찾았다! 아이들은 그렇게 생각한 거야. 사람들은 남의 행운을 아무도 순수하게 축하하지 않아. 그 때문에 더욱 자신이 비참하고 초라하게 느껴지지. 뭔지 모를 불쾌함을 느끼지만 명확한 이유는 자기들도 몰라. 나는 아이들의 그런 마음을 살짝 건드려 일깨워 줬을 뿐이야. "네 잘못이 아니야. 네가 못 가진 건 다른 사람이 가졌기 때문이야." 그게 바로 오유리라고 생각한 건 애들이야. 그러고 나서는 아이들이 다 알아서 했어.

오유리랑 친하게 지내던 애들이 제일 열심이었어. 그러리라고 생각했지. 원래 상처란 가장 가까운 사람들에게 받는 법 아니니? 참, 오유리네 집에 좀 문제가 있는 건 아니? 걔네 부모님들 굉장히 위선적인 것 같더라. 그리고 걔네 언니도 공부 좀 잘한다고 잘난 척 좀 했나 봐. 그런 집이라면 나도 살고 싶지 않을 것 같아. 학교고, 집이고, 오유리가 도망갈 데라고는 아무 데도 없었을걸.

하지만 말이야, 그런다고 죽니? 그게 말이 돼? 조금만 버티면 되는 거잖아. 어차피 애들은 바보라서 금방 잊는다고. 게다가 변덕스러운 애들이라 맘 바꾸는 건 시간문제라고. 어차피 왕따야 누구든 될 수 있으니까. 걔도 참 답답하지. 정 못 견디겠으면 전학이라도 가면 되잖아. 제일 바보는 그러니까 오유리지. 그렇게 멍청하니까 당한 거야. 하지만 걘 사고사야. 경찰이 그랬잖아. 혹 모르지. 자살일지도. 자살했다고 해도 그건 다 오유리 제 탓이야

딸깍.

"난 그날 분명 교무실로 갔어. 옥상에는 올라가지 않았어."

오늘의 사건 사고를 말하는 아나운서처럼 한송이는 또박또박 말했다.

"믿지 않아도 별 수 없지. 하지만 네가 본 것도 아니잖아. 내가 옥상에 올라가는 걸 본 사람 있어?"

"목격자는 없어, 유감스럽게도."

아직도 얼얼하다. 나는 한송이에게 얻어맞은 뺨을 어루만지며 말했다.

"내가 뭘 좀 찾아낸 게 있는데."

한송이가 말 대신 눈으로 물었다.

"어쩌면 중요한 단서일 것 같아."

"그래서 뭐? 나랑 무슨 상관이야?"

말은 그렇게 했지만 한송이의 얼굴에 궁금해하는 기색이 그대로 드러났다.

"그러게. 너랑 아무 상관도 없으면 내 입만 아픈 거지."

한송이의 뺨이 딱딱하게 굳었다.

"쏭―"

휘파람이라도 분 듯 경쾌한 소리가 내 입에서 났다.

순간 한송이의 입술이 파르르 떨렸다. 훅이 제대로 들어갔음을 나는 직감했다.

힘들었다. 포기할 뻔했다. 어디 사는지만 안다면 산 넘고 물건너서라도 해킹 도사에게 의뢰하고 싶을 정도였다.

의뢰인 오윤희의 말에 의하면 오유리는 더 이상 외출하지 않는 대신 노트북을 친구 삼아 방 안에 틀어박혔다고 했다. 그 친구가 게임은 아닌 것 같았다. 오유리는 현실에서 없는 친구를 인터넷 공간에서 찾고 있었던 게 아닐까? 실낱같은 희망이지만 나는 매달렸다. 혹시 남아 있을 단서를 찾기 위해.

개인 홈피를 만들 수 있는 사이트마다 접속하여 아이디와 비밀번호를 입력했다. 수도 없이 바꿔서 입력했다. 될 턱이 없었다. 그건 입에 담기도 부끄러운 말을 잔뜩 적은 편지를 넣은 병을 어느 바닷가에서 던진 후 십 년 만에 태평양에서 찾겠다고 하는 것과 마찬가지였다. 포기. 이번에는 오유리와 관련 있음직한 단어들을 검색하기 시작했다. 유리, 신비여중, 행운의 열쇠, 에스프레소 마키아토⋯⋯. 단어들을 검색하자마자 나는 이내 정보의 홍수에서 헤엄치게 되었다. 초강력 유리, 특수 강화 유리, 촬영용 특수 유리⋯⋯는 아니고, 행운의 편지, 행운의 반지, 반지의 제왕⋯⋯은 됐고, 에스프레소 머신, 카라멜 마키아토 등등 꼬리에 꼬리를 물고 나타난 수천 개의 카페는 아아⋯⋯. 그렇게 무수한 밤이 지났다. 그리고 마침내 찾았다.

키워드는 '쏭'이었다. 단서는 가까운 데 있었다. 오유리의 다이어리에 무수히 등장했던 이름, 쏭.

홈피가 나타났다. 핑크 색 교복 차림으로 웃고 있는 여학생

두 명의 사진이 화면에 떠올랐다. 오유리와 쏭.

오유리의 홈피는 일촌 공개로 되어 있었다. 그래서 검색이 쉽지 않았던 것이다. 하지만 실수인지 딱 한 개의 포스팅만이 전체 공개로 되어 있었다. 그 포스팅에 올린 사진은 열 장 정도였다. 모든 사진에는 오직 쏭 혼자만 찍혀 있었다. 그런데 이상하게도 쏭의 얼굴은 대부분 카메라를 향하고 있지 않았다. 마치 유명 연예인을 몰래 촬영한 사진 같았다. 단 한 장, 맨 위의 사진만이 예외였다. 그것만이 두 사람이 같이 찍은 유일한 사진이었던 것이다.

야아— 그러면 내 얼굴만 크게 나오잖아. 알았어. 그럼 이렇게 어깨동무 하고. 자, 여기 봐. 치—즈.

그런 이야기가 들릴 것만 같은 사진. 나란히 어깨동무 하고 밝게 웃고 있는 두 여학생은 누가 보더라도 더할 나위 없이 친한 친구 사이였다.

"오유리의 홈피를 찾아냈어. 너도 잘 아는 홈피지."

"……."

"오유리에게는 유일한 친구가 있었어. 죽기 바로 직전까지."

나는 한송이의 눈을 똑바로 보며 말했다.

"쏭, 바로 너였지."

오유리의 홈피에 등장했던 단 하나의 친구 쏭의 가슴에는 '한송이'라는 명찰이 달려 있었다.

*

딸깍.

그래, 오유리는 죽을 때까지 나를 가장 친한 친구라고 생각했을 거야.

왜? 놀랍니? 나, 오유리랑 얘기하던 유일한 애였어. 학교에서 시달리던 오유리를 위로해 줬어. 힘내라고 다독이고 애들 욕도 함께 했지. 우리가 이야기한 건 물론 홈피와 인터넷 대화창을 통해서뿐이었어. 휴대폰을 새로 사면서 바꾼 번호는 오유리에게 가르쳐 주지 않았거든. 괜히 전화라도 하면 귀찮잖아. 그래도 아주 가끔은 둘이서 만나곤 했지. 그 아이와 나만의 비밀이었어. 오유리는 내가 유일한 친구라고 생각했어. 학교에서 모른 척하는 건 나까지 애들에게 왕따 당할까 봐 두려워서라고 오유리는 생각했지. 아니, 내가 그렇게 생각하게끔 했지. 왜 그랬냐고? 그래야 걔가 오래 버티지. 너무 쉽게 포기하면 재미가 없거든.

걔가 진짜 재수 없는 게 하나 있긴 했어. 그런 상황을 순순히 받아들였다는 거야. 수습하거나 반항할 기미도 없이 말이야. 바보 같은 애들한테 그렇게 순순히 당하다니 좀 김이 샜어. 그래서 재미없어지려고 했지. 게다가 그 홈피 말이야. 나, 마음에 걸리기 시작했거든. 절대 다른 사람에게는 공개하지 않겠다고 오유리에게 다짐받긴 했지만 그 애 홈피에 내 사진과 나에 대한 글이 올라가 있다는 게 꺼림칙했어. 아니, 사실 소름 끼치도록 불쾌했어. 마치 변태한테 스토킹 당하는 기분이었거든.

그런데 오유리, 정말 가증스러운 애야. 걔 순진한 얼굴로 감쪽같이 날 속였어. 걔 실체를 그날 알았어. 오유리가 죽은 날 말이야. 그날 아침, 교실로 들어오던 오유리와 눈이 마주쳤어. 여느 때라면 오유리가 먼저 눈을 돌리고 마는데 그날은 나를 똑바로 쳐다보기에 깜짝 놀랐어. 다른 애들이 눈치챌까 봐 조마조마했는데 오유리는 아랑곳하지 않고 한참 동안 내 눈을 응시했지. 그러더니 갑자기 비웃듯 입술 끝을 살짝 들어 올리는 거야. 따귀라도 한 대 맞은 듯 얼떨떨했어. 감히 나와 눈을 마주치고 웃다니. 미친 게 아닌가 싶었어. 문득 그 전날 일이 생각났지.

전날 나는 오유리에게 홈피에 올린 내 사진과 나에 대한 글을 다 지워 달라고 했어. 오유리가 왜 그러냐고 묻더라. 애들, 귀신같으니까. 아무리 비공개로 해 두었다고 해도 찾으려면 얼마든지 홈피 찾아낼 수 있다고 둘러댔는데 오유리가 한참 만에 그러더라. "알고 있다."고.

오유리가 나를 향해 웃었을 때 나는 알아챘어. 그 전날 말했던 "알고 있다."란 의미를. 오유리는 분명 '알았다'가 아닌 '알고 있다'고 한 거야. 그 순간 난 깨달았어. 오유리는 알고 있었다는 걸. 내가 그동안 친한 친구인 척해 왔다는 걸 알고 있었던 거야. 그동안 감쪽같이 모르는 척 시침 떼고 있었다니. 걔, 정말 재수 없는 애야. 그래서 연초롱에게 살짝 귀띔해 줬지. 요즘 우리 반이 좀 심심한 것 같다고.

그리고 오유리는 죽었어.

딸깍.

한송이의 말이 끝나자 내 머릿속에 한 장면이 떠올랐다.

추적한 지 열흘이나 지나서 거의 포기하려던 순간에 찾아낸 고양이었다. 제가 살던 집에서 얼마 떨어지지 않은 한 건물 주차장에서 발견했다. 고양이는 도망갈 의지도 상실하고 구석에서 벌벌 떨기만 했다. 놀랐는지 오줌을 질질 싸고 있었다. 주인이 가져온 사진과 사뭇 달라 못 알아볼 뻔했다. 온몸이 상처투성이고 말라붙은 핏자국도 있었다. 하지만 놀라운 게 있었다. 먼지와 흙에 더럽혀졌다고 생각했던 하얀 털은 가까이서 보니 불에 그슬린 것이었다. 그건 분명 사람의 소행이었다.

고양이는 털에 불이 붙은 채로 울부짖었을 것이다. 그것을 지켜보며 낄낄거렸을 인간의 잔인함에 몸서리쳐졌다. 그건 아무 이유도 없는 폭력일 뿐이다. 이유가 있다면 고양이가 작고 힘없는 동물이라는 것뿐이다.

더욱 놀라운 건 주인의 태도였다. 분명 찾는 고양이가 맞는데도 자기 고양이가 아니라고 우겼다. 목걸이가 없다는 이유였다. 목걸이는 고양이가 어딘가에 흘린 모양이었다. 하지만 목걸이가 없더라도 몰라볼 수는 없었다. 고양이의 이마에 작은 하트 모양의 무늬가 있었는데 주인만이 식별할 수 있는 표시라며 신신당부했던 것이었다. 하트를 가리켰지만 주인은 아니라며 도리질하고 돌아갔다. 아마도 집에 데려가 봐야 처치 곤란이라고 생각했던 것 같다. 수임료가 아까웠던 것도 이유였다고 생각한다.

고양이는 동물병원에서 치료를 하고 카페로 데려왔다. 하지만 나는 고양이가 죽을 것을 예감했다. 고양이는 더 이상 살아 있는 생명의 눈빛이 아니었다. 그리고 얼마 지나지 않아 정말 죽어 버렸다. 버려졌기 때문에 죽었다고 생각했다. 가까운 이로부터 버림받는 것을 견디지 못하는 것은 짐승도 마찬가지다.

고함 소리에 흠칫 놀랐다. 침착했던 모습은 온데간데없고 한송이는 악에 받쳐 소리 지르고 있었다.

"그래서 뭐? 누가 죽였다는 거니? 말도 안 되는 소리 작작해! 내가 한 거라고는 오유리 친구인 척한 것, 단 하나뿐이야. 네가 믿든 말든 난 아무 짓도 안 했어."

"믿어."

한송이가 나를 노려보았다.

"뭘 믿는다는 거야?"

"네가 한 말. 믿어. 왜냐하면 내가 생각했던 대로니까."

"무슨 소리야? 말했잖아. 내가 죽인 게 아니라고. 나는 옥상에 올라간 적도 없다니까!"

"아니. 난 오유리가 죽임을 당한 거라고 생각했어. 그리고 네 말을 듣고 내 생각이 옳았다는 걸 확인한 것뿐이지."

"……."

"직접 떠밀지는 않았지. 하지만 마찬가지야."

"……."

"모두에게 떠밀려서, 오유리는 죽은 거야."

한송이의 얼굴이 발로 밟아 찌그러뜨린 빈 캔처럼 일그러졌다. 분위기상 또 한 대 때리지 않을까 싶었다. 손바닥으로 양 볼을 감싼 채 한송이의 얼굴을 가만히 바라보았다. 실은 딱히 보고 있는 것은 아니었다. 머릿속에 여러 가지 것들이 떠올랐기 때문이다. 요즘 일어났던 일들이 잊어버렸다고 생각했던 오랜 기억을 불러일으켰다. 뒤엉킨 기억 속에서 귀에 익은 목소리가 들려오려 하자 나는 고개를 세차게 흔들었다. 대신 한송이에게 물었다.

"그게, 즐거웠던 거니?"

"왜? 안 돼?"

한송이의 입가가 경련을 일으키듯 파르르 떨렸다. 웃으려는 듯했지만 일그러져 보였다.

"오유리 같은 애는 수도 없이 생겨날 거야. 밟히지 않기 위해서는 먼저 밟아야 하는 걸 애들은 알기든."

"왜? 왜 그래야만 하는 거야? 왜 꼭 누군가를 짓밟아야 하는 거지?"

한송이가 나를 물끄러미 바라봤다. 그리고 대답했다.

"나도 몰라. 하지만 우리 그렇게 배우지 않았니? 살아남으려면 약한 것들을 밟고 올라서야 한다고. 그게 살아남는 방법이잖아. 그렇게 가르쳐 주고 이제 와서 잘못했다는 건 너무하잖아."

"……."

"우린 배운 대로 했을 뿐이야."

한송이가 고개를 돌렸다. 한송이를 따라 창문 쪽으로 시선을 옮겼다.

창밖으로 금방 비라도 퍼부을 것처럼 먹구름이 가득 몰려와 있었다. 두터운 구름은 더디게 움직였다. 하지만 일순 구름이 걷히고 햇살이 쏟아져 나왔다. 눈앞이 먹먹해졌다. 지상으로 꽂히는 태양의 화살 속에 갑자기 무수한 것들이 떨어져 내렸다. 그것은 수없이 많은 고양이 같기도 하고, 날개를 파닥거리는 병아리 같기도 하고, 세상의 모든 어리고 약한 것들로 보이기도 했다. 소리 질렀지만 아무도 귀 기울이지 않았던 비명이 웅웅대고 흐느끼다 울부짖기 시작했다. 울음 소리는 천둥처럼 귓가를 때리고 폭풍우처럼 내 몸을 휩싸고 흔들었다. 고막이 터질 것만 같았다.

돌연 고요해졌다. 소리 없이 하늘하늘 떨어져 내리는 것이 있었다. 분홍빛 천이었다. 천천히 떨어져 내리던 천은 지상에서 거꾸로 불어오는 바람을 맞았는지 풀썩 다시 날아올랐다. 분홍빛 천이 유영하듯 창밖을 한동안 맴돌았다.

나는 조용히 한 손을 들어 올려 보였다.

*

'끼익' 소리에 정신이 들었다. 한송이가 책상을 밀고 일어나고 있었다

"어, 저기!"

한송이가 무표정한 얼굴로 돌아보았다.

"저기 비밀번호."

한송이가 멍하니 나를 쳐다보다 아아, 하는 표정을 짓더니 물었다.

"비밀번호는 나를 불러내려고 한 말 아니었니?"

"아냐. 진짜야. 그게 본론이었다."

본론, 하마터면 잊어버릴 뻔했다. 한송이가 미심쩍은 얼굴로 물었다.

"정말 오유리가 가르쳐 줬니?"

"어어."

아마도. 자신감 영 퍼센트의 대답을 하며 사물함 쪽으로 앞장섰다.

"네……, 네 자리 맞지? 비밀번호?"

뒤따라온 한송이가 어이없다는 표정으로 날 쳐다봤다.

"넌 자물쇠 안 써 봤니?"

"확인해 본 거야."

나는 주머니에서 수첩을 꺼냈다.

0822. 0●●1.

오유리가 남겨 놨다면 그건 알려 주기 위해서다. 수학의 법칙이나 공식을 써서 일부러 어렵게 만들었을 것 같지는 않다. 아니, 그건 내 희망 사항일 뿐이다. 자, 머리를 쓰자, 머리를.

"너 뭐 해?"

한송이가 팔짱을 낀 채, 머리를 감싸 안고 있는 나를 노려보았다.

"저, 저기 너 생일 며칠이야?"

"왜, 생일 선물이라도 하게?"

한송이가 기막히다는 듯이 쳐다봤다. 그래도 대답은 해 줬다.

"8월 22일."

잠깐. 다시 쪽지에 적힌 숫자를 쳐다봤다.

"그럼 그전 비밀번호가 혹시 0822 아니야?"

"맞아."

눈앞에 희미한 빛이 비쳐드는 것 같았다. 그래, 오유리가 한송이 사물함의 이전 비밀번호를 알고 있어야 번호를 바꿀 수 있었겠지.

"오유리에게 네 비밀번호를 가르쳐 준 적 있어?"

"아니……. 하지만 보통 생일이나 전화번호 뒷 자리로 만들잖아. 나도 그 두 가지를 번갈아 사용했지."

"전화번호 뒷 자리는?"

"소용없어. 벌써 눌러 봤지. 열리지 않아."

보증서에 적힌 숫자 네 개는 한송이의 이전 사물함 비밀번호. 그렇다면 나머지 숫자 두 개와 지운 자국이 오유리가 바꾼 비밀번호? 그럼 검은 동그라미로 가려진 부분만 알아내면 된다.

"정말 아는 거야?"

한송이가 다그쳤다.

"어어, 우선 영."

"영?"

"어, 제로."

한송이가 자물쇠 버튼 0을 누르고 물었다.

"그다음은?"

"그다음은……."

한송이가 자물쇠를 쥔 채 내 말이 떨어지길 기다렸다.

"모르겠어."

"장난해?"

오유리가 한송이의 사물함 비밀번호를 바꿨다면 분명 이유가 있을 것이다. 한송이의 사물함을 열 수 있는 것은 한송이뿐이어야 한다. 그렇다면.

"비밀번호는 한송이 네가 알고 있을 거야."

"무슨 소리야?"

"이건 너와 오유리에게 의미가 있는 숫자로 조합된 비밀번호일 거야. 힌트를 주자면 마지막 자리는 1."

"1이라고?"

"오유리가 남긴 숫자는 그것뿐이야. 네 자리 중 처음은 0, 마지막은 1. 나머지는 네가 알고 있을 거야."

아니, 내 희망 사항일 뿐이지만. 한송이가 말없이 자물쇠만 만지작거렸다.

"너와 오유리, 둘에게 의미 있는 숫자, 없어?"

한참 만에 한송이가 대답했다.

"4월 1일."

많이 들어 본 날짜다.

"만우절이잖아?"

한송이가 외면한 채 중얼거렸다.

"거짓말이 시작된 날이지. 세상에서 가장 친한 친구가 되자는 서짓말. 오유리기 흠피를 처음 만든 날이야."

한송이가 자물쇠 버튼을 누르기 시작했다. 0401.

찰칵.

작지만 명확한 소리가 울렸다. 사물함이 열렸다.

행운의 열쇠가 그 안에 있었다.

7
명탐정의 아들

의뢰인은 비가 내리는 날에 찾아왔다.

창밖으로 추적추적 내리는 비는 추리소설의 을씨년스러운 서막으로 딱 어울렸다.

요즘 들어 거의 매일같이 비가 오고 있었다. 하늘에 구멍이라도 났는지 사정없이 쏟아져서 당장이라도 허물어질 것 같은 집이 견디는 게 용하다 싶을 정도였다. 아니나 다를까 결국 내 방 지붕에서 비가 새기 시작했다. 지디가 섬뜩한 기운에 눈을 떴더니 얼굴이 젖어 있었다. 누군가의 사주라도 받은 듯, 빗방울은 정확히 내 이마를 겨냥해 떨어지고 있었다. 급기야 1층 카페에까지 물이 한두 방울 떨어지기 시작했다. 우선 비가 새는 곳에 양동이와 대야를 받쳐 두었다. 나중에는 집안에 있는 온갖 그릇과 빈 캔까지 동원해야 했다. 똑똑, 투둑, 투두둑, 뽁뽁, 뚜르르 뚜뚜, 다양한 소리의 빗방울이 떨어졌다. 물론, 절대로 교향악같이 들릴 리 없었다.

비 덕분에 사건 의뢰는 제로다. 비가 오니 고양이도 집 밖으로 나가지 않나 보다. 곤란하다. 각종 공과금과 월세 걱정에 눈 밑이 한층 어두워졌다. 판다와 나란히 서 있으면 혹시 형제 아니냐는 질문을 받게 될 것 같다. 공과금과 월세 걱정은 안 해도 될 테니 판다가 되는 게 훨씬 속 편할 것 같기도 하다. 장래 희망 판다. 몽키와 보기 좋은 한 쌍이 되겠구나.

물 먹은 판다 꼴로 양동이와 그릇 등등을 감시하는 데 열중해 있느라 몰랐다. 어느새 의뢰인이 들어와 있었다.

"일단 뭐라도……."

"주스 주세요."

긴장한 표정이었다. 의뢰인 오윤희 씨다.

아빠가 커튼 뒤에서 나와 머리를 숙였다. 셔츠와 넥타이라니, 오랜만이다. 윤희 누나도 마주 고개를 숙였다. 그나마 비가 안 떨어지는 테이블을 골라 윤희 누나를 앉히고 그 맞은편에 아빠와 내가 나란히 앉았다.

"의뢰하셨던…… 행운의 엽서입니다."

아빠가 뻣뻣 상자를 탁자 위에 올려놓았다.

윤희 누나가 한참 동안 상자를 내려다보았다. 이윽고 손을 뻗어 상자를 집어 들었다. 뚜껑을 연 윤희 누나의 얼굴이 굳어졌다.

"발견했을 때 이미 깨져 있었습니다."

열쇠는 조각났지만 형태는 완벽하게 맞춰져 있었다. 벨벳 상자 안에는 열쇠를 끼워 넣을 수 있는 홈이 패어 있었다. 그 홈 안에 열쇠 조각이 다 맞춘 퍼즐처럼 채워져 있었다. 먼지만 한 부스러기조차 손실되지 않은 것으로 보아 홈 안에 넣은 채로 열쇠에 충격을 가해 깨뜨린 것 같았다.

"유감입니다."

아빠의 말에 윤희 누나가 가만히 고개를 끄덕였다.

"그리고 이것."

아빠가 연한 푸른색 편지 봉투를 내밀었다. 한송이의 사물함 속에 깨진 열쇠와 함께 들어 있던 봉투다. 아마도 있지 않을까 생각했다. 아니, 있어 주었으면 하고 바랐다. 오유리가 자살했다면 누군가에게라도 마지막 인사는 하고 싶었을 거라고 생각했다. 그리고 다행히 있었다. 아니, 다행이라고 말하긴 그렇지만 말이다.

"아무래도 오윤희 씨 앞으로 쓴 것 같아서요. 확인은 집에 돌아가서 하셔도 됩니다."

윤희 누나가 겉봉에 쓰인 글씨를 쳐다보았다. 봉투 하단에 적힌 작은 글씨. '언니' 단 두 글자였다.

"아니에요. 지금 보겠습니다."

나는 미리 준비해 둔 가위를 내밀었다. 윤희 누나가 봉투 윗면을 조심스레 잘라 냈다. 봉투와 같은 색의 편지지가 나왔다. 윤희 누나가 편지를 읽기 시작했다. 아빠와 나는 각기 다른 방향으로 고개를 돌렸다.

똑, 똑, 또르르, 똑, 똑. 불규칙적으로 빗방울 떨어지는 소리만 카페 안을 가득 메웠다. 힐끔 윤희 누나를 쳐다봤다. 나는 벌떡 일어나 주방으로 달려갔다. 싱크대 위에서 들고 온 티슈 박스를 윤희 누나 쪽으로 슬며시 밀어 놓았다. 윤희 누나가 티슈 몇 장을 뽑아 조용히 눈물을 훔쳤다. 아빠가 일어나 비척비척 걸어 커튼 뒤로 사라졌다. 커튼 너머에서 몇 번 코 푸는 소리가 요란하게 났다.

"어떻게 찾았니?"

한참 시간이 흐른 뒤 윤희 누나가 입을 열었다. 눈이 빨개져 있었다. 나는 망설였다. 이 질문을 받으리라 예상했지만 대답은 아직 정하지 못했다. 하지만 의뢰인이 바란다면 대답해야만 한다.

"동생이 마지막으로 이야기하고 싶은 상대가 있었던 것 같아요. 아니, 대화라고 하기는 그렇지만요. 동생은 그 상대에게 둘만 알 수 있는 방법으로 이야기를 남겼어요."

나는 깨진 행운의 열석를 쳐다봤다. 윤희 누나의 시선도 나를 따라 벨벳 상자에 머물렀다.

"알고 싶으신가요?"

윤희 누나가 나를 물끄러미 쳐다보다가 고개를 저었다.
"괜찮아. 이걸로 됐어."
눈으로 편지를 가리키며 윤희 누나가 말했다.
"읽어 볼래?"
윤희 누나가 편지를 내밀었다.
"아, 아니에요. 괜찮습니다."
윤희 누나가 편지를 내 앞에 펼쳐 주었다.

    언니, 이 편지를 읽고 있다면 나는 언니 곁에 없겠지.
    이상하네. 몇 번이고 망설이고 망설였지만
    이렇게 편지를 쓰고 있으니 마음이 편안해져.
    일기를 쓰는 것 같은 느낌이야.
    보여 주고 싶기도 하고 보여 주기 싫기도 한데, 어떻게 될까?
    결국 언니가 읽게 되었구나.
    언니와 헤어지는 건 싫지만
    언니, 나는 더 견딜 힘이 없어.
    행운이라는 긴 시련을 시험해 보기 위해서 주는 건가 봐.
    행운의 열쇠를 내가 아닌 다른 사람이 받았다면 어땠을까
    생각하고 또 생각하곤 했어.
    그건 단지 유리 조각일 뿐이라고 얘기해 주고 싶어.
    유리 조각보다 소중한 게 내겐 많았는데.

참, 이상하지.

깨진 건 행운의 열쇠인데, 내가 산산이 부서진 느낌이야.

에스프레소는 미안해. 내가 잘 돌볼게.

그리고 언니에게도.

미안해.

울지 마. 너무 많이 울지 마, 언니.

글씨가 뒤로 갈수록 흐릿해졌다. 제대로 읽기 위해 몇 번이나 눈을 쓱쓱 비볐다. 다 읽고 난 편지를 윤희 누나에게 돌려주었다.

"에스프레소 마키아토는……."

윤희 누나는 목이 메는지 잠시 말을 멈췄다.

"길고양이였어. 유리랑 함께 길 가다가 발견했어. 유리가 키우자고 하도 졸라서 할 수 없이 집에 데려왔거든. 부모님은 질색하시며 당장 갖다 버리라고 했는데 유리가 한사코 키우겠다고 고집을 피웠지. 고양이를 돌보는 건 유리 몫이었어. 지난겨울에 고양이를 잃어버리고 나서 유리는 며칠 동안 잘 먹지도 않고 울기만 했어. 사실 나는 잘됐다 싶기도 하고 시간이 지나면 유리도 괜찮아지겠지 했는데 유리는 포기하지 않더라. 보다 못해 혹시나 하는 마음으로 이곳에 찾아왔던 거였지. 다시 찾고는 유리가 정말 좋아했는데."

윤희 누나가 창밖을 잠시 물끄러미 내다보더니 다시 말을 이었다.

"이상한 건 에스프레소 마키아토가 죽은 걸 보고 유리가 눈물 한 방울 흘리지 않았다는 거야. 빳빳하게 굳어 있는 걸 보고 고개를 돌리더라. 그래도 나는 혹시나 하고 동물병원으로 달려갔어. 의사 선생님 말씀이 쥐약을 먹은 것 같다고 하셨어. 쥐약 먹고 죽은 쥐를 먹었거나 그런 것 같다며. 하지만 에스프레소 마키아토는 집에서만 길렀거든. 전에 도망친 후에는 조심했기 때문에 집 밖에 데리고 나간 적이 한 번도 없었어. 적어도 내가 알기로는 그래. 그때 뭔가 이상하다고 생각했어. 그래서 여기 찾아올 결심을 한 거야. 그때 얘기하지 않았지만 나는 고양이를 죽인 게 유리가 아닌가 생각했어."

나도 모르게 표정이 변했는지 윤희 누나가 나를 향해 고개를 끄덕여 주었다.

"그런데……."

윤희 누나가 다시 입을 열었다.

"지금 생각해 보니 고양이를 죽이려던 게 아니라 실은 유리가 죽으려던 게 아니었나 싶어. 약을 고양이에게 시험해 본 걸 수도 있고 아니면 자기가 먹으려던 순간에 겁이 나서 고양이에게 준 걸 수도 있고. 아니, 함께 가고 싶었는지도 몰라. 자기 말고는 아무도 돌보지 않을 거라 생각했나 봐."

윤희 누나의 목소리가 다시 가늘게 떨렸다.

"난 그런 것도 모르고……. 아니, 눈치챘는데도 아무것도 해 주지 못하고. 내 잘못이야."

그렇지 않다고 말해 주고 싶었다. 하지만 나는 또 티슈만 뽑아 내밀고 있었다.

"다시 시간을 되돌릴 수 있으면 좋겠어."

"죄송합니다."

"네가 죄송하긴……."

이 순간만은 슈퍼맨이 아닌 명탐정 아들인 게 죄송할 뿐이다. 할 수만 있다면 팬티만 입고 지구를 돌려도 상관없다는 생각이 들었다.

"유리는 미안하다는 말뿐이구나. 미안한 건 난데. 유리가 혼자 죽음을 결심하고 있었던 시간을 생각하면. 혼자 얼마나 무서웠을까."

윤희 누나의 어깨가 다시 출렁이기 시작했다. 나는 자리에서 일어났다. 빗물로 가득 찬 양동이를 비우기 위해서였다. 무릎을 꿇고 양동이를 들여다봤다. 고인 빗물 위로 빗방울이 떨어져 파문을 일으켰다. 눈앞이 어룽거렸다. 이내 파문은 사라지고 다시 빗방울이 떨어져 또 다른 파문을 만들었다. 양동이를 들고 일어나려다 그대로 주저앉고 말았다. 그 바람에 양동이의 물이 바닥에 엎질러졌다. 물이 눈에도 튀었는지 눈앞이 흐릿했다. 이상하게 얼굴에 흐르는 빗물은 뜨뜻했다.

"비가 새는구나."

윤희 누나의 목소리가 등 뒤에서 들렸다. 얼굴을 몇 번 비비고 탁자로 돌아가 앉았다. 윤희 누나의 눈가가 붉게 부어올라 있었다.

"네, 제 방 침대에도 물이 한가득이에요. 엊그제 밤에는 타이타닉 꿈 꿨어요."

윤희 누나가 희미하게 웃었다.

"왜 그렇게 열심히 했니? 우리 유리가 불쌍했니?"

"아, 아니에요. 정의 수호와 세계 평화."

아, 나 뭐래니.

"그게 아빠 꿈이라고요."

윤희 누나가 희미하게 웃어 주었다.

"아, 수임료는? 아빠한테 말씀드려야겠지?"

"아니에요. 이건 서비스입니다."

"서비스?"

"누나는 VIP 고객이니까요."

윤희 누나가 입꼬리를 살짝 올리며 소리 없이 미소 지었다.

"고마웠다."

나는 고개를 숙였다.

"우리 유리를 위해 울어 줘서……. 고맙다."

나는 고개를 들지 못한 채 눈을 깜빡거렸다.

"역시 명탐정이구나."

나는 고개를 한층 깊이 숙여 인사했다.

*

의뢰인이 돌아가자마자 아빠가 러닝셔츠 차림으로 커튼 뒤에서 나왔다.

"여, 밥은?"

"내 얼굴이 밥통으로 보여? 왜 나만 보면 밥을 달래?"

소리를 빽 지르자 아빠가 흠칫 놀라더니 벌떡 일어나 자리를 떴다. 잘못을 깨달았나 보다. 주방에서 부스럭대는 소리가 나더니 아빠가 우물거리며 다시 자리에 앉았다. 분주하게 생 라면을 부숴 먹는 아빠의 얼굴에 반성의 빛이라고는 조금도 없었다.

"아빠."

"왜? 너도 줄까?"

"됐어."

안도하는 얼굴.

"아빠, 들어 볼래?"

"뭘?"

"내가 녹음한 것."

"어, 됐어."

"되긴 뭐가 돼? 수사 자료로 내가 힘들게 녹음했는데. 감쪽같이 몰래 녹음하느라 얼마나 힘들었는지 알아?"

"뭐, 수사는 종료됐는데 뭐하러."

아빠가 심드렁한 얼굴로 생 라면을 부쉈다. 빗방울 떨어지는 소리와 아빠가 내는 오도독, 오도독 소리가 합주를 이뤘다.

"괜찮을까? 윤희 누나?"

"괜찮지는 않겠지만 견뎌야지."

아빠가 목에 라면이라도 걸린 듯한 목소리로 대답했다. 어쩐지 눈가가 촉촉했다. 아빠는 말없이 로댕의 '생각하는 사람' 포즈를 한참 동안 취하고 있었다. 그러다 갑자기 목소리를 높여 말했다.

"이런 날은 부침개가 딱인데. 김치부침개 어때?"

아, 진짜.

"우리 집에 김치가 어딨어?"

아빠는 "밀가루 같은 거 좀 있지 않냐?", "김치 없으면, 감자는 좀 있지?"라는 둥, 눈치 없는 소리를 지치지도 않고 해 댔다. 태풍이 방금 통과한 것처럼 텁수룩한 머리에 오이장아찌 같은 얼굴, 오지 먹는 걱정뿐인 사람이다. 태평스러운 아빠를 보니 문득 이런 생각이 떠올랐다. 아, 이래서 사춘기는 주로 십 대에 오는 거구나. 뉘신지 모르지만 제법 타이밍을 잘 맞추셨다. 겪어 내기 너무 힘들어서 그나마 체력이 가장 좋은 십 대라야 간신히

버틸 수 있다는 치밀한 계산을 했던 것이다. 더구나 절묘하게 이런 아빠까지 함께 주셨으니 참으로 감사하다.

"윤희 누나한테 얘기 안 한 게 잘한 걸까?"

아빠가 손으로 얼굴을 쓱쓱 문지르더니 대뜸 대답했다.

"탐정이란 기본적으로 인간을 이해하지 않으면 안 되는 직업이야. 뭐냐, 용광로처럼 뜨뜻한 가슴이 있어야 한다는 거지."

"탐정은 가슴이 아니라 머리와 발로 수사하는 거라고 말했던 것 같은데?"

"그건 초짜고. 훗. 탐정에게 필요한 건 약간의 용기와 지성, 그리고 의뢰인을 보호하기 위해서 기꺼이 괴로움을 감수하는 열성이지. 방금 이 말 좀 멋졌지?"

이런 멋진 말이 아빠 머릿속에서 나올 리 없다. 어디서 많이 들어 본 말인데.

"뭐야, 이게? 또 누구 어록이야?"

"필립 말로. 그 사람도 괜찮더만. 게다가 주위에는 미녀들이 들끓고. 진짜 존경한다."

몽키와 같은 부류였군. 그럼 이제 아빠는 필립 말로를 사이에 두고 유가련과 삼각관계?

아빠가 한숨을 푹 내쉬었다.

"나, 요즘 말이다. 거, 뭐냐. 노을 지는 하늘만 봐도 눈가가 시큰해지고 빗소리만 들어도 마음이 그렇게 공허할 수가 없다. 내가 달리 부침개를 찾는 게 아니야. 마음속이 뻥 뚫린 것처럼 어찌나 허전한지. 너, 이런 증상이 뭔 줄 아냐?"

"갱년기 증상?"

아빠가 또 한숨을 내쉬며 말했다.

"그래, 네가 뭘 알겠냐? 내가 내색을 안 해서 그렇지 나, 굉장히 외롭다. 네 엄마한테는 거 뭐냐, 내가 며칠 전에는 심지어 보고 싶다는 말까지 했다. 그렇지, 메일로 썼지. 대 놓고 말하기는 좀 부끄럽잖냐. 그런데 말이야! 내가 그렇게 알랑방귀를 뀌는데도 한 번 놀러 오라는 소리를 안 하더라. 사람이 매정해. 내 꿈이 사파리 투어 하는 건데 말이다."

그럼 그렇지. 그게 외로운 거냐, 관광하고 싶은 거지.

"아빠, 외로운 게 어떤 건지 아는 거야? 도대체 왜 외로운 건데?"

아빠가 라면을 오도독 깨물더니 우물거리며 말했다.

"이유라면 인간이기 때문이지. 외로움은 인간의 본성이거든. 알람 소리에 외롭게 일어나 보니 출근 시간에 늦을 것 같아. 외로움을 꾹 참고 일단 막 뛰었는데도 버스는 매정하게 휑 떠났고. 그래서 더 외로워 죽겠는데 버스가 또 오기든. 겨우 회사에 도착해 보니까 지각했다고 상사한테 잔소리 한바탕 듣고, 이번에야말로 진짜 외롭다고 느끼는데 어느덧 점심시간이고, 다들 약속 있다면서 휑하니 나가 버리고, 정말 외로운데 배는 고파서 일단 밥을 먹고 퇴근 시간이 되어 집에 와 보니 또 외로운 거야. 그래서 텔레비전을 켰는데 이게 또 개그 프로그램 같은 게 나오면 별로 웃기지도 않는데 웃고 있는 자신을 발견해 버려. 그러다가 잠자리에 들면 이게 또 지독히 외로운데 말이야."

참을 수가 없다.

"아, 진짜! 이야기에 포인트가 없잖아!"

"내 생각에는 그게 포인트 같은데."

"뭐가 포인트야?"

"그렇게 산다고. 하루에도 수십 번 외로우니까 살 수 있다고. 단련이 되었다고나 할까. 하지만 너희들만 할 때는 말이야, 낯설지. 처음 경험하는 게 많지. 예를 들면 너 아랫도리가 거뭇해지는 것도, 아침마다 텐트 치는 것도, 밤에 자다가 깨서 엄마 몰래 빤쓰를 빨아야 하는 것도 처음이니 얼마나 당황스럽겠냐?"

"시끄러워! 그런 적 없어."

"그럼, 혹시 고자? 어어, 너 진짜?"

아, 상대해 봐야 머리만 아프다, 이 사람.

"거, 뭐냐. 그때 걔. 너 귀싸대기 날린 애. 한송인지 백송인지. 걔도 마찬가지일걸."

숨어서 다 보고 있었던 거다. 내가 여자애에게 뺨 맞는 치욕스러운 순간을 구경하며 떡이나 먹고 있었겠다. 얼마나 좋았으면 "어이쿠." 하고 함성까지 질렀겠는가.

"걔 굉장히 위악적이더라. 위악적이란 말 알지? 나쁜 척하는 거. 뭐, 추리소설에 나오는 팜므파탈 스타일이지. 걔도 아마 외로워서 그랬을걸."

"걔가 어디가 외로워 보여?"

"센 척하잖냐. 원래 척은 어른들이 주로 하는 건데. 센 척, 아는 척, 있는 척. 그게 왜 그러겠냐?"

"왜 그러는데?"

"약해서 그런 거다."

아빠는 라면 봉지를 들고 한 번에 입안에 털어 넣었다. 우물거리더니 자리에서 일어나 주방 쪽으로 걸어갔다. 냉장고에서 주스 병을 꺼내더니 입에 대고 마시기 시작했다. 아니, 저거 팔아야 하는 주스를 입에 대고 마시다니. 하긴 손님이 와야 말이지. 아빠가 자리로 돌아와 앉았다. 만족스러운 표정이었다.

"그게 끝이야?"

"응? 아…… 우리 밥은 언제 먹어?"

아, 진짜. 노려봐 주었더니 아빠가 에헤헤, 웃었다.

"예전에 말이야, 고서점 할 때 말이다. 그때 장서 중에 만화책도 꽤 됐거든."

고서점. 정확히 말하면 '헌책방'이었다. 내가 초등학생 때다. 아빠는 내가 아빠를 굉장히 좋아하던 아이였다고 기억한다. 늘 학교 끝나자마자 아빠에게 달려갔기 때문이다. 하지만 그건 만화를 보기 위해서였다. 아빠도 아름다운 추억 한 자락쯤은 간직하게 하고 싶어서 사실을 고백하지는 않았다.

"그때 만화책을 몰래 찢어 가는 사람이 있었어. 처음에는 몰랐지만 계속 반복되니까 눈치챘지. 아마 만화가 지망생이거나 변태 지망생 둘 중 하나였을 거다. 자기는 그냥 필요한 몇 장 찢어 가는 것뿐이라고 생각했는지 몰라도 책은 이미 팔 수도 없는 물건이 되어 버리거든. 그보다 책을 훼손하다니 정말 극악무도한 놈 아니냐? 어, 거 뭐냐. 허영만의 「태양을 향해 달려라」 3권 초판본 뒷장이 뭉텅 뜯겨 나간 걸 보고는 내 마음이 찢긴 것 같았다니까. 차라리 홀랑 한 권을 가져가는 게 낫지, 너덜너덜 뜯긴 책이 남아 있는 건 정말 더 끔찍하더라."

아빠가 주방 구석에서 대규모 바퀴벌레 공동체를 발견했을 때처럼 질색했다.

"그래서 어떻게 했는데?"

"어떡하긴 뭘 어떡해. 'CCTV 촬영 중'이라고 큼지막하게 써서 붙여 놨지."

"진짜? 설치했어?"

"아니. 돈이 얼만데. 그냥 써 놓기만 한 거야. 그러고 나서 그놈은 다시 안 왔어. 아마 다른 데 가서 또 찢고 있겠지. 사람은 말이다. 거 뭐냐, 약해. 설상가상으로 약한 데다 악해. 그래서 말도 안 되는 법이나 규칙 같은 걸 잔뜩 만들어 놓는 거야. 법 없이 살

수 있다고 하는 건 공자님 아니면 범죄자뿐이야. 남들의 시선과 손가락질, 인터넷 동영상과 댓글 혹은 각종 벌금과 범칙금, 과태료 등등이 무서워서 겨우 본능을 억누르고 사는 거야.『지킬 박사와 하이드』알지?"

"밤 되면 지킬 박사가 변태 되는 이야기?"

"흠, 그게 그런 이야기였나? 요점 정리 굉장히 깔끔하게 하는 편이다, 너? 아무튼 그 점잖은 지킬 박사 씨도 착한 척하고 살기 오죽 답답했으면 하이드로 변했겠냐? 사람들에게는 하이드 같은 악한 구석이 있는 법이거든. 그러니까 남들이 안 본다 싶으면 그 본성을 감추지 못하고 범죄를 저지르는 거지. 그게 다 약해서 그런 거야. 자신을 지탱할 힘이 스스로에게 없는 거지. CCTV가 뭐 별거라고. 왜 그런 거 없이도 당당하고 깨끗하게 돈 주고 책을 사지 못해? 아, 진짜. 답답하다. 만화책 찢는 것 정도야 별일 아니라고 생각하겠지만 당하는 쪽은 말이다, 상당히 괴롭거든. 안 그러냐?"

아빠가 침을 튀기며 동의를 구하는 눈짓을 강하게 보냈다. 하는 수 없이 고개를 끄덕여 보였다.

"서 왜, 추리소설이 잔인하다고 하는데 말이야, 나는 현실이 훨씬 더 잔인한 것 같다. 소설에서는 그래도 범인은 벌을 받는단 말이야. 되게 당연한 건데 현실에서는 참 어렵다는 말씀이지."

안 들어도 아는 뻔한 말을 입 아프게 한다.

"사회 곳곳에 악의가 넘쳐 난단 말이야. 그러니까 거 뭐냐, 우리는 외면해서는 안 돼다."

"왜? 정의 수호와 세계 평화 때문에?"

"아니, 인간 사건 쪽 말이다. 거 뭐냐, 비율도 높고 수임료도 높기 때문이지. 요즘은 고양이 사건도 드물잖니. 고양이 아니라 토끼, 햄스터, 개미핥기, 기타 등등의 애완동물 종류를 다 망라해도 인간 사건에 비할 수 없을걸."

"아빠."

"왜?"

"아픈 데 있어?"

"응? 배는 아픈 게 아니라 고픈데?"

"갑자기 웬 경제관념?"

"아하하하." 하고 한바탕 웃더니 아빠가 바로 정색을 했다.

"한 사람이라도 경제관념이 있어야지. 이번에 네가 수임료는 공짜라고 생색내는 바람에 아주 곤란해졌다. 넌 멋있었는지 몰라도 멋이 밥 먹여 주냐? 곧 우리는 우물 파서 물 길어 밥 해 먹고 가스도 끊겨서 피가 뚝뚝 떨어지는 생고기를 뜯어야 할지도 모른다고."

"뭐, 어차피 고기 살 돈도 없잖아."

쩝, 아빠는 입을 다시더니 말했다.

"그런데 말이야."

"뭐?"

"내 말은 거, 뭐냐."

수염 난 턱을 쓱쓱 문지르고 괜스레 실실 웃으며 뜸을 들인다.

"아, 뭐?"

"너, 제법 잘했다는 거야."

*

아무래도 카페 이름을 바꿔야지 싶다. 애거서 크리스티의 최대 걸작 『그리고 아무도 없었다』의 나날이다. 요즘은 날이 너무 더워서인지 고양이나 강아지도 꼼짝 않는 것 같다. 이번 달은 월세는커녕 전기도 끊길 것 같다. 서비스 개혁이 필요하다. 마냥 의뢰인이 찾아오기만을 기다릴 게 아니라 '발로 찾아다니는 적극적인 서비스' 같은 게 필요하다는 말이다. 아무래도 홍보가 부족하다. 잘 보이지도 않는 간판만 믿고 기다릴 수는 없다. 전단지라도 돌려 봐? 아니, 전단지 만들 돈도 없는데. 인터넷에 홈페이지라도 만들어 볼까? 그래, 그게 좋겠어. '발로 찾는 탐정'.

컴퓨터를 켜고 서비스 개혁에 박차를 가하는데 딸랑, 하고 카페 문 열리는 소리가 들렸다. 유가련이었다.

"문 연 거니?"

열려 있으니까 들어왔으면서.

"아저씨는?"

나는 눈짓으로 커튼을 가리켰다. 분명히 늘어져라 낮잠 자고 있을 테지.

"주말은 원래 쉬니? 카페는 주말 장사가 대목 아니야?"

야, 눈이 있으면 한번 봐라. 여기가 어디 장사하는 데로 보이냐?

"주말에 쉬고 앞으로는 주중에도 쭉 쉴 예정이다."

"흠, 그래?"

전혀 믿지 않는 눈치다.

"너, 학생이 너무 카페 출입이 잦은 것 아니냐?"

"아저씨가 자주 놀러 오라고 하셨어."

아니, 사람이 그래도 좀 돌려 들을 줄도 알고 그래야지, 곧이곧대로 믿을 게 뭐람.

유가련은 아랑곳하지 않고 테이블을 차지하고 앉았다. "주스." 하더니 책을 펴 들었다. 나는 투덜거리면서도 주스를 따라 유가련 앞에 놓았다. 힐긋 책표지를 보니 애거서 크리스티의 『코끼리는 기억한다』였다. 코끼리는 한 번 본 건 죽어도 잊지 않는다는 점을 단서로 사건을 해결하는 이야기. 덩치에 어울리지 않게 밴댕이 속인 동물이 지구상에 아빠 말고도 또 있다는 사실에 깜짝 놀랐었지

"넌 추리소설만 읽냐?"

내가 물었다.

"어."

"왜?"

"탐정들이 인간적이라 좋다. 매력적이야. 니네 아빠처럼."

얼렐레. 얘가 뭐래. 아빠가 매력적이라고? 필립 말로를 좋아하는 터프한 여학생이 반할 구석이 도대체 어디?

"사건은 잘 해결했냐?"

불시에 잽이 들어왔다. 나는 당황하지 않은 척하고 물었다.

"들어 볼래?"

"응?"

"용의자 진술 내용 녹음한 것. 규칙에는 어긋나지만 예외로 하지. 중요한 정보를 제공한 공이 있으니."

"사양한다."

아아, 왜 다들 안 듣겠다는 거냐. 얼마나 힘들게 녹음했는데.

"맘 바뀌어서 나중에 듣겠다고 하기 없기다?"

"응. 대신 부탁이 있다."

또 부탁. 이번엔 누구를 만나라는 거냐?

"나……. 녹음기 한번 써 봐도 되겠냐?"

유가련의 얼굴에 빗금이 쳐졌다. 갑자기 수줍어하는 모습이라니, 웃는 것 못지않게 오싹했다.

"그것쯤이야."

새 테이프로 갈아 끼운 후 녹음기를 가져다주었다.

"플레이는…… 읽을 줄 알지? 빨간색이 녹음 버튼이다."

"고맙다."

"천만에."

나는 컴퓨터 앞으로 돌아왔다. 등 뒤에서 부러 소리를 낮춘 유가련의 목소리가 들려왔다. 나는 컴퓨터에 연결한 이어폰을 귀에 꽂고 음악을 들었다. 한참 뒤에 유가련이 내 어깨를 흔들었다. 귀에서 이어폰을 뺐다.

"학원 갈 시간이야."

"플루트?"

"응. 녹음기는 저기에 뒀어."

"어."

유가련이 평소답지 않게 머뭇거리더니 말했다.

"저기, 뭘 좀 녹음했어."

"들어 보라는 얘기?"

"좋을 대로."

유가련이 떠나고 나서 나는 재생 버튼을 눌렀다.

딸깍.

아아, 마이크 시험 중. 어쩐지 내 목소리가 아닌 것 같다. 녹음기가 고물이라서 그런 것 아니냐? 명탐정, 듣고 있나?

몇 가지 이야기하고 싶은 것이 있다. 누군가에게는 말하고 싶었지만 아무래도 쉽지 않았다. 녹음기라면 할 수 있을지도 모른다고 생각했다. 녹음기라고 생각하고 이야기해 보려고 한다. 사실 녹음기이기도 하니까.

나는 매일 후회한다. 단 한 번도 오유리에게 말 걸지 않은 것을. 매일 밥도 안 먹고 점심시간 내내 어딘가 배회하고 있을 것을 알면서도 나는 한 번도 같이 밥 먹자는 소리를 하지 않았다. 플루트 연습은 핑계고, 오유리와 밥을 같이 먹음으로써 그 후에 생길 일들이 귀찮았을 뿐이지. 나는 모든 것을 알면서도 멀찍이서 지켜봤을 뿐이었다. 비겁하다고 생각한다면 당연하다. 아마 나도 두려웠을지 모른다. 같이 휩쓸리기 싫었을 뿐이었지만 어쨌든 그냥 두고 봤으니 오유리를 집어삼킨 흐름 속에 나도 있었던 거다.

네가 잘 해결해 줬으리라 믿는다. 너를 믿은 건 아니다. 하지만 너에게는 짐승 닮은 친구도 있고 명탐정 아빠도 있으니까. 참, 원래 내 꿈은 영국에 있는 탐정학교에 입학하는 거였다. 그동안 너와 너희 아빠를 지켜보면서 그 생각이 확고해졌다. 아무래도 체계적인 교육이 필요하다는 생각이 든다. 아, 그리고 한 가지 궁금한 게 있다. 너희 집에는 왜 그렇게 참치 캔이 많은 거냐? 그리고 저번에 나 혼자 카페에 있을 때 어떤 아줌마가 와서 "고양이 박사인지, 고양이 탐정 있냐."고 물어봐서 잘못 찾아왔다고 돌려보냈다. 카페 문은 좀 잠그고 다녀라. 음…… 이상이다.

딸깍.

내게 초등학교 6학년 2학기는 검은색이다. 지워 버리고 싶어 덧칠하고 또 덧칠했다. 누군가 기억한다면 그놈의 머릿속도 지워 버리고 싶다. 아마도 다들 잊었을 것이다. 기억도 나지 않을 만큼 사소한 일이니까. 기억하는 건 결국 잊으려고 애쓰는 사람들뿐이다.

학교 앞에서 팔던 병아리를 반드시 사는 녀석이 하나 있었다. 녀석은 미끄럼틀에 올라가 병아리를 몇 번이나 땅바닥으로 내동댕이쳤다. 바로 죽는 놈이 있는가 하면 어떤 병아리는 몇 번이나 내쳐진 뒤에 피를 흘리고 만신창이가 되어 죽기도 했다. 놈이 버려 두고 간 병아리는 목이 뒤틀리고 날개가 꺾여 있었다. 놈은 병아리를 내던지며 낄낄거렸다. 그러면서 몇 번이나 환호성을 질렀다. 구경하는 놈들도 눈을 빛내며 쳐다보았다. 병아리는 소리도 한 번 내지 못하고 죽었다. 병아리가 아니고, 타조나 독수리였다면 그렇게 하지 못했을 것이다.

강이에게 짓밟혀 병아리 꼴이 되어서는 안 된다고 생각했다. 강이는 나를 약한 존재라고 생각했다. 나는 실제로도 약한 존재였는데 더 약한 존재가 될 뻔했다. 안간힘을 썼다. 간신히 살아남았다. 그때 나는 조금만 더 늦었더라면 굴복했을지도 모른다. 강이의 신발을 핥으며 제발 용서해 달라고 구걸했을지도 모른다. 하지만 나는 죽을힘을 다해 견뎠다. 그놈에게는 사소한 일이 었는지도 모른다. 하지만 나는 잊지 못한다. 빠져나왔다고 생각하지만 늘 어두운 터널 속으로 되돌아가고 만다. 기억하는 건 상처 입은 사람들뿐일지도 모른다.

다시 한 번 재생 버튼을 눌렀다. 유가련의 음성을 다 듣고 나서 이번에는 녹음 버튼을 눌렀다. 다시 재생. 내 것 같지 않은 내 목소리가 흘러나왔다.

"유가련, 너도 외롭구나."

*

"깔끔하게 몸으로 때워. 죽지는 않는다니까."

몽키 녀석이 선풍기를 따라 고개를 회전시키며 나불댔다.

저만치 창가에 앉은 유가련은 고개를 숙인 채 집중하고 있다. 추리소설인가 했지만, 개학이 코앞인 오늘은 역시 방학 숙제다. 터프한 여학생도 방학 숙제는 해야 하는 것이다. 믿음직스러운 등을 나는 잠시 바라보았다. 그 후로 사소한 이야기를 하지도, 녹음기를 쓰겠다는 이야기도 하지 않는나, 저 녀식. 너석? 형님에서 녀석으로 강등되었다는 걸 알면 나를 한 대 때릴까? 하지만 어쩐지 녀석이라 부르고 싶어지는 등짝이다.

"야, 너 왜 실실 쪼개고 있냐?"

몽키가 묻고는 내 시선을 따라 유가련 쪽을 바라보았다.

"야, 너, 호, 혹시? 아, 진짜?"

몽키가 짐승처럼 달려들더니 내 귓가에 소곤거렸다.

"야, 너 반한 거냐?"

"이 자식이!"

헤드록을 당하면서 몽키 녀석은 뭐라고 중얼거렸는데 입 모양으로 보아 "얼레리꼴레리." 같았다.

"너, 병아리 사 본 적 있냐?"

"웬 병아리?"

"초등학교 앞에서 파는 것 있잖아."

"키우려고? 너 닭 먹고 싶냐?"

"아, 묻는 말에 대답이나 해."

"치킨은 사 봤지."

"살아 있는 건 안 사 봤어?"

"안 산다."

"왜?"

"무섭다. 병아리 발톱 완전 무섭다."

킥킥, 나도 모르게 웃음이 새어 나왔다.

몽키는 아마 병아리가 무참히 죽던 그 광경도 눈 뜨고 보지 못했을 것이다. 이런 바보 같은 녀석.

언제까지나 지속되리라 생각했던 어둡고 긴 터널을 벗어나는 건 아무래도 나한테 달린 일이라고 생각했다. 하지만 조금쯤은 내 생각이 틀렸을지도 모른다. 터널 끝에 손톱만 한 빛이라도 비쳐야만 그 빛을 따라 빠져나올 수 있는 것이다. 내게는 병아리 발톱을 끔찍이도 무서워하는 얼간이가 하나 있다. 어쩌면 듬직한 등짝을 지닌 녀석도 손을 내밀어 줄지 모른다. 굳이 꼽고 싶지는 않지만 고양이 뒤꽁무니나 쫓는 한심한 명탐정도. 내가 어두운 터널 속에서 서성인다면 아마도 그들은 내 엉덩이를 차서 터널 밖으로 날려 버릴 것이다. 그 정도라면, 나쁘지 않다.

몽키가 유가련과 나를 부지런히 번갈아 보며 양쪽 검지와 엄지로 뭔가 만들어 보였다. 자세히 보니 하트 같았다. 두 팔을 머리 위로 올리며 엉덩이를 들썩들썩했다. 마치 개인기를 펼치는 것 같았다. '원래 몽키는 한쪽 팔만 올리고 흔들지 않나?' 하고 보니 또 하트를 그리고 있다. 초딩도 부끄러워서 안 할 짓을. 바로 헤드록으로 응징해 주었다. 몽키가 죽는 시늉을 하며 실실 웃었다.

"어, 슬슬 학원이나 들러 볼까." 하고 몽키가 부리나케 나가고, 얼마 안 있어 유가련도 플루트 케이스를 메고 검객처럼 떠났다.

맞아도 죽지 않을 선에서 숙제를 대충 마무리하고 감자를 볶기 시작했다. 냄새가 풍기자 아빠가 커튼 뒤에서 머리에 새집을 짓고 나와 멀뚱히 앉았다.

"입에서 감자 싹 나올 것 같아."

"시끄러워."

"내 몸을 갈라 보면 감자랑 참치만 나올 거야. '인체의 신비전'에 전시될지도 몰라."

아우, 정말 전시해 버리고 싶어.

"이번 달 월세 벌려면 아직 멀었는데 그런 소리가 나와?"

"너 너무 돈, 돈 한다."

"나 원래 그런 것 몰랐어? 인간은 경제의 동물이야."

"흠."

아빠는 궁상맞게 마른세수를 하다 말했다.

"그래서 말이다. 내가 생각해 봤는데 우리가 이제는 사업 마인드를 바꿔야 한다는 생각이 강하게 들더라. 우리가 이제까지는 경찰에 신고하기 좀 애매한 사건들, 이른바 틈새시장을 공략했다면 말이다. 이제는 좀 더 사업을 공격적으로 바꿀 필요가 있다는 결론에 이르게 되었다."

"이번엔 뭐야?"

"'발로 찾는 탐정'. 어떠냐? 홈페이지를 만들어서 전국적으로 사업망을 확장하는 거야. 듣기만 해도 확 공격적이지?"

"그건 내가 홈페이지 만들고 있는 거잖아. 남의 걸 자기 아이디어처럼 이야기하지 마."

"어, 나쁘지 않더만."

"그럼 어디 가서 사건 좀 받아 와. 나도 폼 나게 탐정이라고 할 만한 사건 좀 맡고 싶어."

"너 그런 말 마라. 고양이를 잃어버린 게 하늘이 무너지는 것보다 더 심각한 일일 수도 있다. 세상에 시시한 사건이란 없다."

아무렴요, 시시한 탐정이 있을 뿐이겠죠. 그리고 하늘이 무너지는 걸 설마 우리한테 의뢰하겠어요?

"밥이나 먹어."

"어. 내일은 감자전으로 해 줬으면 하는 소망이 있네."

"아빠."

"어. 감자전은 어렵냐? 그럼, 감자튀김."

"내일은 제발 아빠다웠으면 하는 소망이 있네."

아빠는 갑자기 젓가락을 내려놓고 눈을 부릅떴다.

"아빠다운 게 뭐냐? 아빠답다는 건 아침 지하철에서 시달리며 출근해서 윗사람한테 깨지고 아랫사람한테 치이고 눈치 보며 야근하다 눈치 없는 부장님한테 끌려가서 밤새도록 술 퍼마시고, 다음 날 하루 쉬고 싶은 마음을 지하철 안에서 토하고 싶은 마음과 함께 꾹 참고 또 출근하면서, 대출 받은 것 다 갚고 아들 대학 졸업하고 장가 갈 때까지는 온몸이 부서져라 오직 가족의 행복을 위해 이 한 몸 희생하는 것이 네가 생각하는 아빠다운 것이란 말이냐, 진정?"

"어."

"그럴 줄 알았다. 하지만 그건 판타지지, 판타지. 아빠에 대해 가지는 판타지. 하지만 난 결정한 거다. 더 이상 남들이 그리는 판타지대로 살 수 없다고. 그 판타지를 깨부수고, 나는 현실 세계로 나갈 거다. 그게 내 결심이다."

"그런데 아빠, 회사 다닌 적 한 번도 없지 않아?"

"없지. 당연히 없지. 나는 그런 판타지 세계에 발도 담그기 싫었거든. 사람이 어떻게 판타지나 꿈꾸고 살 수 있냐? 그건 소설 속에서나 꿈꾸라 그래."

명탐정과 대기업 과장님 중에 어떤 게 더 판타지냐? 길 가는 사람한테 물어보기도 귀찮다. 나는 한숨을 내쉬며 말했다.

"아빠, 현실적으로 말해서 이번 달 월세는 꼭 벌어야 해."

아빠는 못 들은 척 밥그릇에 고개를 박았다.

따르릉—

전화가 울렸다.

아빠는 수화기를 들고 "네, 크리스마스 푸딩……" 하다가 "명탐정 고명달 사무소입니다." 라고 말했다.

수화기를 내려놓자마자 아빠가 외쳤다.

"사건이다."

아빠는 셔츠에 팔을 꿰기 시작했다.

"어려운 사건이다. 검은 고양이야. 출동이다!"

명탐정은 셔츠 자락을 휘날리며 달려 나갔다.

나는 밥을 한입에 욱여넣고 아빠 뒤를 쫓아 달렸다. 아, 밥 먹다 이게 무슨 짓이냐고. 그런데 입이 벌어진다. 혹시 웃는 건가.

그나저나 내가 왜 뛰어야 하냐고? 나는 명탐정의 아들이니까, 젠장.

작가의 말

    그린란드의 이누이트 족은 영하 40도 이하로 내려가는 혹독한 추위를 수천 년간 견디며 살아온 강인한 민족이다. 한 번 밤이 오면 석 달씩이나 태양이 뜨지 않는 북극의 땅, 얼음집 안의 유일한 난방 수단은 체온뿐이다. 얼어 죽지 않으려면 서로의 온기에 의지해야만 했던 이누이트 족은 그래서 관대하고 인정이 많고 잘 웃는다. 이누이트 족은 남에 대한 간섭을 금기시한다. 상대방에 대해 어떤 말도 하지 않는 것처럼 이누이트 족은 아무도 자신에 대해 말하지 않는다. 자신의 고민, 분노, 외로움, 견딜 수 없는 것들을 이누이트 족은 홀로 가슴속에 담아 둔다. 물개기름 램프가 흔들리는 얼음집 안에서 서로 바짝 몸을 붙인 채 이누이트 족은 온순하고 평화롭게 지낸다. 길고긴 밤이 물러가고 이윽고 찬란한 햇살이 쏟아지는 5월, 상냥하고 조용한 이누이트 족은 얼음집 밖으로 나가 자살을 한다. 이누이트 부족의 한 지역에서는 매년 인구 천 명 중 세 명이 자살을 한다.*

스트랜딩(stranding), 고래가 해안가로 올라와 죽는 현상을 말한다. 고래의 죽음은 세계 곳곳에서 벌어지고 있다. 학자들은 그것이 지구온난화와 먹이의 부족, 해양 오염 혹은 어군탐지기나 군함에서 쏘는 초음파의 영향, 심지어 위장병이나 전염병에 의해 벌어진 사고사라고 추측한다. 한편 어떤 이들은 고래의 떼죽음을 우울증 같은 정신적 문제로 본다. 지능이 높고 삶에 충실하며 낭만적이기 그지없는 동물인 고래가 푸른 바다 속을 떠나 일부러 해안으로 오르는 것은 꼭 자살처럼 보이기 때문이다. 하지만 고래의 죽음에 대한 정확한 이유는 아직 밝혀지지 않고 있다.

아이들은 연달아 옥상에서 몸을 던져 죽고 있다.
그 이유를 뉴스에서 설명하고 있지만 이상하게도 나는 잘 이해할 수 없다.

문득 생각해 보니 어렸을 때 나는 꽤 추리소설에 심취해 있었

---

*앤드류 솔로몬, 민승남 옮김, 『한낮의 우울』(민음사, 2004)에서 참고하였습니다.

다. 셜록 홈스와 미스 마플, 무슈 포와로, 뒤팽, 엘러리 퀸, 브라운 신부, 메그레 반장, 필립 말로······. 추리소설의 미덕은 반드시 해답이 있다는 것이다. 아무리 미궁에 빠진 사건이라 해도 끝내 반드시 해결되고 만다. 탐정이 이런저런 증거를 대며 사건을 해결하는 장면은 통쾌하기 그지없다.

"범인은 바로 당신이야!"

바로 이 대목 말이다. 똑같이 보고 들어도 전혀 눈치채지 못하는 어수룩한 왓슨의 허를 찌르는 명쾌한 추리야말로 추리소설에 빠져들게 하는 이유였다. 추리소설 안에서는 해결되지 못하는 문제란 없다. 인생에도 이렇게 해답이 있다면 얼마나 좋을까. 혹 해답은 있는데 나는 명탐정이 아니라 어수룩한 왓슨이라서 그 해답을 찾지 못하고 있는 것은 아닐까.

고백하자면 실은 내가 탐정들을 좋아한 이유는 따로 있다. CSI에서는 상상도 할 수 없는 고풍스러운 방법으로(심지어 상당히 어수룩하고 허점투성이라 내 속이 탈 정도였다!) 사건을 조사하는 탐정들에게는 최첨단 장비와 과학적인 분석을 넘어서는 뭔가가 있었다. 그들은 가장 냉철하고 이성적이어야 하는 순간에 어째서인지 인간적이기 그지없는 면모를 드러냈던 것이다. 담뱃재나 지문을 조사하는 척하고 있지만 실제로 탐정이 주목한 것은 인간의 심리와 인간 자체인 것처럼 보였다. 명탐정들이 좇

았던 건 단서가 아니라 인간의 비밀이며, 밝혀내고 싶었던 것은 범인이 아니라 삶의 진실이었던 게 아닐까. 너무도 인간적이기에 나는 탐정들에게 매료될 수밖에 없었다.

어쩌면 우리가 평생 풀어야 할 것은 삶의 비밀일 것이다. 말하자면 인생에서 우리 모두는 탐정이 되어야 하는 건 아닐까. 삶의 방관자가 아닌, 주인이 되는 자는 그 비밀을 알아내는 사람일 것이다.

탐정이라니, 말이 되냐? 한다면 어쩔 수 없다. 하지만 말이 안 되는 건 이 세상이다. 지금도 어딘가 옥상 난간에 한쪽 다리를 내밀고 있는 아이가 있다. 그런데도 거의 아무것도 해 줄 수 있는 게 없다. 참 말도 안 되는 일이다. 세상은 불행히도 그렇게 아름다운 곳만은 아니다. 이 고비만 넘기면 좋아져, 라고 말해 줄 수가 없다. 이 시기를 지나도 또다시 힘든 순간은 오기 때문이다. 그럼에도 불구하고 끝이 나오지 않을 것 같은 어두운 터널을 터벅터벅 걸어 나갈 수밖에 없다고 생각한다. 왜냐하면 어딘가에 또 어두운 터널을 홀로 걷고 있는 사람이 있을 것이므로. 긴 터널을 지나온 사람들만이 알아볼 수 있는 얼굴을 보며 나는 어깨를 토닥여 주고 싶어질 것이다. 그리고 조그맣게 중얼거릴 것이다.

잘 견뎌 냈다.

혹독한 추위와 고독을 겪어 낸 이누이트 족과 해안으로 헤엄쳐 오르는 고래에게 필요한 것은 그런 위로였을지 모른다. 위험하거나 지독히 외로운 순간 소리를 질러 봐야 아무도 들어 주지 않았을 때, 말없이 곁에서 어깨를 툭 쳐 주는 친구 하나는 있어서, 우리는 그래도

겨우 견디며 살아올 수 있었던 게 아닐까.

지금도 힘겹게 견디고 있는 아이들과 그리고 한때는 아이였을 어른들에게 그래도 세상은 역시 살아야만 할 것이라고 말하고 싶다. 하지만 이 당연한 이야기에 나는 망설인다. 대신 이렇게 말하고 싶다. 이왕이면 세상이 살만 한 곳이 되길 바란다고. 그리고 그런 세상을 만드는 것이 여러분이었으면 좋겠다. 나도 나름 노력해 볼 생각이다.

초고를 보고 '레드헤링'과 '맥거핀' 등의 용어까지 들먹이며 많은 조언을 해 준 동생들에게 고맙다.(덕분에 상당히 원고를 수정해야 했다.) 얼떨결에 모두 한때는 추리소설 팬이었음을 커밍아웃한 내 자매들을 보며 슬며시 웃음이 나왔다. 어디선가 추리소

설 같은 걸 혼자 읽으며 지금까지 모두들 잘 견뎌 내 줬구나 하는 생각이 들었다. 쓰는 내내 격려하고 꼼꼼히 원고를 체크해 주신 비룡소 편집자님들께도 감사드린다. 늘 그렇듯 묵묵히 지켜봐 주신 부모님, 내게 세상을 견디는 가장 큰 힘이다. 모두 고맙다.

최상희

블루픽션 63

명탐정의 아들

1판 1쇄 펴냄 · 2012년 6월 1일
1판 8쇄 펴냄 · 2021년 3월 17일

지은이 · 최상희
펴낸이 · 박상희
편집주간 · 박지은
편집 · 장은혜
디자인 · 인수정
펴낸곳· **(주)비룡소**
출판등록 · 1994.3.17. (제16-849호)
주소 · (06027) 서울시 강남구 도산대로1길 62 강남출판문화센터 4층
전화 · 영업 02)515-2000 편집 · 02)3443-4318,9 팩스 · 02)515-2007 홈페이지 · www.bir.co.kr
제품명 어린이용 반양장 도서 제조자명 **(주)비룡소** 제조국명 대한민국 사용연령 3세 이상

ⓒ 최상희, 2012. Printed in Seoul, Korea.

ISBN 978-89-491-2320-2 44810
      978-89-491-2053-9 (세트)

| 블루픽션 시리즈

1. 스켈리그 데이비드 알몬드 글/ 김연수 옮김
안데르센 상, 엘리너 파전 문학상, 카네기 상, 휘트브레드 상, 마이클 L.프린츠 상,
어린이도서연구회 권장 도서, 책교실 권장 도서, 중앙독서교육 추천 도서

2. 운하의 소녀 티에리 르냉 글/ 조현실 옮김
소르시에르 상, 어린이도서연구회 권장 도서

4. 0에서 10까지 사랑의 편지 수지 모건스턴 글/ 이정임 옮김
밀드레드 L. 배첼더 상, 어린이도서연구회 권장 도서

5. 희망의 섬 78번지 우리 오를레브 글/ 유혜경 옮김
안데르센 상 수상 작가, 밀드레드 L. 배첼더 상, 머더카이 상, 아침햇살 선정 좋은 어린이 책,
중앙독서교육 추천 도서, 책교실 권장 도서, 책따세 추천 도서

6. 뤽스 극장의 연인 자닌 테송 글/ 조현실 옮김
프랑스 '올해의 청소년 책', 소르시에르 상, 어린이도서연구회 권장 도서, 열린 어린이가 뽑은 좋은 책

7. 시인 X 엘리자베스 아체베도 글/ 황유원 옮김
카네기상, 내셔널 북 어워드, 마이클 L. 프린츠 상, 보스턴 글로브 혼 북 상, 골든 카이트 어워드,
아침독서 추천 도서

9. 이매지너리 프렌드 매튜 딕스 글/ 정회성 옮김

10. 초콜릿 전쟁 로버트 코마이어 글/ 안인희 옮김
미국 도서관 협회 선정 도서, 뉴욕타임스 선정 도서, 어린이도서연구회 권장 도서

11. 전갈의 아이 낸시 파머 글/ 백영미 옮김
뉴베리 상, 국제 도서 협회 선정 도서, 마이클 L. 프린츠상, 책교실 권장 도서, 어린이도서연구회 권장 도서

13. 나의 산에서 진 C. 조지 글/ 김원구 옮김
뉴베리 상, 미국 도서관 협회 선정 도서, 어린이도서연구회 권장 도서,
열린 어린이가 뽑은 좋은 책, 책교실 권장 도서

15. 우리 형은 제시카 존 보인 글/ 정회성 옮김
줏대있는 어린이 추천 도서

17. 푸른 황무지 데이비드 알몬드 글/ 김연수 옮김
안데르센 상, 엘리너 파전 문학상, 스마티즈 상, 마이클 L.프린츠 상, 어린이도서연구회 권장 도서

18. 킬리만자로에서, 안녕 이옥수 글
학교도서관저널 추천 도서

20. 기억 전달자 로이스 로리 글/ 장은수 옮김
뉴베리 상, 보스턴 글로브 혼 북 명예상, 어린이도서연구회 권장 도서,
열린 어린이가 뽑은 좋은 책, 교보문고 추천 도서

22. 내 인생의 스프링캠프 정유정 글
세계청소년문학상, 문화관광부 교양 도서, 어린이도서연구회 권장 도서,
교보문고 추천 도서, 학도넷 추천 도서

23. 줄무늬 파자마를 입은 소년 존 보인 글/ 정회성 옮김
아일랜드 '오늘의 책', 행복한 아침독서 추천 도서, 교보문고 추천 도서

24. 이상한 나라에 빠진 앨리스 지은이 알 수 없음/ 이다희 옮김
고래가 숨쉬는 도서관 추천 도서, 교보문고 추천 도서

25. 파랑 채집가 로이스 로리 글/ 김옥수 옮김
어린이도서연구회 권장 도서

26. 하이킹 걸즈 김혜정 글
블루픽션상, 한국문화예술위원회 우수문학도서, 책따세 추천 도서, 학도넷 추천 도서

27. 지구 아이 최현주 글
제11회 블루픽션상 수상작

28. 나는 브라질로 간다 한정기 글
황금도깨비상 수상 작가, 소년조선일보 추천 도서, 중앙일보 추천 도서

29. 키싱 마이 라이프 이옥수 글
한국문화예술위원회 우수문학도서, 어린이도서연구회 권장 도서, 교보문고 추천 도서,
전국독서새물결모임 추천 도서, 학교도서관저널 추천 도서

30. 꼴찌들이 떴다! 양호문 글
블루픽션상, 행복한 아침독서 추천 도서, 교보문고 추천 도서, 책따세 추천 도서,
경기도학교도서관사서협의회 추천 도서, 중앙일보 북클럽 추천 도서

31. 우연한 빵집 김혜연 글
문학나눔 선정 도서, 학교도서관저널 추천 도서, 책따세 추천 도서, 아침독서 추천 도서,
어린이도서연구회 추천 도서

32. 생쥐와 인간 존 스타인벡 글/ 정영목 옮김
미국 도서관 협회 선정 도서, 국립어린이청소년도서관 추천 도서

33. 두 개의 달 위를 걷다 샤론 크리치 글/ 김영진 옮김
뉴베리 상, 미국 어린이 도서상, 스마티즈 북 상, 영국도서협회 상 수상작,
경기도학교도서관사서협의회 추천 도서, 학도넷 추천 도서

34. 침묵의 카드 게임 E. L. 코닉스버그 글/ 햇살과나무꾼 옮김
스쿨 라이브러리 저널 선정 최고의 책, 에드거 앨런 포 상 노미네이트,
경기도학교도서관사서협의회 추천 도서, 아침독서 추천 도서

35. 빅마우스 앤드 어글리걸 조이스 캐럴 오츠 글/ 조영학 옮김
스쿨 라이브러리 저널 선정 최고의 책, 미국 도서관 협회 선정 최고의 청소년 책,
뉴욕 공립 도서관 추천 도서, 학교도서관저널 추천 도서

36. 서쪽 마녀가 죽었다 나시키 가오 글/ 김미란 옮김
소학관 문학상, 일본 아동문학가협회 신인상, 한국간행물윤리위원회 청소년 권장 도서,
어린이도서연구회 권장 도서, 아침독서 추천 도서, 책따세 추천 도서

37. 닌자걸스 김혜정 글
전국학교도서관담당교사모임 추천 도서, 아침독서 추천 도서

38. 첫사랑의 이름 아모스 오즈 글/ 정회성 옮김
안데르센 상, 제브 상

39. 하니와 코코 최상희 글
블루픽션상, 사계절문학상 수상 작가, 학교도서관저널 추천 도서

40. 파랑 치타가 달려간다 박선희 글
제3회 블루픽션상 수상작, 학교도서관저널 추천 도서, 아침독서 추천 도서,
어린이도서연구회 권장 도서, 책따세 추천 도서, 문화체육관광부 우수교양도서

41. 나는, K다 이옥수 글
학교도서관저널 추천 도서

42. 어쩌자고 우린 열일곱 이옥수 글
한국도서관협회 우수문학도서, 학교도서관저널 추천 도서

43. 앉아 있는 악마 김민경 글

44. 최후의 Z 로버트 C. 오브라이언 글/ 이진 옮김
뉴베리 상 수상 작가

46. 줄리엣 클럽 박선희 글
제3회 블루픽션상 수상 작가, 대한출판문화협회 선정 올해의 청소년 도서,
한국도서관협회 선정 우수문학도서

47. 번데기 프로젝트 이제미 글
제4회 블루픽션상 수상작

48. 뚱보가 세상을 지배한다 K.L. 고잉 글/ 정회성 옮김
마이클 L. 프린츠 아너 상

49. 파랑 피 메리 E. 피어슨 글/ 황소연 옮김
미국학교도서관저널, 미국도서관협회 선정 청소년 분야 '최고의 책',
학교도서관저널 추천 도서, 책따세 추천 도서

50. 판타스틱 걸 김혜정 글
제1회 블루픽션상 수상 작가, 대한출판문화협회 선정 올해의 청소년 도서,
고래가 숨쉬는 도서관 선정 도서, 한국도서관협회 선정 우수문학도서,
경기도학교도서관사서협의회 추천 도서

51. 어쨌거나 스무 살은 되고 싶지 않아 조우리 글
제12회 블루픽션상 수상작

52. 우리들의 짭조름한 여름날 오채 글
마해송 문학상 수상 작가, 한국도시관협회 선정 우수문학도서,
국립어린이청소년도서관 추천 도서, 경기도학교도서관사서협의회 추천 도서,
2017 순천시 One City One Book 선정 도서

53. 웰컴, 마이 퓨처 양호문 글
제2회 블루픽션상 수상 작가, 대한출판문화협회 선정 올해의 청소년 도서,
경기도학교도서관사서협의회 추천 도서

54. 초록 눈 프리키는 알고 있다 조이스 캐럴 오츠 글/ 부희령 옮김
미국 내셔널북어워드, 오헨리 상 수상 작가, 경기도학교도서관사서협의회 추천 도서,
국립어린이청소년도서관 추천 도서

56. 메신저 로이스 로리 글/ 조영학 옮김
뉴베리 상, 보스턴 글로브 혼 북 명예상 수상 작가, 경기도학교도서관사서협의회 추천 도서

59. 고백은 없다 로버트 코마이어 글/ 조영학 옮김
전미 도서관 협회 선정 청소년을 위한 최고의 책,
퍼블리셔스 위클리 선정 최고의 책, 북리스트 편집자의 선택

61. 개 같은 날은 없다 이옥수 글
2013 서울 관악의 책 , 목포시립도서관 추천 도서 , 울산남부도서관 올해의 책,
책따세 추천 도서, 한국간행물윤리위원회 청소년 권장 도서, 한국도서관협회 우수문학도서,
국립어린이청소년도서관 추천 도서

63. 명탐정의 아들 최상희 글
제5회 블루픽션상 수상 작가, 문화체육관광부 우수교양도서

64. 갈까마귀의 여름 데이비드 알몬드 글/ 정화성 옮김
안데르센 상, 엘리너 파전 문학상, 카네기 상, 휘트브레드 상 수상 작가

65. 파랑의 기억 메리 E. 피어슨 글/ 황소연 옮김

67. 하필이면 왕눈이 아저씨 앤 파인 글/ 햇살과나무꾼 옮김
카네기 메달, 가디언 어린이 픽션 상

68. 반드시 다시 돌아온다 박하령 글
제10회 블루픽션상 수상작, 학교도서관저널 추천 도서, 세종도서 문학나눔 선정 도서

69. 원더랜드 대모험 이진 글
제6회 블루픽션상 수상작, 국립어린이청소년도서관 추천 도서, 아침독서 추천 도서

70. 나는 일어나, 날개를 펴고, 날아올랐다 조이스 캐럴 오츠 글/ 황소연 옮김
미국 내셔널북어워드, 오헨리 상 수상 작가

71. 칸트의 집 최상희 글
제5회 블루픽션상 수상 작가, 아침독서 추천 도서, 세종도서 문학나눔 선정 도서

72. 태양의 아들 로이스 로리 글/ 조영학 옮김
뉴베리 상, 보스턴 글로브 혼 북 명예상 수상 작가

73. 마법의 꽃 정연철 글
푸른문학상 수상 작가, 세종도서 문학나눔 선정 도서, 학교도서관저널 추천 도서

74. 파라나 이옥수 글
학교도서관저널 추천 도서, 사계절문학상 수상 작가, 책따세 추천 도서, 국립어린이청소년도서관
추천 도서, 세종도서 문학나눔 선정 도서, 아침독서 추천 도서

75. 그 여름, 트라이앵글 오채 글
마해송 문학상 수상 작가, 국립어린이청소년도서관 추천 도서, 아침독서 추천 도서

76. 밀레니얼 칠드런 장은선 글
　　제8회 블루픽션상 수상작, 학교도서관저널 추천 도서, 아침독서 추천 도서

77. 아르주만드 뷰티 살롱 이진 글
　　블루픽션상 수상작가, 한국출판문화진흥원 우수 콘텐츠 제작 지원 당선작

78. 굿바이 조선 김소연 글

79. 신이 죽은 뒤에 윌 힐 글/ 이진 옮김 (근간)

80. 당첨되셨습니다 - SF 청소년 앤솔로지 길상효 오정연 전혜진 정래운 홍준영 곽유진 홍지운
　　이지은 이루카 이하루 글 (근간)

81. 순례 주택 유은실 글

　　⊙ 계속 출간됩니다.